FUTURO FALSO

FUTURO FALSO

DAN KROKOS

TRADUÇÃO: Ivan Hegenberg

TRILOGIA FALSA • V. 3

V&R EDITORAS

Edição: Flavia Lago
Editora-assistente: Thaíse Costa Macêdo
Preparação: Fabiane Zorn
Revisão: Flávia Yacubian, Flora Manzione e Natália Chagas Máximo
Diagramação: Pamella Destefi
Arte de capa: © Sammy Yuen, 2014

Título original: *False Future*

vreditoras.com.br

Rua Cel. Lisboa, 989 – Vila Mariana
CEP 04020-041 – São Paulo – SP
Tel./ Fax: (+55 11) 4612-2866
editoras@vreditoras.com.br

ISBN 978-85-7683-951-4

1ª edição, 2016

Impressão e acabamento: Geográfica
Impresso no Brasil • Printed in Brazil

Dados Internacionais de Catalogação na Publicação (CIP)
(Câmara Brasileira do Livro, SP, Brasil)

Krokos, Dan
Futuro falso / Dan Krokos ; tradução Ivan Hegenberg. – São Paulo: Vergara & Riba Editoras, 2016. – (Coleção Trilogia Falsa; v. 3)

Título original: False future.
ISBN 978-85-7683-951-4

1. Ficção científica – Literatura juvenil 2. Ficção norte-americana I. Título. II. Série.

15-10523 CDD-028.5

Índices para catálogo sistemático:
1. Ficção científica: Literatura juvenil 028.5

À minha mãe,
por me fazer ler para ela na cozinha.

A TERRA VERDADEIRA CHEGOU A MANHATTAN PARA NOS LIquidar em 21 de dezembro. Eles vieram no meio de uma nevasca tão forte que não dava para enxergar nada, a pior tempestade de neve em dez anos. Como se não bastasse aos cidadãos de Nova York terem de atravessar as ruas escorregadias, agora precisavam lidar com uma invasão. Eu devia reconhecer o brilhantismo da Terra Verdadeira. Era difícil organizar qualquer tipo de resistência quando não dava para ver sequer um metro à frente do nariz. Cruel, mas brilhante.

Eu estava no meu posto, em nosso apartamento no 53º andar da Columbus Circle, número 80. Era o turno da Sofia na vigilância, mas ela pediu para eu cobri-la, pois estava com uma enxaqueca ou algo assim. Ela apelou para um truque, olhando para mim e tocando meu braço enquanto dizia: "Por favor, Rhys". Talvez não fosse bem um truque, mas funcionou. Sempre funcionava comigo.

Meu posto era uma cadeira ao lado da janela que ia do chão ao teto, com vista para o Central Park. Noble disse que seria ali que iria acontecer se eles voltassem. E todos nós sabíamos que voltariam.

A neve caía lá fora e se acumulava nos cantos da janela. A brancura infinita e rodopiante causava um efeito hipnótico, por isso a cada hora eu fazia cem flexões para me manter desperto. Quando meus olhos não aguentavam mais observar a brancura, comecei a ler uma história em quadrinhos, olhando por cima das páginas a cada 30 segundos para checar o parque. Eu estava de pijama, bebendo leite com achocolatado em uma caneca vermelha de Natal. Naquele momento, a vida não parecia tão ruim.

Por volta das duas da tarde, eles vieram. Olhei de soslaio por cima do gibi e espreitei a janela. Através da brancura, vi que um buraco escuro enorme apareceu no meio do Central Park. Era um círculo perfeito, tão negro que o contraste com a neve machucava meus olhos. Eu sabia o que era aquilo. Sentei-me por um momento, com uma ligeira vertigem. Era o fim da paz. Nós teríamos que lutar mais uma vez. Então eu me levantei e gritei: "Eles estão aqui!", com toda a força dos meus pulmões.

Sofia e Noble correram para a sala. Peter estava em reunião com alguns militares, discutindo como levar mais tanques de forma discreta para a cidade. Não conhecíamos exatamente o poderio tecnológico da Terra Verdadeira (Noble não soube fornecer detalhes sobre o que eles investiriam contra nós), portanto os militares decidiram que, se quiséssemos aumentar as chances de causar dano real, era melhor usar munições de 120 mm ou maiores.

Ficamos na janela por mais tempo do que deveríamos, mas era impossível tirar os olhos. Máquinas voadoras estavam subindo pelo buraco como um enxame de vespas, às dezenas, planas e pontudas, sem asas. Elas disparavam mísseis que faziam arcos por cima dos prédios, deixando trilhas de fumaça no céu cinzento de inverno. Enquanto olhávamos, todos sabíamos que deveríamos estar nos preparando para a batalha, mas por onde começar? Havíamos combatido monstros antes, mas não um exército.

Os últimos meses haviam sido dedicados à preparação: táticas e estratégias de guerra no solo, treinadas com alguns dos melhores militares. Mas, diante de tudo aquilo, nada me parecia suficiente. No último ataque, a Terra Verdadeira enviara milhares de monstros com garras e dentes. Quem poderia dizer o que eles enviariam dessa vez? É claro que eu nunca ousei falar isso em voz alta. Minha esperança estava em baixa, mas eu não precisava desanimar todo mundo. Então eu punha um sorriso na cara e dava o sangue no treinamento com homens durões que tinham olhos de assassinos, mesmo sabendo que poderia acabar com eles apenas com minhas mãos e que, logo mais, gente como eu estaria chegando para matá-los.

De repente, os mísseis despencaram pela cidade, criando enormes nuvens pretas alaranjadas, borradas pela nevasca. Eu podia sentir pela vibração nos meus pés que as explosões estavam próximas. Um míssil passou rente à janela, da esquerda para a direita. Caí para trás sobre uma mesa, com os ouvidos apitando por causa do barulho e as retinas marcadas pela sombra do percurso do míssil. Eu sabia o que a Terra Verdadeira estava fazendo. Era uma tática militar com a qual os Estados Unidos estavam familiarizados: *chocar e assombrar*, também conhecida como *domínio rápido*. Espantar os inimigos nos primeiros momentos da batalha para que não possam se organizar. Destrua a percepção do campo de batalha e irá destruir o ânimo deles para reagir. Isto, combinado à nevasca, não dava a menor chance de vencermos a primeira rodada. Ninguém disse, mas tenho certeza de que todos estávamos pensando a mesma coisa: "Já perdemos".

– Precisamos dela – Sofia disse. – Precisamos de toda ajuda possível. Ou então deveríamos desistir agora e fugir.

Mais explosões fizeram o vidro atrás dela tremer. Ela não se moveu, apenas me encarou até o fundo da alma com seus grandes olhos castanhos, aqueles olhos encantadores.

Mas, de qualquer modo, meu peito se comprimia. Eu sentia falta da minha amiga, mas ela estava em paz. Havia cumprido sua missão e feito com que ganhássemos tempo. Merecia o descanso.

Noble não disse nada no início, o que me deu esperança. Certamente ele concordava comigo. E não por sermos geneticamente idênticos, mas porque era o *certo*.

Além disso, Peter não estava ali. Não poderíamos decidir antes de falar com Peter. E ele diria não, eu tinha certeza.

– Nós precisamos dela – Sofia disse mais uma vez, percebendo claramente nossa hesitação. – Agora tudo o que há é esta missão. Não temos escolha. A hora é agora.

Tanta dedicação de Sofia à nossa equipe tornava impossível não amá-la (mesmo que eu ainda não tivesse reunido coragem para dizer isso a ela). Aquele não era o seu mundo, mas ela estava disposta a lutar por ele. Era uma de nós. Nos últimos meses, a garota subnutrida havia se transformado em uma jovem mulher, cuja pele escura emanava saúde. Quando praticávamos corrida pela cidade, ela nunca ficava para trás.

Noble ainda não respondera, mas eu podia sentir que ele avaliava as opções. Finalmente abriu a boca.

– Precisamos encontrar o Peter – e foi até o telefone vermelho, a linha direta com nossos contatos militares. Ele ergueu o fone e eu pude ouvir o barulhinho da digitação. Então ele o afastou do rosto e olhou para nós.

– Está mudo.

– Ela iria *querer* ajudar – Sofia insistiu, passando seus olhos do Noble para mim. – Ela iria querer.

Noble acenou, com seriedade.

– Você está certa. É o que devemos fazer.

– Espere – interrompi, com um nó na garganta. Estava em nossos planos trazê-la de volta se precisássemos de ajuda, e aquele certamente era o momento, mas ainda assim hesitei. Nós não tínhamos como saber realmente o que ela iria querer. – Eu não sei.

Noble se virou para mim com um olhar do qual vou me lembrar para o resto da vida. Havia dor em sua expressão. Ele havia tomado a decisão, mas aquilo iria assombrá-lo para sempre.

– Faça isso, Rhys – naquele momento, acho que ele se tornou meu pai novamente. Porque, apesar de eu não ter certeza do que eu queria, eu iria fazer o que ele tinha pedido, como um filho deve fazer.

Parte do Central Park já estava em chamas. Havia fumaça e neve por toda parte, e mais coisas iam saindo do buraco. Pareciam pessoas, mas era difícil dizer olhando de longe. Eu não queria mais ver, já havia me desesperado o suficiente.

Eu me afastei da janela, Sofia e Noble vieram comigo. O controle remoto estava em uma pasta travada sob a pia. Noble puxou para fora da camisa um cordão que estava pendurado em seu pescoço e o tirou. Na ponta, havia a única chave para a pasta, e ele a colocou na minha mão.

Destravei a pasta e a abri. Dentro havia um cubo preto com um único comutador vermelho, como o que usamos em um quadro de luz. Não havia nada escrito. Eu pus meu polegar e o indicador em volta, mas parei. O comutador era tão pequeno, uma coisa tão simples, e mesmo assim, virá-lo por apenas um centímetro iria mudar tudo.

Sofia pôs sua delicada mão sobre a minha, e com o calor da pele dela encontrei minha força. Tentei olhar para ela, mas era difícil enxergar através das lágrimas.

– Vamos fazer juntos – ela disse.

Então nós viramos o comutador.

1

EU ESTAVA FICANDO SEM SANGUE. A BOMBA TINHA ROLADO para o outro lado da sala.

Um sem-olho ferido me passou uma rasteira e quebrou meu tornozelo. Ele se rompeu e eu caí, com os dedos rasgando o carpete.

Noah se agachou ao meu lado.

– Vamos, Miranda. Você consegue! Você tem que conseguir! Não desista!

Eu me arrastei para mais longe. Noah continuava ao meu lado.

– Continue. Levante-se, Miranda. Levante-se agora mesmo.

Os sem-olhos atrás de mim eram um bando raivoso, tombando no chão sobre o próprio sangue e as próprias vísceras. Mais deles chegavam pelo buraco. Meus dedos cravaram no chão com tanta força que as mãos doíam. Serpenteei até perto da bomba, fraca, com vertigem, piscando.

Peguei o controle, tonta demais para enxergar direito. De alguma maneira, consegui me levantar, pondo todo o meu peso em uma perna. Olhei para baixo e vi o tamanho do buraco em meu meu estômago. O traje repleto de sangue. A dor já não era tão ruim. Talvez pela perda de sangue não dava para sentir muita coisa.

– Você consegue – Noah disse. Ele estava ao meu lado, como eu me lembrava dele. Brilhante e vibrante e vivo. – Eu acredito em você.

Ele me puxou para um abraço e eu envolvi os braços ao redor dele. Ele não estava realmente ali, mesmo assim aqueles braços me ajudavam a ficar em pé.

– Você consegue – ele sussurrou no meu ouvido. – Não está sozinha.

Os sem-olhos se reagruparam e avançaram na nossa direção, em círculo, como lobos. O mais próximo deu um salto, com as garras esticadas para a minha garganta.

Era só apertar o botão para salvar o mundo.

Era só apertar o botão.

Eu iria salvar o mundo.

Eu apertei o botão.

ooo

Vi o brilho do fogo através dos meus olhos fechados e senti a pressão, rápido demais para compreender. Aquilo me atravessava, como dor em um sonho. Abri meus olhos e a luz forte foi esmaecendo e se tornando verde-azulada. Tentei respirar e, em vez de ar, veio alguma coisa molhada e espessa. Engasguei. O chão escapou dos meus pés e eu escorreguei, atingindo o solo com a nuca, gritando e tossindo o fluido. A dor na minha perna quebrada e no meu estômago se tornou apenas um formigamento, e logo foi sumindo. Levei mais um segundo para perceber que não estava morta, que ainda sentia as coisas, e que o fogo desaparecera. Sentada, tentei localizar os sem-olhos, mas estava claro que não havia mais nenhum, e a compreensão finalmente me atingiu como uma guilhotina.

Eu estava em um quarto pequeno. Vi uma janela cheia de neve em uma parede de tijolos vermelhos.

O tanque para clone estava atrás de mim, vazio, um cilindro enorme de plástico inclinado a um ângulo de 45 graus. A parte de baixo se abrira e me soltara no chão, junto com o fluido esquisito verde-azulado. Havia uma TV no canto, coberta por uma fina camada de poeira. O chão tinha mais de um centímetro de fluido.

E eu estava sozinha.

– Peter – tentei chamar, mas engasguei. Engatinhando, me apoiei sobre os cotovelos e vomitei um jato comprido de fluido que não tinha gosto de nada. Nesse momento percebi que estava nua. O gel já resfriava na minha pele. Só havia um motivo para eu ter saído do tanque: eu não era eu. Estava em um novo corpo, sem queimaduras, sem buracos ou ossos quebrados. Eu tinha morrido e, mesmo assim, lá estava eu.

"Eles me trouxeram de volta."

"Por que eles me trouxeram de volta?"

Como se minha mão direita pudesse se mover por conta própria, ela foi até minha nuca. Meus dedos passaram pelos meus cabelos e tocaram uma peça pequena e circular instalada na base do meu crânio. O disco. Não podia ser nenhuma outra coisa; não fosse o disco, eu não estaria ali. Não havia como me lembrar do que acontecera. De alguma maneira eles me encontraram e, em vez de finalmente me deixarem morrer, me trouxeram de volta.

"Porque sentiram minha falta ou porque precisam de mim?"

Eu havia me explodido para matar os monstros que estavam planejando literalmente devorar o nosso mundo. Minha pele ainda formigava com a sensação da explosão. Ou melhor: a sensação do primeiro microssegundo, antes de tudo se tornar uma dor breve, e em seguida o nada. Minha morte salvara o mundo? Eu esperava que não tivesse sido em vão.

Olhei para minhas mãos, e eram *minhas* mãos. Eu estava em um corpo de Miranda. Meu cabelo era ruivo e na altura dos ombros, como antes. Entretanto, a cicatriz na minha bochecha, um corte horizontal de cortesia da sra. North, desaparecera. Esse já era meu terceiro corpo. Da última vez que eu voltara só me lembrava de fragmentos do passado. Dessa vez eu me lembrava de tudo. Eu estivera morta, mas de repente estava viva. E não tinha ideia de como me sentir a respeito disso.

Eu me levantei e não caí.

– Noah? – chamei, mas não obtive resposta. Procurei pela presença dele na minha cabeça, mas não o senti. Um tremor percorreu minhas vísceras. O som parecia o de um trovão, só que não ouvi chuva.

Tentei mais uma vez, para ter certeza.

– Noah? Noah, por favor – mas ele não respondeu e eu ainda não podia senti-lo.

Ele se fora. Dessa vez, para sempre. O disco não devia ter salvado sua identidade, sua presença dentro de mim. Tudo o que eu podia sentir era o espaço vazio que ele deixara.

Ele merecia mais do que aquilo. Eu disse em voz alta:

– Você merecia mais.

Noah podia ter ido embora, mas eu não pararia de pensar nele.

Eu não deixaria que ele desaparecesse.

No canto oposto ao da TV havia uma bancada. Sobre ela, um traje com escamas negras dobrado. E, em cima dele, a Língua de Fogo, minha espada. A lâmina estava desgastada em alguns pontos e o cabo, parcialmente derretido, porém ainda intacto. Também vi um revólver de prata apoiado sobre uma caixa de munição. E uma toalha de praia com estampa de melancia. As fatias de melancia estavam dançando. Não havia mais nada no quarto.

Olhando melhor, havia sim: um pedaço de papel debaixo da toalha. Eu o puxei e o fluido nos meus dedos manchou a tinta. Mas ainda pude ler:

Estou indo buscar você. Sinto muito. Eu te amo.

P.

Passei a língua por dentro da boca e cuspi mais fluido.

– Peter – gritei mais uma vez e o som pareceu um soluço. Era mesmo um soluço. Eles me trouxeram e eu não podia fazer nada além de chorar. Deveria estar feliz. Iria ver minha equipe novamente. Poderia olhar nos olhos deles, tocá-los, conversar. A ideia bastava para me animar, ao menos por um momento ínfimo.

E Peter iria me buscar. Deixei que isso fizesse eu me sentir bem por mais alguns segundos, antes de notar o som que retumbava como um trovão. Fui até a janela e a abri com ambas as mãos. Ela guinchou e balançou, mas foi o bastante para que eu pudesse pôr a cabeça para fora.

Lá embaixo havia um beco cheio de lixo. Em cima, o céu em chamas.

2

AS CHAMAS SE DISPERSARAM EM FUMAÇA ENQUANTO ES-combros caíam do céu. Ouvi vidro estilhaçando, metal derretendo e pessoas gritando.

A Terra Verdadeira estava ali. Era por isso que eu estava de volta. Morri para deter a guerra deles contra nós, mas estava claro que não fora o bastante. E minha equipe precisava de mim.

Corri até a bancada, peguei a toalha e a passei pelo meu corpo. O fluido foi absorvido rapidamente, revelando minha pele fresca, limpa e renovada (literalmente). Enrolei meu cabelo com a toalha para secá-lo, então desdobrei o traje blindado com um único gesto. Vesti-lo era familiar e tranquilizante. Eu não estava mais desesperada. Não estava mais chorando. Sabia que estava de volta por um motivo e aquelas eram minhas únicas posses no mundo.

O traje deslizou pela minha pele úmida. Encaixei as mãos nas luvas, remexi os pés nas extremidades, que pareciam meias, então me encolhi para ajeitar os ombros. Insistindo um pouco, o fecho subiu pelas costas até a nuca. Eu sentia o traje se movendo e se contraindo, abraçando-me, apertando um pouco em torno das minhas juntas para dar uma sustentação extra. Quando acabou, eu estava vestindo minha segunda pele de escamas negras.

Peguei a Língua de Fogo da mesa. A sensação da empunhadura era um pouco diferente depois que ela derretera um pouco. Pratiquei uma estocada no ar. A distribuição do peso parecia a mesma, o que era tudo o que importava, desde que a lâmina mantivesse sua integridade. Seria bem constrangedor entrar em uma luta de espada e ver minha lâmina escapar. Essa ideia me fez rir, até eu bater a mão na boca e as lágrimas escaparem dos meus olhos.

"Não perca o foco. Você acabou de voltar."

"E precisam de você."

Coloquei a Língua de Fogo nas costas e ela se prendeu às escamas imantadas do traje, com o cabo encostando em meu ombro direito. Abri a porta do quarto, cujo batente estava rachado – provavelmente o haviam raspado ao trazerem meu tanque para dentro. Passei para a sala principal do apartamento com cheiro de mofo. Havia duas garrafas de água sobre a mesa da cozinha e um bilhete com a letra de Peter. "Beba isto aqui." Agarrei ambas. Na mesa também havia uma calça jeans e uma blusa com gorro. Outro bilhete dizia: "Vista isto, está frio e seu traje chama muita atenção. Eu te amo".

Ler aquelas palavras me fez chorar de novo, mas me deixou uma sensação boa. Peter me amava. Que tal acordar da morte com isso?

Vesti as roupas por cima do traje. Ele fora atencioso: na blusa havia um buraco nas costas para a Língua de Fogo.

Um tremor vindo de fora fez vibrar todos os vasilhames de vidro dentro dos armários. Havia mais duas coisas sobre a mesa: uma seringa cheia de um líquido amarelado e mais um bilhete: "Aplique isto para que você não se esqueça de mim". A injeção iria manter minhas lembranças intactas por algum tempo. Deslizei a agulha no meu pescoço e o calor que brotou era familiar, até mesmo reconfortante. Eu estava pronta.

Abri a porta do apartamento com uma pequena expectativa de me deparar com Peter. Em vez dele, o que vi foram seis pessoas apavoradas falando umas com as outras sobre as causas do barulho. Duas senhoras de camisola estavam de mãos dadas. Todo mundo paralisou quando me viu no corredor. Talvez por não me reconhecerem como uma das vizinhas. Ou talvez porque eu tinha um cabo de espada aparecendo sobre o ombro.

– Fiquem em suas casas – eu disse a todos. – Encham tantos recipientes quanto puderem com água.

Eles continuaram paralisados, mesmo eu tendo acabado de lhes dar um bom conselho. Mais uma explosão sacudiu a poeira do teto.

– Mexam-se! – arranquei pelo corredor, desci a escadaria, disparei em direção à saída, saltando a cada passo. Passei pela porta da frente cinco segundos depois.

O ar congelante me atingiu no rosto, trazendo-me o cheiro de fumaça. Flocos de neve derretiam-se nas minhas bochechas. As explosões chegavam dez vezes mais barulhentas, vibrando em meus tímpanos, e eu via colunas de fumaça se erguendo por todo o céu. As pessoas corriam para todas as direções e estranhos jatos zuniam entre os prédios acima de nós, aquecendo o ar enquanto passavam. Eu não entendia; não deveria ser assim. A Terra Verdadeira queria preservar nosso mundo para uma readaptação, mas ali estavam jogando bombas. Parecia que tinham decidido nos explodir e nos mandar para o inferno da maneira mais fácil. Um míssil atingiu um prédio à minha esquerda, formando uma nuvem de vidro sobre as pessoas na rua.

Os sem-olhos eram algo que eu podia enfrentar. Mas como nós iríamos deter isso?

Corri pela calçada sem um plano de verdade. Não sabia como encontrar minha equipe, a menos que eles me encontrassem antes. Havia gente por toda parte, escorregando e deslizando na neve. Obviamente também não tinham um plano, estavam apenas correndo. Correndo para casa, talvez, apesar de saberem que não estariam a salvo lá tampouco. O caos se espalhava por toda parte. A rua estava repleta de carros destroçados, amontoados. As pessoas passavam, encapuzadas, olhando com olhos arregalados para o céu esfumaçado. A cena me lembrou do último verão, quando um punhado de Rosas rendeu Cleveland. Fiquei olhando por um momento, espantada. Eu havia morrido por nada. Por nada mesmo. Talvez eu tivesse até provocado aquilo ao destruir os sem-olhos.

Uma buzina estridente à direita me chamou a atenção. Vindo na minha direção, um Taurus todo preto, com lâmpadas LED no topo e grandes antenas espetadas no porta-malas. Era um carro oficial. Ele diminuiu a marcha até parar na calçada, forçando as pessoas que corriam a contornarem pelas laterais. Um homem acertou o espelho retrovisor com o quadril.

Atrás do volante estava Rhys. Seu cabelo loiro escondido por uma blusa com gorro, mas o rosto à vista. Nós nos encaramos por um segundo. Fiquei feliz em vê-lo, mas apavorada ao mesmo tempo. Peter disse que viria me buscar, então por que era Rhys que estava ali? Ele saiu do carro e nós corremos um ao encontro do outro. Ele me abraçou e me ergueu e nós giramos. Quando ele me colocou de volta no chão, vi que havia lágrimas em seus olhos.

– Você voltou – ele disse.

– Bem a tempo para a festa – eu quis falar com suavidade, mas o tom saiu sombrio. – E o Peter?

Rhys soltou uma risada curta.

– Por que quer saber? Já não está bom o bastante comigo? – ele sorriu. – O Peter está ocupado. Você vai vê-lo em breve – ao balançar a cabeça, o sorriso dele se contraiu. – Eu sinto muito.

– Deixei isso para depois. Nós temos um trabalho a fazer. – respondi.

Fui em direção à porta do motorista, pois queria dirigir em vez de ficar parada. Mas alguém tomou o volante antes de mim. Algum cidadão qualquer, usando jaqueta de flanela vermelha e óculos escuros pretos de aro grosso. Ele olhou para mim e tentou puxar a porta, mas rapidamente eu a segurei. Ele não se intimidou. Puxou duas vezes mais forte, dizendo:

– Solte! Por Deus, garota! *Solte.*

– Você pegou o carro errado.

Ele sustentou contato visual comigo por cerca de um segundo, então decidiu que eu estava certa.

o o o

Dava para dizer que Rhys pensou bastante no que dizer em seguida. Ele começou com um "e aí...", seguido por "como é que está a vida?".

– Estou bem.

– Sabe, andei pensando na sua volta.

– É mesmo?

– Sim. E eu não queria que você sentisse que não é real de novo, como se fosse menos que uma pessoa.

Eu não me sentia exatamente como se fosse menos que uma pessoa. Eu não sabia dizer o que sentia. Só sabia que não se pode estar morto por semanas, ou meses, e de repente voltar em um novo corpo e ser a mesma. Não dava.

– Certo.

– Quero dizer, todas as pessoas são basicamente clones delas mesmas. Enquanto crescemos, nossas células estão constantemente sendo substituídas por novas células. Em algum momento, não há um único átomo dentro de nós que já estava ali no começo. Mas ainda somos nós mesmos. Entendeu? Eu acho isso muito bacana.

A rua coberta de neve se tornou um borrão, até que pisquei para afastar as lágrimas. Coloquei minha mão no joelho de Rhys.

– Obrigada – eu disse. Era um bom argumento e eu fiquei feliz em ouvi-lo, mas ainda assim não era bem a mesma coisa. Eu morrera. E, de repente, estava de volta. Eu ainda podia ver os sem-olhos. Como eles me cercaram, vieram pra cima de mim com garras e dentes. Sentia como se eles houvessem arrebentado meu corpo minutos antes. Pensei ter realizado um grande feito ao me sacrificar, mas agora não parecia mais. Parecia sem sentido.

A intenção era deter a invasão de nosso planeta. Um universo paralelo enviara monstros que iriam nos matar sistematicamente, um por um, deixando nosso mundo intacto. Eu levei os monstros para outro mundo, os reuni e os explodi. Junto comigo. Mesmo assim, o outro universo contra-atacou. Então, eu não os impedi de nada

Rhys sorriu.

– Sem problema.

Um rugido alto veio pela frente. Olhei a tempo de ver um tanque se aproximando de nós. Avaliei a ameaça. Era um M1 Abrams. Um dos nossos.

– Por favor, desvie – Rhys disse calmamente e eu virei o carro para cima da calçada, derrubando uma caixa de correio que fez duas pessoas tropeçarem enquanto corriam. Foi nesse instante que notei que não era apenas um tanque, mas uma fila de tanques. Cinco ao todo, rugindo pela Broadway. Eles amassavam todos os carros pelo caminho, empurrando-os para os lados como se fossem frágeis como papel, até passando por cima de alguns, estraçalhando-os contra a neve. O vidro das janelas estilhaçava ruidosamente – *pop-pop-pop!*

– Continue em frente – Rhys pediu.

– Não vai ser suficiente, Rhys – respondi, com o pânico embargando minha voz. – Alguns tanques contra a Terra Verdadeira?

– Temos mais tanques e tropas por toda a cidade. Mesmo assim... não sei se é o bastante. Eles abriram um buraco no Central Park. E é grande.

– Os militares estão se organizando?

Virei o carro de volta para a rua, o lado direito sacudiu ao passar por um buraco feito pelos tanques.

– Não sei – Rhys disse. – O Noble tentou entrar em contato, mas o telefone estava mudo. Tenho certeza de que a essa altura não estão apenas esperando sentados. Nós vamos tentar nos encontrar com os militares depois de nos juntarmos ao Noble e à Sofia.

– Como eles estão?

– Ótimos. Noble anda atarefado por causa dos preparativos. E acho que estaríamos mortos sem ela.

Enquanto passávamos pela Broadway, vi pessoas saindo das lojas com os braços cheios de mercadorias. Saqueadores. À nossa vista, dois homens carregavam um sofá pela porta da frente de uma loja de móveis. O ataque mal tinha começado e as pessoas já haviam sucumbido aos seus impulsos mais baixos. Por um breve instante, compreendi o ponto de vista da Terra Verdadeira. Nós realmente podíamos ser animais.

Um destroço despencou rodopiando do céu e se chocou contra o chão no cruzamento, bem à nossa frente.

– Caramba! – Rhys gritou, enquanto o destroço quicava e rolava em nossa direção. Peguei na maçaneta da porta e me preparei para saltar fora, mas Rhys me deteve e girou o volante para o lado, gritando: "Segure firme!". Continuamos derrapando e nos aproximando do escombro, mas as rodas reagiram a tempo e ele pegou apenas no para-lamas traseiro. O impacto nos fez rodar até batermos em um poste. Minha cabeça se chocou contra a janela lateral com força o bastante para me fazer ver estrelas.

– Desculpe, desculpe – Rhys disse. – Eu só não queria que você saltasse e fosse esmagada.

Pisei no acelerador, mas ouvimos um som terrível de algo raspando na frente e não saímos do lugar.

Logo adiante vimos uma estação de metrô com os números 1, 2 e 3 no meio de círculos vermelhos.

– O metrô – apontei.

Rhys já estava saindo do carro. Corremos até a escada.

– Boa ideia. Tem uma estação bem na frente do nosso prédio. Mesmo se os trens não estiverem funcionando, podemos caminhar pelos túneis e evitar a multidão.

Pouco antes de chegarmos à estação, um carro veio zunindo pelo cruzamento, em direção à parte oeste do Central

Park. Não se parecia com nenhum carro que eu já havia visto. Um Corvette blindado seria a descrição mais aproximada, com pneus Knobby enormes na frente e atrás. Ele emitia um chiado bem agudo.

– Que diabo é isso? – Rhys perguntou, enquanto o víamos se afastar. Ele se chocou de bico contra um táxi, e nem por isso diminuiu a velocidade. A frente inclinada apenas jogou o táxi para fora do caminho. O carro dobrou uma esquina e sumiu.

– Vamos – chamei, descendo com pressa os degraus do metrô.

Saltamos as catracas e corremos para a plataforma, onde estava ainda mais gelado que do lado de fora. Estava abarrotada de gente. Cinco policiais tentavam manter a ordem, pedindo calma às pessoas e que aguardassem, pois logo um novo trem chegaria. O quiosque de doces estava fechado, mas isso não impediu dois homens de violarem a tranca com chaves de fenda. Os policiais pareciam não notar ou não se importar.

– Será que não é melhor irmos logo pelos túneis? – perguntei. Seria melhor nos movermos livremente do que ficarmos entalados em um tubo de metal com cidadãos apavorados.

– Vamos esperar um pouco – Rhys disse, olhando para os policiais e para a multidão ansiosa. – Eles podem precisar da nossa ajuda.

Justamente nessa hora senti uma lufada vinda do túnel e um guincho agudo que ficava mais sonoro a cada segundo. Um trem estava vindo. As pessoas imediatamente se amontoaram na faixa amarela, empurrando-se para serem as primeiras a entrar. Uma menina pequena quase caiu nos trilhos, mas o pai agarrou sua jaqueta grossa bem a tempo.

Um dos policiais deu um passo à frente, acenando com seu cassetete e com a lanterna.

– Todo mundo para trás! Para TRÁS!

O trem ainda levaria 30 segundos para aparecer, então perguntei ao Rhys:

– O que foi que eu perdi enquanto estive fora?

– Muita coisa. O Noble falou com o presidente depois que você... fez o que fez.

– Depois que eu me explodi.

Ele tocou no meu braço, então afastou a mão, desviando o olhar. Pelo jeito, falar sobre minha morte de maneira tão brusca o deixava desconfortável.

– Sim. O governo nos alojou em Nova York, já que o Noble disse que eles atacariam aqui primeiro. Parece que meu velho estava certo.

O trem ainda estava vindo. Logo pude ver os faróis ao longe, no começo do túnel.

– O Noble achou seu disco de memória no meio dos escombros da Verge, mas o Peter foi contra trazer você de volta. Ele disse que não era certo, pois nós nunca saberíamos o que *você* iria querer. Porém, eles chegaram a um acordo: você só seria trazida de volta se a Terra Verdadeira retornasse.

– Porque vocês iriam precisar de toda ajuda possível.

– Exato. Nós fomos para Cleveland e pegamos um dos clones, hum, quero dizer, você, da Key Tower. E levamos para o outro apartamento. Queríamos que você ficasse em um local separado, no caso de nos encontrarem e nos atacarem antes. Noble instalou uns monitores cardíacos internos e os conectou ao seu tanque. Então, se um de nós morresse, você seria ativada automaticamente.

Pensei na fileira de clones de Mirandas, todas esperando para se tornar alguém. Eu podia ser qualquer uma delas. Me perguntei como eles teriam escolhido este corpo.

Tentei me imaginar na posição deles, decidindo por que deveriam trazer alguém de volta dos mortos. O que eu teria feito? Qual é um motivo justo para trazer alguém de volta? E se eu apenas sentisse *saudade* de alguém?

Talvez não seja tão ruim que Noah nunca mais tenha que lidar com nada disso.

– Qual era a sua opinião sobre me trazer de volta?

Rhys não respondeu. Decidi deixar quieto.

O trem silvou ao chegar, sem diminuir o ritmo. Ele continuou, passando direto pela estação. O mais estranho era que eu não via ninguém através das janelas enquanto ele se deslocava.

A multidão começou a gritar. Um policial soprou o apito repetidas vezes.

Assim que a composição entrou no túnel até a metade, ouvi a energia do trem se desligar e as rodas arranharem os trilhos. Aquele trambolho parou quando já tinha passado por uns 70 metros da plataforma. As luzes da traseira brilharam como olhos de um demônio na escuridão, antes de piscarem e apagarem. As pessoas na plataforma voltaram a gritar.

Rhys e eu olhamos um para o outro. Então saltamos no vão e começamos a correr, com cuidado para evitar o trilho central, eletrificado. Paramos assim que chegamos na escuridão do túnel. Uma dúzia de pessoas corajosas e/ou estúpidas estavam nos seguindo.

– Se outro trem vier, eles serão esmagados – eu disse. – Isso se não morrerem eletrocutados.

Rhys acenou com a cabeça.

– Precisamos mantê-los afastados. Você pode cuidar disso? Eu precisaria de mais uma injeção...

– Está bem, pode deixar.

Disparei uma pequena onda de medo, apenas o suficiente para desencorajar qualquer um que quisesse nos seguir. A pressão permanente em meu cérebro ampliou-se no início, depois se amenizou, provocando uma sensação amarga e doce ao mesmo tempo, que fazia meu couro cabeludo formigar. O centro do meu cérebro estava quente, de um jeito quase prazeroso, como uma pedra aquecida envolvida em um cobertor.

As pessoas que nos seguiam passaram a correr no sentido oposto; dois tropeçaram nos trilhos, mas logo se ergueram.

– O que é isso? O que é isso? – um deles perguntava, enquanto eles quase se atiravam de volta para a plataforma. Nenhum sabia a resposta.

– Muito bem – Rhys falou.

Voltamos nossa atenção mais uma vez para o trem.

As luzes de emergência no vagão traseiro estavam acesas, mas eu não via ninguém. Saltei na parte de trás e abri a porta, então dei um passo à frente, em meio à fraca luz amarela.

O vagão estava vazio, porém os assentos e o chão estavam cobertos de sangue.

3

SACAMOS NOSSAS ESPADAS SIMULTANEAMENTE. RHYS TIROU uma pistola Glock de baixo da blusa. Ficamos imóveis, escutando. A porta se fechou com um estalo atrás de nós; em seguida, o silêncio era completo, exceto pelos baques amortecidos das explosões acima do solo.

– O que você acha? – Rhys sussurrou.

Aquilo não era o estilo de um Rosa. Era o estilo de um monstro.

– Pensei que tivesse destruído todos os sem-olhos.

Atravessamos o vagão, passando por manchas de sangue. Elas seguiam todas para a mesma direção, o que indicava que os sem-olhos haviam embarcado pela traseira e começado a rasgar com suas garras e dentes. Haviam ferido as pessoas e as obrigado a fugir para a parte da frente do vagão. Vi os primeiros corpos dentro do vagão seguinte. Uma idosa caída de costas, um homem em um terno azul, de lado, e um rapaz preso entre os vagões.

A porta insistia em fechar no tornozelo dele. Ela abria e fechava, abria e fechava.

Virei minha cabeça e cerrei meus olhos, engolindo em

seco. Então tropecei em uma sacola de supermercado, espalhando ovos pelo chão. Três deles quebraram e as gemas se misturaram com o sangue.

– Você está bem? – Rhys perguntou, com os olhos arregalados, como os meus também deviam estar.

– Sim.

Eu precisava estar. Continuamos andando.

O *tablet* de alguém, com a tela trincada, continuava exibindo um programa de TV.

Passamos pelo cara que estava preso na porta. Arrastei o tornozelo dele para dentro, e a porta se fechou às nossas costas.

Segui Rhys tão rápido quanto minhas pernas bambas permitiam. Atravessamos mais dois vagões, onde havia outras pessoas mortas amontoadas. Meu pescoço ficava mais tenso a cada segundo que passava, como se alguém apertasse um parafuso no topo da minha coluna. O silêncio era tão grande que eu podia ouvir nossa respiração.

O quinto vagão estava completamente escuro, a não ser por uma luz de emergência que piscava logo acima de uma forma descaída. À minha esquerda, na escuridão, alguma coisa gotejava no chão.

Rhys apertou um botão na arma e uma pequena lanterna foi acionada. Veio a calhar. Ele sacudiu a luz neutra e branca da esquerda para a direita e avançamos com cautela. Do fundo do vagão vinha uma batida ritmada, como um tambor. Mais uma porta deslizante, abrindo e fechando, abrindo e fechando.

– Você está com medo? – Rhys indagou.

Minha pulsação dizia que sim. Eu preferia estar no meu tanque. Entretanto, estava contente em ter Rhys ao meu lado.

– Estou bem.

Chegamos até a parte frontal do vagão, onde encontramos mais corpos. A maioria era de jovens, capazes de correr mais que os outros. A porta da extremidade do trem se escancarava, mas além dela não havia nada, apenas escuridão e silêncio. Eu me esgueirei até ali e lentamente fechei a porta.

Rhys usou sua arma para arrombar a porta da cabine do condutor, no canto direito do primeiro vagão. Ela estava vazia. Eu não tinha ideia de onde o condutor estava, nem de por que o trem perdera a energia. Talvez toda a rede do metrô tivesse pifado. Do lado de fora do vidro dianteiro, a escuridão não se alterava.

– Onde estão as luzes? – Rhys perguntou.

Os controles eram metade digitais, metade analógicos. Havia uma caixinha na tela que dizia LUZES DIANTEIRAS. Eu a pressionei e o túnel se iluminou com um amarelo brilhante. Quando meus olhos se ajustaram, identifiquei algumas formas. Eram monstros.

Mas não eram os sem-olhos.

4

AS CRIATURAS SE REMEXIAM, BALANÇANDO PRA FRENTE E pra trás. Elas não tinham corpo, só braços – braços *humanos*. Oito membros negros conectados a uma bola de músculo. Cada braço terminava em uma mão, cinco dedos com garras na ponta. Eram como aranhas enormes sem corpo. Minha garganta se fechou, emitindo um som estrangulado, sussurrando um "ai, meu Deus". Nos trilhos, vi um cadáver vestido com um uniforme azul: o condutor do trem.

Engoli em seco. Era como engolir uma pedra. As mãos negras se ergueram e se abriram na nossa direção, como se estivessem enxergando através das palmas.

Meu coração batia tão forte que eu podia senti-lo sacudindo dentro do peito. Rhys agarrou meu pulso e apertou, num reflexo. Tentei superar meu medo concentrando-me na raiva. "Essas *aberrações* mataram todas aquelas pessoas. O que você vai fazer a respeito?"

As aranhas se amontoavam, com seus braços negros lustrosos de sangue. As garras delas estalavam nos trilhos e algumas se agachavam antes de saltar para a frente do trem. *Tum-tum-tum.* Elas estavam voltando para nos pegar.

– Vamos! – Rhys gritou.

Encontrei uma alavanca no painel de controle. A única alavanca. Eu a empurrei com prazer, pronta para esmagar as aranhas sob toneladas e mais toneladas de metal.

Mas nada aconteceu.

– Onde está o botão de LIGAR? – Rhys berrou.

Uma aranha colou na frente do trem e começou a bater as garras de uma de suas mãos no vidro. Sua mão era do tamanho de uma frigideira grande. O vidro se estilhaçou na segunda batida. Rhys apontou sua arma e disparou uma bala pela janela na massa retorcida de músculos e tendões onde os braços da aranha se encontravam. Ela caiu, saindo do nosso campo de visão.

Nesse meio-tempo, as outras saltaram para o vagão e ficaram penduradas, balançando-se como macacos.

Uma delas agarrou a maçaneta da frente.

– Não! – segurei a maçaneta com toda a minha força para que não abaixasse, mas logo ela se quebrou nas minhas mãos. A aranha escancarou a porta, que rebateu e voltou a se fechar. A criatura se encolheu, então a abriu novamente. Dessa vez a porta arrebentou, escapando dos encaixes.

– Rhys!

Ele disparou um tiro às cegas, então atingiu a aranha com sua espada. Então, ele bateu a porta mais uma vez e passou uma trava nela. Ainda assim, a porta estava meio fora do lugar e duas garras forçavam-na pela parte de cima.

– Faz a gente andar, Miranda. – Vidros se estilhaçavam na outra ponta do vagão.

Eu olhava para o painel enquanto outra aranha saltava no vidro da frente. Havia uma chave, a qual virei com tanta força que pensei até que iria quebrá-la. O trem voltou à vida com um murmúrio alto e vibrante. Empurrei a alavanca para a frente e nós aceleramos.

– Mais rápido! – Rhys implorou.

– Estou tentando!

Algumas aranhas insistiam em arrebentar as portas duplas da lateral do vagão. O espaço que havia era exatamente a distância entre elas e a parede do túnel. Diante dos meus olhos, duas aranhas que ainda estavam penduradas na frente do trem foram derrubadas por um farol. Seus membros se agitaram, as mãos se abriam e fechavam. Eu quase gritei "TOMA ESSA!" com toda a força dos meus pulmões.

Com a alavanca acionada ao máximo, o trem ganhou tanta velocidade que eu tive que me agarrar à porta. Mais uma aranha saltou na frente do trem e infiltrou suas garras através do rombo deixado pela bala do Rhys. Ao abrir o buraco, ela ia se estraçalhando, com os cacos de vidro penetrando sua pele. Parecia não sentir dor. Enterrei minha espada no buraco bem quando chegamos à estação seguinte. A plataforma iluminada estava abarrotada de gente e nós passamos direto por ela, de volta ao túnel. "Sinto muito, mas acho que vocês iriam preferir pegar o trem seguinte."

Deixei o acelerador em posição, então me reuni ao Rhys no meio do vagão. Ficamos de costas coladas. Uma aranha se arrastava pelo teto, outra se agachava em um banco próximo. De repente, elas se viraram e foram em direção à outra ponta do vagão. As que estavam tentando forçar a porta lateral sumiram. Por quê?

Eu me virei e vi que chegávamos com tudo à estação seguinte. Havia um trem parado adiante. Voltei correndo para a cabine e puxei a alavanca até o fim, na minha direção. As rodas responderam, deixando duas trilhas de faíscas. Bati minha cabeça contra o vidro da frente, já meio quebrado. Nós estávamos a 30 metros do trem, depois 15, e não estávamos desacelerando o suficiente.

– Precisamos saltar fora! – Rhys disse. Eu já estava forçando as portas laterais, terminando o trabalho que as aranhas começaram. Consegui entreabrir uma e vi as pessoas passando na estação a poucos passos de nós.

– Você primeiro! – gritei, empurrando Rhys para a porta. Ele saltou, rolando ao cair. Eu fiz a mesma coisa, enquanto os dois trens colidiam com tanta força que dava para sentir o baque no ar. Como nas duas primeiras, aquela estação tinha dezenas de pessoas espantadas.

– Subam, subam, subam! – Rhys ordenou. – *Subam a escada!*

Talvez fossem nossas espadas, ou o sangue das aranhas em nós, mas o fato é que elas obedeceram. Seguimos as pessoas pelos degraus, enquanto víamos aranhas atrás de nós, e emergimos na Columbus Circle, logo na esquina sudoeste do Central Park.

Sobre o solo era o caos, como antes. Mais daqueles estranhos automóveis blindados zunindo pelas ruas, batendo nos carros comuns e atirando-os para os lados como se fossem brinquedos. As pessoas saíam correndo do parque, chutando a neve com suas botas. Através das árvores desfolhadas dava para ver uma dúzia de focos de incêndio brilhando e corpos e veículos se movendo com um objetivo claro, em marcha ritmada para a invasão. Não era a temperatura que me deixava gelada.

Havia um táxi vazio na calçada ao meu lado, com as quatro portas abertas. Alguém tentou assumir o volante, mas eu atravessei correndo, cheguei antes ao assento do motorista, acionei o câmbio e então parti para o asfalto, com as rodas patinando um pouco na neve.

– Miranda! – Rhys me chamou.

Mas eu não iria muito longe. Virei o carro e dirigi direto para a escadaria do metrô. As quatro portas bateram nas paredes e se fecharam. As rodas quicavam nos degraus enquanto uma aranha aparecia no canto da escada, pronta para subir e passar suas garras onde pudesse. A frente do táxi a acertou e o carro a prensou contra a parede no primeiro degrau da escada, não deixando espaço algum para outra passar por ali. Dois dos braços da aranha prensada forçaram o para-choque até derrubá-lo; em seguida, causaram bons arranhões no capô. Eles rasparam e cavaram e se contorceram, e então pararam.

Rhys já estava ao lado do porta-malas do táxi, quebrando o vidro traseiro com sua bota. O vidro se tornou uma única peça estilhaçada. Ele agarrou minha mão e me tirou dali. As aranhas gritavam (não me pergunte como) na estação abaixo, antes de se afastarem, procurando por outra saída. Elas logo iriam encontrar uma, mas com isso eu ganharia tempo.

Subimos a escada e seguimos rumo aos arranha-céus do Time Warner Center. Alguns idiotas estavam correndo pela porta da frente com roupas caras e – juro por Deus – panelas e frigideiras de cobre.

De repente, uma voz ressoou, mas de alguma maneira estava dentro da minha cabeça, como telepatia. Eu sabia que todo mundo à minha volta também escutava, porque todos *estancaram*. Paralisaram.

“Saudações, povo de Nova York. Eu sou a líder do exército que está invadindo sua cidade. Não temam. Só pretendemos causar o dano necessário.”

Eu conhecia aquela voz. Ela pertencia à diretora da Terra Verdadeira. Miranda North Original, de quem eu era um clone.

"Há algo nesta ilha de Manhattan que nós desejamos. Quando o encontrarmos, vamos embora e vocês jamais nos verão novamente. Nesse meio-tempo, não tentem partir. Enquanto falamos, armas poderosas estão sendo instaladas em torno de todo o perímetro da ilha. Nada irá entrar ou sair, eu lhes garanto. Seu país tentará posicionar aviões e satélites sobre nosso espaço aéreo, mas eles serão abatidos. Repito: só pretendemos causar o dano necessário. Sigam as instruções e estarão a salvo. Quem for visto desrespeitando as ordens será destruído."

Duas metralhadoras ecoaram pelos prédios. Era impossível descobrir de onde.

"Panfletos serão distribuídos. Eles irão mostrar a vocês o que estamos procurando. Quanto mais cedo encontrarmos o que queremos, mais cedo sua cidade será devolvida a vocês. Ânimo, cidadãos de Nova York. Este não é seu fim."

5

TODO MUNDO PARECIA PERPLEXO NO SILÊNCIO QUE SE seguiu. Uma mulher deixou tombar o computador novo que ela estava carregando. Algumas pessoas apenas ficaram paradas, olhando para o céu, à espera de mais. Então um motorista de táxi buzinou para alguém na rua, rompendo o feitiço. Em pouco tempo, muitos voltaram a correr, mas dessa vez eles não estavam em pânico, como se a promessa de que nem todos iriam morrer fosse reconfortante.

Alguém chegou a gritar:

– ISSO É UMA PIADA?!

Um homem usando um terno azul listrado berrava ao celular, até que alguém o arrancou de seu ouvido e disparou em direção à escada rolante do metrô.

– Não vá por aí – avisei, mas já era tarde demais.

– Vamos ter bastante trabalho pela frente – Rhys sussurrou.

Vi mais gente nas ruas vindo em nossa direção, só que em uma marcha constante. Definitivamente, não eram pedestres.

Peguei na mão do Rhys.

– Precisamos entrar.

Ele me levou para a ala norte da torre mais próxima, em uma entrada elegante. A guarita de vigilância estava deserta. Seguimos até um dos elevadores e Rhys usou uma chave, então pressionou o botão que marcava "53". Enquanto subíamos, eu contava a minha pulsação em queda. Ainda podia ouvir as palavras da diretora na minha cabeça, mais claras que uma mera lembrança. Não dava pra engolir que eles não estavam ali para nos fazer mal, especialmente depois de já terem disparado mísseis por toda a cidade, mas eu acreditava que estavam à procura de alguma coisa. Nosso primeiro passo devia ser encontrar um daqueles panfletos.

A porta do elevador se abriu para um saguão espaçoso. À nossa frente havia janelas que iam do chão ao teto, com vista para o parque. Corri até lá. Metade do Central Park estava em chamas, mas aeronaves de aspecto estranho pairavam sobre as labaredas e espirravam uma espuma que extinguiu o fogo rapidamente. Era difícil discernir os detalhes à distância, mas aqueles jatos claramente não eram do nosso mundo. Eram retangulares, com um motor vertical em cada um dos quatro cantos. Nas ruas, mais daqueles carros estranhos corriam por toda parte.

Ao Sul, quatro caças norte-americanos voavam baixo sobre a cobertura dos prédios, disparando com sua artilharia pesada, rajadas amarelas brilhantes contra o céu cinzento. Ao vê-los, meu peito se enchia de esperança. Isso era para calar a boca da diretora, com sua promessa de que ninguém passaria pelas armas deles. Um dos jatos da Terra Verdadeira explodiu em uma bola de fogo vermelha e preta. "Toma!" As outras naves da Terra Verdadeira saíram da formação, partindo em alta velocidade em direções aleatórias, como óvnis. Os jatos foram adiante, circulando em torno da ponta norte de Manhattan.

Mais perto, na direção do meio do Central Park, pude ver as margens da Escuridão. Era um vazio familiar na forma de um círculo, um buraco no próprio tecido de nosso mundo. Eu nunca quis ver aquilo novamente e pensei que jamais precisaria.

A pé, o exército de Rosas escoava do parque e avançava para o Sul. Em grupos, infiltravam-se nas ruas na mesma marcha constante que havíamos visto antes.

– Miranda – uma voz familiar chamou às minhas costas.

Quando me virei, ali estava Noble, bem como eu me lembrava dele: alto, loiro e barbudo, com um sorriso capaz de nos aquecer por dentro. Eu o vira um dia antes, mas para ele haviam sido meses.

– O Peter ainda não voltou? – eu soube assim que entrei no apartamento. De alguma maneira, pude sentir.

– Não, ainda não.

Havia uma gentileza nos olhos dele que me fazia lembrar do dr. Tycast. Noble estendeu os braços e eu o abracei brevemente.

– Sinto muito – foi tudo o que ele disse e eu aceitei.

– Eu entendo.

Finalmente, dei uma olhada no apartamento. À minha direita, vi uma cozinha repleta de caixas com equipamentos. A mesa de café da manhã estava entulhada de armas e munições. Reparei num arpão com um carretel de metal, como o que Tobias usara para evitar que Grace e eu caíssemos mortas no último verão.

– Noble arrumou brinquedos novos para nós – Rhys disse. – Foi o que ele descolou enquanto você estava fora, pegando emprestado dos militares tudo o que eles deixavam.

– Essas armas não são brinquedos – falei, passando um dedo sobre o cano de um rifle de assalto.

– Você sabe o que eu quis dizer – ele respondeu. E eu sabia. – Você deveria ver o quarto de hóspedes. Ele o transformou em um laboratório para preparar injeções de memória a partir de itens de supermercado.

Eu sorri em agradecimento a Noble. Rhys e Peter eram capazes de se virar sozinhos, sem dúvida. Ainda assim, saber que Noble estava cuidando deles fazia eu me sentir melhor a respeito da minha ausência.

Sofia apareceu, vindo do outro quarto, e me deu um abraço. Seu cabelo preto havia crescido o suficiente para ser amarrado em um rabo de cavalo curto. E ela devia ter ganhado uns cinco quilos em músculos. Sem dúvida estava treinando com Rhys e Noble. Agora que ela não estava mais comendo restos, não parecia mais uma menininha frágil.

– É tão bom ver você – ela celebrou, como se fôssemos velhas amigas que apenas não haviam tido oportunidade de sair para a balada por um tempo.

Eu acenei.

– É bom ver você também – e, para ninguém em particular, falei: – Preciso ir para o telhado.

– Por aqui – Noble indicou.

Nós tomamos o elevador.

– Peter foi encontrar tropas do governo que estavam escondidas na cidade quando o ataque começou – Noble contava, enquanto subíamos. – Não consegui falar com ele pela linha direta. Parece que todas as comunicações caíram.

– Eu estava preocupada com o Rhys lá fora sozinho – Sofia disse para mim. – Que bom que ele encontrou você para protegê-lo.

Rhys deu uma fungada, mas logo se conteve. Sofia

lhe deu um tapinha brincalhão. Ele pegou na mão dela e a segurou por um segundo antes de soltá-la, relutante.

– Que interessante.

– Então, se Peter estava trabalhando para o governo – eu continuei de onde Noble havia parado –, onde está nosso contra-ataque? Eu vi alguns jatos e tanques, mas era pouco. Cadê a defesa?

– Não vamos conseguir vencer apenas pela força – Noble disse. – Colocar tudo o que temos em uma única batalha vai apenas resultar em nossa derrota. Nós precisamos de uma reserva. Precisamos nos organizar e *então* atacar.

– Enquanto as pessoas morrem – eu disse.

Ninguém respondeu.

As portas se abriram no topo do prédio, revelando o rio Hudson e, além dele, Nova Jersey. Tudo parecia frio e cinzento daquela altura, apesar de a neve ter se reduzido a poucos flocos.

O vento soprava no meu capuz e o fazia abaixar. Nós andamos pela beirada e vimos exatamente o que a Terra Verdadeira quis dizer sobre o cerco à cidade. Vários daqueles jatos de quatro motores sobrevoavam a margem, despejando cargas em caixas. Diante de nossos olhos, as caixas se abriam e revelavam torres mecânicas enormes que tomavam duas pistas da estrada. Parecia haver uma torre a cada 30 metros. Logo que os primeiros jatos voltavam para a cidade, outros chegavam e continuavam a soltar caixas.

Do outro lado do rio, dois helicópteros militares pairavam sobre a orla de Nova Jersey. As torres perto da estrada giraram sobre suas bases até se alinharem com os helicópteros, então subitamente se contraíram, estalando com eletricidade azul. Do outro lado do rio, os dois helicópteros explodiram em enormes nuvens de fogo.

– Meu Deus – Noble espantou-se.

Mais longe, outros jatos militares passavam de um lado a outro no céu, mas não ousavam se aproximar.

– Olhem para isso – Rhys gritou. Ele estava na outra ponta da cobertura. Corremos até lá, meu coração já estava na garganta. A vista para o parque era ainda mais espantosa daquele ponto. A coluna de fogo devia ter mais de um quilômetro de extensão. Ela seguia na direção leste, chegando ao bairro do Queens. Mais perto do chão, 20 dos estranhos jatos de quatro motores sustentavam o que parecia ser um disco de metal espesso com centenas de metros de diâmetro. O disco estava pendurado por cabos entre eles. Nós observamos enquanto eles desciam o disco até o meio do parque. Aquilo cobriu completamente a Escuridão, algo que parecia impossível, pois o disco só podia ter vindo de lá.

Assim que o disco foi posto em seu lugar, os jatos partiram com pequenas rajadas de luz, e eu percebi que tinham atirado em alguma coisa, mas não podia ver o quê. Quase imediatamente ocorreram várias explosões entre as árvores, seguidas pelo som de troncos partidos e o ruído de dezenas de galhos farfalhando ao cair. Só consegui vislumbrar os escombros quando o vento limpou a fumaça. Eram tanques. Os tanques que tínhamos visto na Broadway.

Então percebi que não importava o que mais os militares tinham planejado. Precisávamos nos virar sem eles.

– O que é esse disco? – Rhys perguntou.

Antes que alguém pudesse responder, um movimento no topo da torre sul do nosso prédio capturou nosso olhar. Duas pessoas estavam nos observando por trás do cercado, com posturas rígidas. Elas estavam vestidas com trajes como os nossos, mas eram vermelho-escuros em vez de pretos. Estavam longe demais para notarmos os detalhes, porém reconheci o cabelo ruivo – meu cabelo ruivo – de uma Miranda e as mechas loiras de um clone de Rhys. Por um momento apenas olhamos uns para os outros, completamente confusos, antes que eles se afastassem do cercado com um impulso e corressem para os degraus.

Na torre norte, Rhys e eu fizemos o mesmo um segundo depois. Nós nem falamos.

– Use o arpão! – Noble gritou atrás de nós. – Temos dois! – ele sabia dos riscos. Os Rosas estavam fugindo porque iriam reportar nossa localização, se é que já não tinham feito isso. "Como sabiam que éramos nós?" Mas eu tinha a resposta. Se fôssemos apenas Rhys e eu, poderíamos ter encenado, porém com Noble e Sofia não daria para enganar.

Pegamos o elevador para o apartamento. Rhys agarrou um arpão da mesa de café da manhã enquanto eu me ocupava de atirar uma cadeira pela janela do meio. Ou tentar. A cadeira bateu e voltou, só que eu a peguei de novo e a atirei na janela de novo até fazer estremecer e romper o vidro de segurança, o que deixou uma rajada de ar frio entrar. A segurança da nossa base já era. Mas não tínhamos mais escolha.

A mistura de ar quente com frio fez meu nariz escorrer. Rhys me jogou um arpão. Meus olhos perscrutaram o ambiente, escolhendo o melhor ponto para mirar. Nós estávamos ali havia 15 segundos. Se o elevador já estava no topo quando eles o tomaram, podiam estar na metade da descida.

– Como isso funciona? – perguntei, e logo percebi que tinha um gatilho e um botão marcando ATIRAR/RETRAIR.

Rhys disparou o dele no chão e a extremidade do arpão se enterrou no concreto sob o carpete. Fiz o mesmo. A recolhida era tão poderosa que quase escapou da minha mão.

– Assim – ele disse, prendendo o cabo com os dois pés. – Aperte o gatilho para desacelerar a descida. Mas vamos logo.

Ele segurou a arma com as duas mãos e mergulhou de costas pela janela.

– Ah! – exclamei.

Rhys voou para o chão, com o arpão zumbindo em suas mãos enquanto rapidamente desenrolava o carretel. Saltei depois dele, de cabeça, notando o quanto aquilo era insano. Não fazia nem uma hora que eu tinha voltado da morte.

Apertei meu queixo contra o peito para manter as mãos firmes na empunhadura. A corda arranhava os pés enquanto desenrolava com um ruído alto. Embaixo de mim, o asfalto se aproximava a cada segundo, enquanto o vento congelava as lágrimas nos meus olhos e fustigava meu cabelo contra o rosto. Apertei o gatilho e minha descida desacelerou. O sangue latejava veloz pela minha cabeça, dando a sensação de que eu iria explodir. "Não solte." Rhys estava bem na minha frente, quase no solo. Mantive uma pressão constante no gatilho enquanto o som da cidade ficava mais alto. As pessoas ainda estavam correndo pelas calçadas e o trânsito estava totalmente parado, com muitos carros abandonados impedindo que o fluxo voltasse ao normal. Faltavam três metros para o solo. Soltei a pistola e dei uma cambalhota para trás, caindo em pé, momentaneamente tonta quando o sangue subiu à minha cabeça. Rhys me deu a mão para ajudar a me aprumar e dois segundos depois estávamos correndo na calçada de nosso prédio.

– Por onde eles vão sair? – perguntei sem fôlego.

– Provavelmente pelo lado sul.

Nós dobramos a esquina da 58th Street, então paramos perto de outro tanque norte-americano. Este parecia abandonado, com a escotilha no topo aberta e o motor ligado à toa, com um ruído rouco. Mas não foi isso o que chamou minha atenção. Logo à frente havia mais um dos estranhos veículos blindados da Terra Verdadeira, estacionado junto ao meio-fio, como se o motorista tivesse parado para ir à farmácia ou algo assim. Devia pertencer à outra Miranda e ao outro Rhys. Nós tínhamos chegado a tempo.

Tirei a Língua de Fogo das costas e nos aproximamos da saída do prédio. Como esperado, 20 segundos depois os dois Rosas vestidos de vermelho surgiram, indo direto para o carro blindado. Se eles chegassem ali antes de nós, estaria tudo terminado, não poderíamos detê-los. Nós cobrimos a distância o mais rápido que pudemos e em relativo silêncio, com os passos abafados pela neve da rua. Cheguei primeiro até a Miranda. Ela se virou quando me aproximei. Agarrei seu braço e ela se moveu para me bloquear. Eu a fiz girar e dei um tapa em sua nuca, então bati a testa dela na porta do carro, deixando-a inconsciente.

Rhys lutou com o clone dele, que estava atrás de mim.

– Dê uma ajudinha... – ele bufou.

O clone ia me dar um chute, mas agarrei a perna dele e o chutei em um lugar que não era o joelho. Ele uivou de dor e vacilou, então Rhys passou uma rasteira na outra perna, com força o bastante para fazê-lo girar no ar. A cabeça dele se chocou contra o chão da rua e ele ficou imóvel.

Eu me ajoelhei ao lado de Miranda, passei os dedos pelo pescoço dela, com os olhos no espaço à nossa volta.

– Ele está morto?

Rhys checou a pulsação de seu clone.

– Não, ainda não.

As pessoas na rua tinham parado para nos observar, inclusive um bombeiro todo aparamentado.

– Saiam daqui! – gritei para eles.

O bombeiro começou a dizer algo, mas um dos jatos da Terra Verdadeira passou num voo rasante pela esquina acima de nós e o deslocamento de ar o derrubou. O jato diminuiu a velocidade e parou, com calor irrompendo dos motores, e o barulho eriçou minha pele. Cambaleei com a lufada, a neve ao meu redor se tornou vapor. As pessoas se afastavam como baratas e eu ia procurar abrigo quando pedaços de papel começaram a flutuar pela rua, esvoaçando por baixo do jato. Eles enchiam o ar, soprados pelo vento.

Agarrei um.

No topo estava escrito: ENCONTREM ESTE HOMEM.

Embaixo, lia-se: DENUNCIEM/ENTREGUEM-NO AO INVASOR MAIS PRÓXIMO.

Bem, ao menos eles eram sinceros a respeito de como deveríamos chamá-los.

No meio, havia uma foto de um homem que eu reconheci, apesar de nunca tê-lo visto antes. Parecia com meu ex-namorado, Noah, que apagara minhas memórias e depois morrera tentando me proteger. A diferença era que esse homem aparentava ter cerca de 30 anos a mais.

Era Noah East, *sr. East*, um de nossos criadores.

6

— RHYS... – COMECEI A DIZER.

– Isso pode esperar – ele rosnou; em seguida, arrastou o clone dele até a traseira do carro blindado. – Pegue a outra.

Enfiei o papel no bolso da minha calça jeans, então peguei o peso morto do meu próprio clone. Havia um distintivo no traje dela, logo abaixo do pescoço. Estava escrito M-96. Peguei suas armas, uma espada como a minha e um rifle de assalto que parecia futurístico demais para nosso mundo. Então a arrastei para o veículo, ao lado do clone do Rhys.

Rhys tocou na porta, que se abriu para cima com um silvo metálico. Por dentro, parecia um ônibus espacial.

– Vou estacionar isto aqui na garagem e então levar nossos novos amigos para o apartamento. Vá na frente para se certificar de que eles não chamaram reforços.

Ele fechou a porta sem esperar por uma resposta. O carro blindado deu partida com um gemido baixo que aumentava progressivamente enquanto se movia. Os dois clones, amolecidos no banco traseiro, sacudiram com os trancos, mas não rolaram. A visão me fez rir, por algum motivo.

Segui adiante, com o rosto escondido pelo meu capuz e as mãos no bolso, tão discreta quanto possível. Pensando bem, talvez eu tivesse me misturado melhor à multidão andando como uma tonta. As pessoas ainda pareciam confusas depois do anúncio mental da diretora.

Da frente do prédio, eu vigiava enquanto o exército de Rosas continuava vindo do parque. A maioria tinha trajes de escamas pretas, mas alguns vestiam prata, vermelho ou branco. Olhei para eles por algum tempo; nenhum se movia em minha direção. Até aquele momento, barra-limpa.

A tropa mais próxima passou por um grupo de pessoas que tentaram fugir, mas os Rosas ergueram as mãos, como se sinalizassem "Está tudo bem, não vamos machucá-los!", e as pessoas pararam. Como eles os estavam controlando? Recorri ao meu sexto sentido, entretanto não senti nenhuma onda de medo vindo dos invasores.

Os Rosas os cercaram e varreram os olhos deles com uma espécie de caneta a *laser*, um por um. Presumi que era algum tipo de escaneamento. Estavam procurando pelo East. Se ele fosse esperto como nós, estaria usando um disfarce, e os Rosas sabiam disso.

Depois de um minuto, os Rosas prosseguiram, deixando as pessoas ainda mais confusas.

Eu esperei mais dois minutos, então decidi que estávamos seguros e entrei no nosso prédio.

ooo

Rhys já havia amarrado os Rosas em cadeiras de metal quando cheguei. O clone dele tinha um distintivo no uniforme, como o da outra Miranda: estava escrito R-34. Os dois clones ainda estavam desmaiados, com os queixos nos peitos. A M-96 estava com um hematoma roxo bem feio na testa. Atrás deles, Sofia se ocupava de cobrir a janela quebrada com um papelão, mas o vento continuava soprando, sacudindo bastante aquele remendo improvisado.

– Bom trabalho – Noble disse quando entrei. Deixei que ele me guiasse até a cozinha. Havia um *shake* proteico e um sanduíche de presunto no balcão, mais duas garrafas de água. Ao lado da comida vi um mapa de Manhattan, com algumas regiões circuladas em vermelho. A caligrafia dele, com letras bem pequenas, espalhava-se por todo o mapa.

– Obrigada – eu disse, enquanto Noble se inclinava sobre o mapa, com uma caneta na mão. Meu nariz ainda estava dormente por causa do frio. Peguei uma garrafa de água e comi metade de um sanduíche, então me aproximei dos dois Rosas.

– Acho que devemos deixá-los acordar – Rhys sugeriu, mas meu tapa no rosto da M-96 o interrompeu. – Ou podemos despertá-los assim.

Em seguida, dei um tapa forte no R-34.

A M-96 acordou primeiro, piscando os olhos em ritmos variados, como uma boneca esquisita ganhando vida. Ela girou a cabeça para um lado e para o outro, avaliando o entorno.

– Solte-nos – ela ordenou.

– Pode esperar sentada – respondi.

Ela me encarou.

– O que vocês estão fazendo aqui? – perguntei.

O R-34 acordou tossindo. Ele se remexeu, tentando se livrar das amarras. Atrás deles, Noble havia trocado a caneta por uma espingarda. Ele sempre nos dava cobertura.

– O que vocês estão fazendo aqui? – repeti.

– Vocês não viram o panfleto? – a M-96 disse. Ela falou como se cuspisse as palavras; dava para notar o quanto estava furiosa.

– Panfleto? – Noble perguntou.

Tirei o papel do meu bolso e o entreguei a ele. A sobrancelha dele se ergueu quando reconheceu o East. Ele disse:

– Hmm. Eu envelheci melhor do que ele.

– Então vocês isolaram toda a ilha para encontrar um homem? – Rhys perguntou.

O R-34 fitava Rhys.

– Você é um traidor – ele disse. – Você foi criado para estudar este mundo, não para defendê-lo.

– E quem é você? – a M-96 cuspia em mim. – Você não é a Miranda da equipe Alfa. Ela está morta. Ela se explodiu.

– A não ser que você tenha voltado à vida – o R-34 disse com um sorriso afetado.

Eu não respondi.

– Interessante – ele continuou. Meu silêncio era toda a confirmação de que ele precisava. – De quanto você se lembra desta vez?

"Como eles sabem tanto a nosso respeito?"

Sem uma palavra, Rhys chutou o R-34 no peito. A cadeira se inclinou para trás e tombou. O R-34 perdeu o fôlego e se contorceu para trás e para a frente. Mas com isso ele pôde ver Sofia colando as últimas fitas na janela.

Ele soltou um riso vitorioso quando o puxamos de volta à posição anterior. No segundo seguinte, quando minha mão se fechava ao redor do pescoço dele, eu captei o aroma de rosas.

– Não! – eu o soquei no rosto, mas a M-96 estava disparando suas próprias ondas, acrescentando o poder dela. Noble deu um passo para trás, com o rosto contraído de medo, apesar de estar preparado para essa energia, como os outros criadores.

Só que não era o caso da Sofia. Ela soltou um berro agudo, machucando meus ouvidos. Ela já estava soluçando, cambaleando para trás, com as mãos sobre o rosto, os dedos se fechando como garras. Todos nós gritamos o nome dela: "SOFIA!". Ela deu um passo, dois, então três. Seus ombros encostaram no papelão, que se curvou para fora. A fita saiu gemendo pela janela, se estendendo, se estendendo, enquanto ela se contorcia, sem conseguir afastar as ondas de pavor.

No momento em que o papelão se rompia, Rhys se lançou na direção dela e agarrou seu pulso.

– TE PEGUEI!

Dei um tapa tão violento nas costas do R-34 que ele saiu do lugar, então saltei por cima dele para ajudar Rhys. Sofia quase o puxou pela janela junto com ela, porém ele espalmou a mão no vidro com força o suficiente para segurar ambos. Sofia arranhava o braço dele, tentando escapar da pegada, revirando-se para a frente e para trás.

– Sofia, pare! – Rhys disse, envergando mais para fora da janela.

Noble e eu chegamos no segundo seguinte. Eu agarrei o outro braço da Sofia, o ar frio fustigando meu rosto, e Noble puxou Rhys por trás, fazendo-se de âncora até conseguirmos trazer os dois de volta para dentro. Sofia continuava tentando escapar para fora, com os braços trepidando, arranhando nosso rosto com os dedos, até Rhys prender os braços dela pelas costas, segurando-a firme e tirando-a do chão.

Marchei até o R-34 e o chutei com tudo na têmpora para fazê-lo parar. A onda de medo dele se esvaneceu, já dava para sentir novamente o ar tomado pela fumaça que vinha de fora. As pálpebras dele tremelicaram antes de se estabilizarem. Entretanto, Sofia ainda estrebuchava e gritava.

– Pare a outra, Miranda! – Rhys gritou, virando o rosto de lado para que Sofia não quebrasse seu nariz com a nuca.

Fui até a M-96 e a sufoquei até que o aroma de rosas desaparecesse completamente. Os olhos dela saltaram e pequenas veias capilares nas bochechas e nos olhos incharam.

– Miranda, já chega – Noble disse. – *Já chega.*

Eu levei mais um segundo, então a soltei. Arrastei-a para o banheiro, que era enorme, repleto de mármore, e bati a porta. Sofia estava soluçando no outro banheiro – soluços engasgados, resfolegantes; a angústia dela era como agulhas nos meus ouvidos. Empurrei a M-96 com um tranco no peito, e ela caiu para trás até a cadeira bater na banheira, parando em um ângulo de 45 graus.

A M-96 estava respirando pesadamente, encarando-me com olhos arregalados. Supus que era assim que eu ficava quando sentia medo.

Tirei a Língua de Fogo das costas e coloquei a ponta entre o fim do pescoço dela e o distintivo.

– Acabei de ressuscitar pela segunda vez e meus sentimentos a respeito disso são complicados. Especialmente porque morri pensando que eu faria alguma diferença.

Os olhos dela ficaram ainda mais arregalados do que antes.

– Você *é mesmo* ela.

– Sim. E não estou com paciência. Nenhuma. Diga-me por que a diretora quer tanto o East e eu não atravesso isto pela sua garganta. Se você não... Bem, ao menos seu pescoço está ao lado de uma banheira.

Ela fechou os olhos e engoliu em seco.

Fiquei quase surpresa quando ela abriu a boca e começou a falar. Quase.

– O East possui um item de grande importância – as palavras dela saíam apressadas, como se ela tentasse terminar antes de se arrepender.

Coloquei a espada na pia, mas não retirei a mão de cima dela.

– Aham. Importante por quê?

Alguém bateu à porta.

– Abra, Miranda – era Rhys.

– Me dê um minuto – eu sabia que deveria incluí-lo no interrogatório, mas minha paciência estava por um fio. Apertei o botãozinho de trava na porta.

– Por favor – ele pediu. Ele bateu à porta de novo, dessa vez suavemente. – Não faça nada estúpido.

Eu o ignorei e me voltei para o clone.

– Eu perguntei: importante por quê?

A M-96 disse:

– Não sei. Eu juro! Nós vamos ter uma reunião daqui a pouco. Na Verge. Daqui a uma hora e meia.

– Miranda, é sério, você precisa ver isso aqui – Rhys disse através da porta.

– Já vou – pus a mão na maçaneta. – Do que você está falando? Eu destruí a Verge.

Ela não disse nada.

Rhys forçou tanto a maçaneta que o botão de trava saltou. Ele abriu a porta.

– Você precisa *mesmo* ver isso.

Pensei que sabia o que ele queria me mostrar.

– Nós ainda não acabamos – eu disse para a M-96. Ela acenou rapidamente, tão obediente que eu quase quis passar a mão na cabeça dela. Apertei um pouco mais as amarras dela para garantir que tudo estivesse em segurança.

Na sala principal, Sofia estava no sofá, agarrada a um cobertor. O cabelo escuro dela estava despenteado e lágrimas brilhavam em suas bochechas. Ela voltava o queixo para a janela quebrada, onde estava Noble, olhando para fora.

Eu me juntei a ele bem a tempo de ver a Verge tomando forma. O disco de metal sobre o parque não estava mais plano. Desdobrava-se para cima, como uma montanha que se ergue da terra, afunilando-se em níveis, até o prédio assumir a forma de uma colmeia metálica.

Mas havia uma diferença em relação à Verge que eu destruíra. Essa tinha uma coluna enorme no topo em vez de um escritório. Enquanto observávamos, uma luz vermelha começou a brilhar na extremidade da coluna. Logo ficou intensa demais para se olhar. Antes que eu me virasse, um raio vermelho espesso foi disparado na direção do céu. Meus olhos o seguiram até as nuvens, onde um avião sobrevoava a cidade. Creio que era uma aeronave espiã militar, pois nesse momento o tráfego aéreo normal provavelmente já estava suspenso. O raio atingiu o avião, transformando-o em uma bola de fogo que logo se reduziu a pedaços de sucata em chamas. Os destroços choveram sobre Manhattan, levando uma eternidade para cair, como faíscas de tenebrosos fogos de artifício.

7

— NÓS TEMOS DUAS OPÇÕES – EU DISSE. – EU E O Rhys podemos pegar os uniformes deles e ir à reunião na Verge, ou podemos procurar pelo Peter e ver se ele está articulado com as forças armadas na cidade.

Secretamente, eu esperava não encontrar Peter tão cedo. Por mais que eu o quisesse lutando ao meu lado, torcia para que ele estivesse pegando leve, esperando até as coisas se ajeitarem. Andar sozinho seria um risco para ele, pois as pessoas iriam confundi-lo com os outros Peters que atacavam a cidade.

"Proteja-se", pensei com toda força que pude, mas eu não sou telepata.

Nós estávamos na cozinha. O R-34 ainda estava desmaiado e a M-96 sabia que já havia esgotado nossa paciência. Eu havia conferido um minuto antes e ela estava na mesma posição, olhando para mim como um animalzinho ferido. Achei um pouco repulsivo ela ter sido domada tão facilmente.

– Creio que o melhor é fazermos as duas coisas – Noble respondeu.

– E o que vamos fazer com os clones? – Rhys perguntou.

Noble franziu a testa e coçou a barba.

– Eles não vão a parte alguma. Podemos mantê-los presos por mais tempo, afinal já deixamos claro o que vai acontecer com eles se usarem os poderes novamente.

Sofia se aproximou. Ela deixou o cobertor cair no chão.

– O Noble e eu podemos procurar pelo Peter. E, com sorte, à noite nos encontramos em algum lugar.

– Procurar por ele *onde*? – perguntei. – Não é uma cidade pequena.

– Nós temos outros esconderijos – Noble disse. – Podemos começar por eles.

– Os invasores certamente nos reconhecem – falei. – Caso contrário, a Coisa Um e a Coisa Dois aí não teriam se abalado ao nos verem. E o exército deles está escaneando todos que encontra.

Sofia sorriu, e eu ousaria dizer que com certa arrogância.

– Miranda, sem ofensa, mas o Noble e eu aprendemos a nos mover com discrição há muito tempo.

– E não estaremos completamente indefesos, em termos de armamentos – Noble disse, colocando sua mão no meu ombro. – Mas obrigado pela preocupação – ele me lançou um sorriso paternal e reconfortante.

Rhys olhou para mim.

– Temos que ir andando, Mi.

– Está bem.

Meu coração queria procurar pelo Peter, com Noble e Sofia, entretanto eu sabia que ir para a Verge era mais importante. A prioridade número um era descobrir se a Terra Verdadeira estava realmente procurando pelo East ou se tinham voltado para terminar de matar cada ser humano do planeta. Meu palpite era de que eles não iriam apenas recuperar um brinquedinho e voltar para casa.

– Fiquem longe do metrô, não importa o quanto vocês queiram usá-lo – eu aconselhei ao Noble e à Sofia. – A Terra Verdadeira tem novos monstros. Não são sem-olhos.

Sofia franziu o cenho.

– Será que eu quero saber?

– Tenho certeza que não – Rhys se adiantou. – Mas vou contar mesmo assim.

Deixei todo mundo na cozinha e voltei para o banheiro enquanto Rhys começava a explicar sobre as aranhas. A M-96 estava olhando para um canto no chão. Pisei no pé da cadeira e a trouxe para a vertical.

– Você vai usar seu poder? – perguntei.

Ela balançou a cabeça.

– Diga.

– Não – ela respondeu.

– Acho bom – eu sorri para ela. – Preciso do seu traje.

O lábio superior dela se curvou um pouco.

– Você vai me causar problemas.

– Você acha mesmo que tem escolha? – Ela ficou imóvel enquanto eu removia o traje, sem jamais libertar mais de um membro por vez. Por baixo, ela usava algum tipo de macacão fino. Um músculo do antebraço dela começou a latejar; eu podia sentir o quanto queria me agredir. Mas ela pensaria duas vezes.

– Conte-me como funciona a hierarquia – mandei, enquanto checava mais uma vez suas amarras. – O que significa cada cor de traje? Quero detalhes.

Ela bufou, com um bico que soprou o cabelo da testa.

– No topo estão os trajes azuis. Existem 30 deles. Abaixo, os prateados, que são capitães. E então temos nós, os especialistas. Trajes pretos ou brancos são para a infantaria. Satisfeita?

– O que faz um especialista?

Ela sorriu.

– Nesta missão, nós controlamos o H10.

Um arrepio desceu pela minha espinha. O H9 é um tipo de plástico explosivo que derrete – mais do que explode – qualquer coisa em que encosta. No último verão usamos um monte daquilo para destruir o laboratório principal dos criadores em Cleveland. Presumi que o H10 fosse algum tipo de variante.

Ela deve ter intuído que eu estava prestes a fazer mais perguntas.

– Escute, vá para a reunião e lá você vai descobrir o que devemos fazer. Nós vamos usar os prédios onde suspeitamos que o East esteja escondido. É simples.

– O que o East possui que vocês querem?

– Eu já disse. Não sei. Iríamos descobrir nesta noite, até você nos atacar.

A audácia dessa frase me deixou de queixo caído. *Nós* que atacamos? Quero dizer, sim, fizemos isso, mas será que dá para dizer que alguém ataca um *invasor*? A M-96 parecia querer rir, mas dei um tapão no peito dela mais uma vez, o que a fez se reclinar de volta contra a banheira. Só que dessa vez a cadeira escapou e ela tombou de costas no chão.

Levei o traje para o quarto do Peter. Sabia que era dele porque havia uma foto minha no criado-mudo. Eu não me lembrava de ter tirado a foto. A imagem me mostrava em nossa cozinha, com o rosto meio virado para o lado, meu cabelo caindo sobre meu olho direito. Parecia que eu estava fazendo pose, mas não estava.

Fechei a porta, então tirei o traje que eu estava vestindo. Deixei-o sobre a cama, ao lado do vermelho da M-96, e me estendi sobre o edredom. Eu podia sentir o cheiro do Peter no travesseiro. Meus olhos arderam com lágrimas. Nós havíamos combinado de conversar depois que salvássemos o mundo. Eu prometera isso a ele, mesmo sabendo que iria morrer. Agora eu estava de volta. E ele não estava ali, e eu não tinha ideia do que ele iria achar daquilo tudo. Será que eu ainda era a mesma pessoa para ele? Não fazia diferença quantas vezes eu voltava? Provavelmente sim.

Era errado, mas bisbilhotei as gavetas. Encontrei roupas diversas que não estavam dobradas. Uma camiseta velha que eu costumava usar para dormir. Na cômoda dele, armas desmontadas estavam alinhadas de maneira bem organizada, limpas e lubrificadas. No armário, um traje de escamas reserva e uniformes militares. Pensei em pegar a espada que encontrei na prateleira de cima, já que não me sentia bem usando a da M-96, mas no fim achei que já estava me acostumando com o cabo derretido da Língua de Fogo. Nós passamos por tanta coisa juntas, aquela espada e eu, e a lâmina ainda parecia intacta – que era o que importava.

Alguém bateu à porta e, antes que eu pudesse dizer qualquer coisa, ela se abriu.

– Ei... Oh, meu Deus! – Rhys disse, tampando os olhos com a mão.

Eu pulei para dentro do armário.

– A maioria das pessoas espera por uma resposta depois de bater à porta.

– Desculpe! Mas é que... Está ficando tarde! E...

– Vire para lá!

Ele se virou. Eu me arrastei até a cama, então peguei o traje vermelho. A sensação não era diferente da do meu próprio traje. As escamas eram de um vermelho intenso, como sangue meio úmido.

– Pronto – eu disse.

Ele virou de volta, com as bochechas coradas.

– Eu não vi nada. Só um pouquinho. Não foi muito mesmo, é bom dizer. Além disso, você é quem estava andando pelada pra lá e pra cá, como uma louca.

– Aham. Não vamos perder mais tempo. Você também precisa pôr seu traje do R-34.

– Sim, é mesmo. Eu vim pedir sua ajuda. É bem esquisito... despir a mim mesmo.

– Rhys. Você se despe todos os dias. Ao menos eu espero que sim.

– Sim, mas sou eu! Ele é ele. Mas é eu. E eu... Vamos, por favor?

Eu não pude evitar um sorriso.

– Está bem, vamos lá.

O R-34 estava acordado quando saímos do quarto. Ele viu meu traje e o distintivo sob meu pescoço. Seus olhos ficaram arregalados e ele rangeu os dentes.

– Noventa e seis, cadê você? – ele chamou.

– Estou aqui – ela gritou do banheiro. – Não tente nada estúpido – Rhys havia dito a mesma coisa para mim poucos minutos antes.

Rhys passou pelo mesmo processo que eu para remover o traje do R-34, e eu ajudei, imobilizando-o quando necessário.

– Sinto muito por isso, camarada – Rhys falou. – Ei, como vocês chamam aquele carro bacana que eu roubei de vocês?

– Nós o chamamos de... – o R-34 não terminou a frase, como se ele se lembrasse de repente de que não deveria nos dar informações voluntariamente.

– Temos mesmo que passar por tudo aquilo cada vez que fizermos uma pergunta? – eu disse.

– *Espinho*. Nós o chamamos de Espinho.

Rhys e eu olhamos um para o outro, então explodimos em gargalhadas.

– Espinho... – eu quase não conseguia falar. – Rosas...

Nossa risada contagiou. Noble, que estava analisando os mapas, começou a rir. Sofia ria se sacudindo no sofá. O R-34 ficou olhando para o chão. Eu não conseguia parar; mal podia respirar. Lágrimas escorriam pelo meu rosto. Quando penso nisso, não era engraçado, não tinha mesmo graça nenhuma, mas na hora sentimos a tensão aliviada em ondas.

Rhys falava entrecortado, gargalhando:

– Vocês... são tão... patéticos.

As bochechas do R-34 ficaram coradas.

– Não fui eu quem inventou o nome.

Logo depois conseguimos nos controlar. Foi bom dar risada, mas de repente a ausência do riso ficou quase dolorosa.

– Muito bem – Rhys disse, enxugando uma lágrima. – Então como é que chamam os jatos? De estames? – ele riu de novo, mas dessa vez já não tinha o mesmo sentimento. O momento passara.

– Eles têm um nome técnico, mas nós os chamamos de Machados. Porque são planos e retangulares, como as lâminas de um machado. É engraçado?

Talvez fosse, mas eu já tinha rido o suficiente.

– E as armas? – perguntei.

O R-34 continuava enquanto Rhys ia vestindo o traje.

– Chamamos os rifles de AIRs: Armas de Investida dos Rosas. Eles disparam balas de irídio, que transferem a energia para o alvo sem atravessá-lo, basicamente vaporizando-o, dependendo do material. Se você atirar em si mesmo acidentalmente na potência máxima, vai morrer – ele respirou fundo, tremendo um pouco. – Cada AIR é conectada a um dos nossos trajes. Se você não estiver usando o traje, não poderá disparar.

– Ótimo, conte tudo para eles! – a M-96 gritou do banheiro.

– Estou tentando nos manter vivos! – ele gritou de volta.

– E está fazendo um bom trabalho – eu disse a ele.

Nós os checamos pela última vez. Rhys ficou bem de vermelho. Ele apertou a mão do Noble, que o puxou para um abraço. Eles deram tapinhas nas costas um do outro, como os homens gostam de fazer.

– Você tem um plano? – Rhys perguntou.

– Sim – Noble respondeu. – Pensei em um trajeto pela cidade que vai nos manter longe das avenidas principais. Se o Peter estiver escondido, nós vamos encontrá-lo.

Sofia me abraçou novamente.

– Estou feliz que você tenha voltado. Ser a única garota na casa...

– ... É um saco – Rhys sugeriu.

– Sim – Sofia concordou. – Demais – mas ela sorriu para mostrar que não era tanto.

– Também estou feliz por ter voltado – respondi, apesar de tecnicamente ainda não ter decidido como me sentia. Mas eu não iria ficar brava por estar viva. – Você está se sentindo bem agora?

Ela fungou.

– Sim. Obrigada por não me deixarem cair e morrer. Eu não vou permitir que eles me peguem desprevenida de novo.

Seria bom, se ela tivesse controle sobre isso. Mesmo assim, eu acenei com a cabeça.

Noble nos deu escutas eletrônicas tão pequenas que eram quase invisíveis.

– Apertem aqui para acioná-las. Não as usem dentro da Verge, para evitar que rastreiem as ondas de transmissão. Depois que saírem, entrem em contato para termos notícia.

– Pode deixar – Rhys disse.

– Você tem algo para nos contar sobre o East? – perguntei.

Noble coçou a barba novamente. Ele encolheu os ombros.

– Eu não o vejo faz anos. Para todos os efeitos, ele... era um dos bons. Quero dizer, se qualquer um de nós fosse bom. Não sei no que ele anda se metendo, mas sei que ele abandonou os criadores por vontade própria um pouco depois de mim. Pensei que o tivessem matado, mas...

– Aparentemente não – Rhys concluiu.

– Aparentemente – Noble reforçou, dando uma palmadinha no ombro do Rhys. – Tomem cuidado lá fora. E fique de olho nele, Miranda. Aliás, mantenham os dois olhos nele.

– Sim, senhor – respondemos em uníssono.

Nós entramos no elevador. Noble e Sofia nos olhavam, e eu podia dizer que Sofia queria falar alguma coisa para o Rhys, mas ela apenas mordeu o lábio inferior, acenou com a cabeça e se virou. Noble estava segurando a espingarda, o que fez eu me sentir melhor.

O R-34 também estava nos observando.

– Boa sorte – ele disse, com um sorriso afetado.

Enquanto descíamos, cutuquei Rhys com o cotovelo.

– Eu não sei o que perdi mas se você não disser para a Sofia o que sente por ela, eu vou dizer – era um blefe, mas eu achava que o palpite estava certo.

Rhys ficou em silêncio durante dez andares. Então ele suspirou.

– Eu conto. Quando tudo acabar – ele me cutucou de volta. – E não venha me ameaçar. Caramba, voltou faz só algumas horas e já está toda mandona.

Circunstâncias à parte, era bom estar de volta com Rhys.

Na garagem, ele tirou duas AIRs do Espinho.

– Você quer ir de Espinho? – ele perguntou, e me entregou uma das AIRs, que era comprida e pesada. Havia botões com números na lateral, os quais eu presumi que regulassem a potência de cada disparo. Apontei-a para a parede mais distante, apoiei-a com firmeza no meu ombro e puxei o gatilho.

A parede simplesmente explodiu.

Escombros choveram sobre os carros estacionados ao lado. O buraco tinha três metros de largura. Não senti o coice do disparo e o único som foi um chiado, o que era estranho, porque a carga tinha que ter quebrado a barreira do som para causar tanto estrago.

– Talvez seja melhor não fazer isso de novo – Rhys disse.

– Ao menos agora eu sei como funciona – abaixei a potência para o número três. Imaginei como seria atirar em um corpo humano com aquilo, mas imediatamente me arrependi da imagem.

Pusemos as AIRs em nossas costas, ao lado das espadas, então subimos a rampa para a 60th Street, no meio de uma tarde fria de rachar. Meu rosto ficou dormente em um instante, mas ao menos parara de nevar. Automaticamente, olhei em volta procurando pelo Peter, como se ele estivesse na rua nos esperando. Quem me dera.

A rua estava desocupada agora, como um cenário de filme vazio, com apenas alguns figurantes passando ao longe.

Somente o uivo do vento nos fazia companhia. A maioria das pessoas provavelmente encontrara abrigo àquela hora, mas temporariamente, como se todo mundo estivesse esperando para ver o que iria acontecer. Olhei para as janelas à nossa volta e vi rostos nos observando. Pessoas apontando, pessoas notando nossa presença. Nós precisávamos continuar andando.

O ar estava impregnado de fumaça, com uma poeira branca que sem dúvida era do concreto pulverizado do ataque inicial. Provavelmente não era seguro respirar aquilo, o que se tornava mais ou menos a quarta coisa mais importante em que pensar no momento.

Alguém saiu de um café e atravessou a rua, nos viu, e então voltou para dentro.

– Não parecemos muito amistosos – comentei com Rhys.

– Sério? – Rhys perguntou.

Cruzamos a rua e chegamos ao parque alguns segundos depois. Uma passagem havia sido aberta em meio à neve. Através das árvores eu ouvi sons estranhos emitidos pelos Espinhos enquanto patrulhávamos a área.

– O Noble é um cara muito bacana – eu disse, para ver como ele ia reagir. Quando morri, Rhys e Noble ainda estavam retomando as relações, após anos afastados.

Ele pensou por um momento antes de falar.

– Sim, ele é bacana. Estamos nos entendendo, você sabe como é.

– Não, não sei bem como um clone se entrosa com outro clone – eu havia tentado uma vez, com Sequência, antes de ela ser controlada por uma maníaca homicida que matou Noah.

Rhys soltou uma risada meio amarga.

– Pois é. Eu acho que nunca vai ser normal. Mas posso dizer que estar com ele ao lado é ótimo. Ele é como um...

– Pai?

Ele acenou com a cabeça.

– Sim. O mais perto disso que eu poderei ter.

– Isso vale para mim também – acrescentei.

Uns cem metros depois, deparamos com o primeiro Rosa. Era um Peter, usando um traje branco que parecia puro e angélico em contraste com a neve cinzenta. O distintivo dele dizia P-908. Ver os olhos azuis do clone foi o bastante para me fazer passar mal. Da última vez que eu vira meu Peter, os olhos dele tinham escurecido e arroxeado por ter usado a faixa de memória.

O P-908 pareceu se endireitar ao nos ver, então acenou com a cabeça. Nós acenamos de volta e continuamos andando.

– Aja com naturalidade – eu disse.

Entramos em uma parte chamuscada do parque. Troncos carbonizados de árvores sem galhos surgiam do chão como estacas. Adiante, um Espinho corria de um lado para o outro, passando por cima das árvores como se elas fossem meros fósforos. Encontramos mais Rosas armados com AIRs que estavam saindo do parque. Eles ou acenavam ou nos ignoravam, graças aos trajes vermelhos.

Meus olhos passavam rapidamente de árvore em árvore e percebi que não estava perscrutando os Rosas. Eu estava checando se havia mais daquelas aranhas. A céu aberto, seríamos presas fáceis. Que tipo de mente doentia poderia não apenas sonhar com uma criatura como aquela, mas também criá-la?

Depois de passarmos por mais algumas árvores, a Verge surgiu à nossa vista. Era maior que a do comandante Gane, tão larga quanto qualquer arranha-céu, mas no formato de uma colmeia. Eu podia sentir uma espécie de poder irradiando de lá. Sem qualquer aviso, uma luz vermelha começou a brilhar no topo novamente e em seguida emitiu um som tão alto que fez meus dentes vibrarem. Precisei cobrir os olhos. Quando olhei para o céu, só pude ver um buraco que o *laser* deixara no meio das nuvens e o azul acima. Através do buraco, uma mancha de fumaça, que não parecia maior do que uma ervilha. Mais um avião espião, ou talvez eles estivessem tentando outras coisas e usando satélites. A raiva que eu sentia era a do pior tipo: desconsolada. Minha pele estava ardendo tanto que parecia que eu estava sob o sol em um dia de verão.

Rhys apertou minha mão e continuamos andando, porque era o que devíamos fazer. A entrada para a Verge era logo adiante.

"Vou acabar com esse lugar", pensei enquanto entrávamos.

8

POR DENTRO, A VERGE ERA IGUAL À OUTRA ONDE MORRERA, se não me falhava a memória. Os andares eram circulares e voltados para um interior aberto, com passarelas ramificadas que se conectavam à coluna no meio. Esta começava no segundo andar, suspensa por quatro pontes, como os aros de uma roda. Quando entramos, deparamos com um pequeno terminal com uma tela que dizia: DIGITE SEU NÚMERO.

Mais adiante, a Escuridão ocupava a maior parte do chão. Rosas continuavam emergindo dali, como animais saindo de um poço de piche. Uma sirene soou e os Rosas abriram caminho, enquanto dois guindastes se sacudiam. Dois segundos depois, um Machado irrompeu da Escuridão, preenchendo o ar com barulho, calor e vento. Os quatro motores nas extremidades do avião lançavam um fogo verde-azulado, e o calor me forçou a cobrir o rosto com uma mão. Ele saiu voando por uma porta grande do outro lado da Verge.

Mais dois Machados surgiram do buraco em rápida sucessão. Então os guindastes começaram a tirar Espinhos da Escuridão. Cada um já vinha ocupado por Rosas, que imediatamente saíam dirigindo da Verge para o parque.

Rhys e eu só estávamos plantados ali, embasbacados, observando a força invasora borbulhando de um buraco no chão. Tudo era muito eficiente. Eu tinha certeza de que eles estavam bem orgulhosos.

– Vamos – eu disse, puxando-o para a frente assim que a sirene parou. Mais Rosas subiam pelo buraco, agora que a passagem estava aberta. Nós fomos até o terminal. Digitei "M-96" e apertei ENTER. A tela imediatamente respondeu com "EQUIPE 16, 9º ANDAR, DORMITÓRIO 16".

– Espero que estejamos no mesmo quarto – Rhys disse, digitando seu número. A resposta foi a mesma, felizmente.

Percorremos a circunferência da Verge até chegarmos às escadas. Elas se erguiam sobre a Escuridão e levavam à porta do elevador localizado na base da coluna.

O círculo negro silencioso estava bem abaixo de nós. Eu me perguntava o que aconteceria se eu caísse nele.

– Não entendo – Rhys disse, olhando à sua volta. – Como eles podem fazer uma reunião aqui? Não tem espaço o suficiente.

– Não sei – respondi, enquanto entrávamos no elevador. – E eles não iriam convocar todo mundo da cidade para cá apenas para um encontro.

– Andar? – o elevador perguntou.

– Nono – respondi.

Subimos por alguns segundos e as portas se abriram para outra passarela. Três Rosas – um P, um R e um N – estavam esperando para entrar. O P e o N estavam em trajes prateados. Todos os andares, provavelmente, tinham dormitórios. Encontramos o que anunciava "16". Um aparelho instalado na porta escaneou os distintivos em nosso peito e a porta se abriu, deslizando.

Era como em nossa velha casa. Beliches em ambos os lados. Armários, uma geladeira, um banheiro. Tão familiar que até doía.

Na mesa, no meio, estavam sentados uma Olivia, um Noah e um Peter. Os outros membros da minha equipe estavam bem ali na minha frente, mas claro que não eram os mesmos. Dois dos meus verdadeiros colegas de equipe Alfa estavam mortos e eu não fazia ideia de onde se encontrava meu Peter. Mas eu não poderia notar a diferença entre eles e essa equipe, ao menos não à primeira vista. Os olhos do Peter tinham um brilho familiar e a postura da Olivia era a mesma de que eu me lembrava.

O Peter se inclinou ao lado do Noah para nos encarar.

– Até que enfim. Por onde vocês andaram?

Nós entramos no quarto e a porta se fechou às nossas costas. Um segundo excruciante se passou enquanto Rhys e eu esperávamos para ver quem iria falar alguma coisa primeiro.

– Hã... – Rhys disse. Um bom começo.

O Noah e o Peter estavam vestidos de preto e a Olivia de branco, o que significava que nosso *status* era maior que o deles. Então não teríamos que responder a qualquer pergunta. E se tínhamos *status* diferentes, talvez significasse que a equipe não estivesse treinando junta desde o início. A M-96 e o R-34 podiam não ser tão íntimos deles. Assim eu esperava.

– Não se preocupem com isso – eu disse.

O Peter e o Noah se entreolharam, como se dissessem "O que está havendo?". Eu li rapidamente seus distintivos enquanto seus olhos se fixavam um no outro. O-9, P-230 e N-7.

O N-7 se recostou na cadeira e colocou um baralho sobre a mesa. Seus colegas Rosas estavam destruindo a cidade do lado de fora e eles estavam jogando *baralho*.

– Falem sério, onde vocês estavam? Nós deveríamos estar em uma missão 25 minutos atrás.

Rhys e eu ainda estávamos parados na entrada do quarto, o que devia parecer meio esquisito. Eu dei alguns passos para a frente e me sentei à mesa. Rhys fez o mesmo. Os três aguardavam enquanto elaborávamos a resposta.

– Tivemos um contratempo – Rhys falou.

– Pensei que tivéssemos uma reunião daqui a pouco – eu disse. Instantaneamente, eu soube que soava estúpida. Afinal, eu não deveria saber o que tínhamos de fazer?

A Olivia ergueu a sobrancelha ao encarar o Noah.

– Vocês estão se sentindo bem?

Sacudi a cabeça, tentando ser convincente.

– Não, não muito. Alguns cidadãos estavam agitados e o 34 teve que detê-los.

– Tiveram que detê-los – o P-230 repetiu.

– Sim – eu disse, sentindo minhas bochechas corarem com o calor. Será que a frase soou deslocada? Eu não fazia ideia se estava piorando as coisas ou não.

– Vocês viram como está lá fora? Está uma loucura.

– *Não* – o N-7 disse. – Vocês nos *mandaram* ficar aqui. Estávamos esperando até que vocês voltassem.

– Mas não faz muito tempo – a O-9 disse, disparando um olhar para o Noah que eu já vira antes. Um olhar que dizia "cale a boca ou eles vão nos causar problemas". – Nós acabamos de chegar.

– Minha arma estava com defeito – o P-230 disse. – Eu pedi a todo mundo que esperassem enquanto ia ao arsenal.

Rhys se levantou.

– Bem, então vamos logo – algumas gotas de suor apareceram em seu cabelo.

– Ótimo – o N-7 disse, evidentemente exasperado.

Os três Rosas se ergueram ao mesmo tempo e pegaram suas armas. Rhys e eu olhamos um para o outro e eu sabia que ele estava sentindo o mesmo pavor que eu. Nós não tínhamos ideia do que faríamos e eles iriam nos desmascarar cedo ou tarde. No momento, restava-nos dançar conforme a música.

Saímos do dormitório e voltamos para o elevador, passando por várias outras equipes ao longo do caminho.

– Onde vocês estacionaram o Espinho? – a O-9 perguntou ao Rhys.

– Eu o deixei na rua – Rhys disse em tom neutro.

A O-9 engasgou.

– Relaxe – Rhys disse e eu podia notar que ele estava pensando rápido. – Eu quis manter uma presença lá fora, mesmo tendo que sair logo. Alguns cidadãos estavam se aproximando, mas os Espinhos os assustam.

– Bem pensado – o P-230 disse. Rhys quase sorriu para mim.

Alguma coisa vibrou no meu antebraço esquerdo. Todo mundo parou, o que significava que eles também estavam sentindo. Virei minha palma para cima e as palavras rolaram pelas escamas do meu antebraço.

REUNIÃO CANCELADA.

FUGITIVO AVISTADO ENTRE A 7ª E A 8ª AVENIDAS HÁ CERCA DE 90 SEGUNDOS

CERCO NO PERÍMETRO SE ESTABELECENDO

CONSIDERÁ-LO EXTREMAMENTE PERIGOSO

É POSSÍVEL QUE ELE TENHA A CHAVE

EQUIPES 3, 4, 9 E 16: DIRIJAM-SE AO LOCAL

DEMAIS EQUIPES: MANTENHAM-SE NO PERÍMETRO

Nós eramos a equipe 16. Dois segundos se passaram, então outra sentença surgiu no meu braço, uma que fez eriçar o cabelo da minha nuca.

CONFIRMADO: FUGITIVO POSSUI A CHAVE

– Uau – a O-9 disse. – Acho que vamos voltar para casa mais cedo do que pensávamos.

– Eu nem acredito que estamos dentro dessa – o N-7 disse, alternando o apoio entre um pé e outro. – Que diabos é essa Chave? Por que eles não nos contam essas coisas?

– É um trabalho rápido – a O-9 disse. – Ouvi um rumor de que a diretora perdeu alguma coisa muito importante. Extremamente importante.

O N-7 sorriu com malícia.

– Como quando ela perdeu a Tocha?

Os olhos da O-9 se arregalaram mais uma vez com aquela expressão de "cale a boca, seu idiota".

O P-230 pôs a mão no meu ombro.

– Isso significa que você precisa pegar seu Espinho. Agora. Nós vamos pegar um Machado e encontrá-los lá.

Acenei com a cabeça, tentando passar a impressão de que aquela era a melhor ideia que tinha ouvido. Todos nós descemos pelo elevador e Rhys e eu nos separamos de nossa equipe sem sequer dizer "até logo". Um minuto depois, estávamos correndo pelo Central Park, de volta à garagem. Por todos os lados, Espinhos barulhentos disparavam rumo ao Sul, abrindo grandes trilhas na neve com os pneus Knobby. Sobre nossas cabeças, Machados cruzavam o céu. Eles vinham de toda parte da cidade.

Rhys e eu saímos correndo à toda. Eu não sabia o que era a Chave, mas tinha certeza de que não seria bom se estivesse nas mãos da Terra Verdadeira.

Voltamos à garagem sem fôlego, mas aquecidos. Minhas pernas estavam tremendo. Por causa da adrenalina, eu esperava. Eu não podia me dar ao luxo de fraquejar, por mais que tivesse acabado de sair do meu tanque.

– Eu dirijo – toquei na porta pelo lado do motorista e ela se abriu para o alto. Rhys e eu saltamos dentro. Ele apertou um botão vermelho no painel e o Espinho vibrou, despertando. O console exibia um mapa com dados em tempo real dos outros veículos na cidade, o que me fazia perceber que os Rosas podiam ter rastreado aquela coisa até Noble e Sofia. Eu gostaria de ter notado isso antes. Para nossa sorte, eles tinham problemas maiores com que se preocupar, e naquele momento não havia outros veículos por perto. Os Espinhos, marcados com pontos vermelhos, e os Machados, marcados em azul, tomavam a cidade em um enxame, como abelhas.

Pisando no acelerador, injetei no motor um pouco de gasolina – ou seja lá que combustível mova essas coisas – e o Espinho disparou, batendo em uma Mercedes e em um Bentley que estavam estacionados nas duas vagas à nossa frente. Nós mal sentimos o impacto.

– Bacana – Rhys disse.

– É comovente.

Eu dei ré, então subi pela rampa para a cidade. Guinei para o Sul, em direção à Broadway. Adiante e acima, um monte de Machados despejava um estranho líquido em um prédio de apartamentos. Os tijolos e as janelas ficaram lambuzados com aquilo, como se estivessem cobertos de seiva. No nível do solo, pessoas saíam às pressas, muitas delas em roupas de baixo, e logo eram dominadas por Rosas que empunhavam suas espadas e AIRs. Eu sentia tênues ondas de medo liberadas pelos Rosas, suficientes para subjugar as pessoas, para impedi-las de reagir, mas não fortes o bastante para causar um pânico descontrolado. Os Rosas na rua cercavam o perímetro com os Espinhos e se posicionavam em cima deles, disparando redes de contenção.

– O que eles estão fazendo? – Rhys indagou.

O líquido que cobria o prédio se incendiou no segundo seguinte, com chamas tão intensas que tive de desviar o olhar. Quando meus olhos se ajustaram, o prédio estava implodindo, derretendo-se em uma poça, como se fosse feito de neve. Eu pisei no acelerador sem pensar.

– Miranda, não. Não! – Rhys disse quando entendeu que eu estava acelerando para trombar com o primeiro Espinho que vi na nossa frente. – Precisamos manter o disfarce! Nós estamos bem situados!

Ele me socou no braço com força. Tirei o pé do pedal e o ruído do motor do Espinho diminuiu. A raiva se transformou em vergonha. Eu quase arruinara tudo com uma reação de cabeça quente.

– Que diabos foi isso? – ele perguntou.

– Sinto muito.

– Na próxima vez, eu que vou dirigir.

Os outros Espinhos iam se retirando dali enquanto os resíduos derretidos do prédio gotejavam na rua. Três Machados deram rasantes, usando a forte propulsão dos motores para derrubar os poucos que conseguiram fugir. Os Rosas cercaram as pessoas e começaram a escaneá-las antes que pudessem se levantar.

Parei bruscamente fora do cerco e ninguém me lançou sequer um olhar de soslaio. Nós saímos do Espinho e caminhamos até o anel de Rosas. Os moradores do prédio estavam amontoados no meio, claramente apavorados até o fundo da alma. As ondas fracas de medo que eu sentira antes ficavam mais fortes conforme eu me aproximava, uma coceira no interior do meu crânio. O desejo de soltar minhas próprias ondas de medo era forte e me enchia de desgosto. Era uma reação automática, acho que uma espécie de programação mental do meu cérebro. Mas eu a continha, deixando a coceira sem coçar.

As pessoas estavam reduzidas a um bando de humanos desgraçados soluçando. Os Rosas os obrigaram a sentar bem ali na rua gelada. Não havia nada que eu pudesse fazer no momento. Eu teria que ficar ali e sentir o medo deles.

Nesse instante, a diretora apareceu.

9

A DIRETORA SALTOU DE UM MACHADO QUE ESTAVA PAIrando ali perto, uns sete metros acima do chão. Ela mergulhou e rolou para a frente e se ergueu como se não tivesse saltado de um jato. A adrenalina fluiu pelas minhas veias, como um soco no estômago, o que deixou minhas pernas trêmulas novamente.

Meus dedos tocaram na AIR às minhas costas. Cheguei a puxar a arma, pensando em ajustar a potência para o dez e disparar bem no meio dos olhos dela. Mas uma mão forte agarrou meu pulso, apertando até que eu a soltasse. Não era Rhys, pois ele estava voltado para a frente, olhando para a diretora, com a boca entreaberta. Eu virei a cabeça e vi a Olivia.

A Olivia Original, uma das Cinco Líderes, vestida em uma armadura dourada, tão polida que parecia um espelho. Só podia ser ela. Era a mulher de mil anos de idade. Ela tinha os mesmos olhos amendoados, a pele pálida e o cabelo escuro como a noite, iguais aos da minha amiga Olivia, que tinha sido assassinada. Ela impediu que eu empunhasse a arma, mas foi extremamente discreta, não fazendo um contato visual sequer.

– Não – ela sussurrou, então me soltou e caminhou até a diretora. Um homem idoso se amedrontou com ela, caindo em cima de uma mulher. A calça cáqui dele ficou úmida com urina. Ele estava apavorado, e não por causa de ondas de medo. Apenas o velho medo natural; de alguma maneira, eu podia sentir a diferença. Aquilo me deixava mal. Aquele cara não acordara de manhã pensando que iria se assustar a ponto de mijar na calça.

Minha mão tocou a AIR novamente, mas não a saquei. Eu sabia que precisava dar uma oportunidade à Olivia para que ela fizesse alguma coisa, qualquer coisa. Forcei-me a soltar a arma uma segunda vez, expirando lentamente ao fazê-lo.

– Noah East está entre vocês? – a diretora perguntou. O cabelo dela era dourado, não ruivo como o de qualquer outra Miranda. A luz que caía sobre ela era tênue, porém as escamas de seu traje ainda brilhavam como as da Olivia.

Olivia e a diretora começaram a circundar o grupo de pessoas. Atrás delas, um par de Machados pairava sobre os escombros derretidos do prédio, com *lasers* que varriam a área de um lado a outro. O ar estava rarefeito e fétido, tomado por resíduos químicos e fumaça.

As pessoas continuavam em silêncio, a não ser por um choramingo aqui e ali.

A diretora confabulou com um Rhys próximo que vestia traje prateado. Rhys se infiltrou na multidão e puxou um homem baixinho e meio calvo que vestia um casaco leve demais para o inverno. A respiração dele saía entrecortada, como rajadas de metralhadora.

Esgueirei-me para mais perto. O meu Rhys puxou meu braço, mas eu me desvencilhei.

– Por que você disse que o fugitivo estava aqui? – a diretora perguntou ao homem.

O homem gaguejava.

– Sinto muito, s-sinto muito. Eu, eu, eu pensei que o tinha visto. Eu queria lhe dar o que v-você procura. Por favor. M-minha família.

A diretora contraiu os lábios.

– Você me fez gastar tempo.

– Sinto muito! Eu, eu...

A diretora o socou tão forte na bochecha que deu para ouvir o som de um osso se partindo. Ele caiu de joelhos, então virou para o lado, com um pé trepidando. Todo mundo começou a gritar, mas os gritos viraram choramingos assim que os Rosas dispararam uma onda curta de medo com o intuito de subjugar.

Aquilo era loucura. O que eu estava fazendo ali, se iria apenas deixar as pessoas morrerem? Contudo, mesmo que eu atirasse na cabeça da diretora, ela voltaria em outro corpo. A identidade dela estava salva em vários lugares diferentes; eu não fazia ideia de onde, já que eles eram constantemente atualizados. Jamais poderia matá-la. Enquanto isso, eu morreria por nada.

Mais uma vez.

– Isso é o que acontece quando vocês me fazem perder tempo – ela disse às pessoas amedrontadas. – Vão para o Central Park. Nós temos um abrigo lá – as pessoas não se moveram imediatamente e eu senti que a diretora soltou uma carga curta, mas forte, de medo. As pessoas gritaram e tropeçaram umas nas outras e seguiram pela Broadway em direção ao parque.

A diretora percebeu que todos os Rosas estavam ao seu redor.

– De volta ao trabalho! – gritou.

– Vocês a ouviram – Olivia disse. Os olhos dela se encontraram com os meus, depois desviaram.

Os Rosas retornaram para seus Espinhos, então seguiram para onde deveriam ir.

Meu braço zumbiu com uma nova ordem.

EQUIPE 16 SOLICITA CHECAGEM DE COMUNICAÇÃO

N-7: M-96 E R-34, POR QUE VOCÊS NÃO ESTÃO COM SEUS PONTOS ELETRÔNICOS NO OUVIDO?

O-9: NÓS PODEMOS OUVIR UNS AOS OUTROS, VOCÊS NÃO ESTÃO NOS OUVINDO?

Fiquei olhando para as palavras no meu braço por dois segundos completos, com meu coração martelando.

Rhys estava lendo seu braço também.

– Ah, meu Deus – ele disse. – Os Rosas têm algum tipo de equipamento de comunicação escondido.

Ergui os olhos e vi que a diretora se fora. Olivia estava entrando no Espinho dela do outro lado da rua.

Nossa "equipe" estava tentando entrar em contato conosco, porém os Rosas capturados em nosso apartamento não haviam nos prevenido. Por quê?

O ponto eletrônico que acionei foi o que Noble me dera. Ouvi um clique que me dizia que o canal estava livre, seguido pelo chiado vindo do outro lado da linha.

– Noble, Noble, você está aí?

Nenhuma resposta.

Olivia ligou o Espinho dela, no outro lado da rua. Ela olhou de novo para mim. Era um convite. Os únicos Rosas próximos eram os que circulavam pelas ruínas fumegantes do prédio, procurando por algo. Pela Chave, eu podia presumir.

Agarrei o braço do Rhys.

– Você precisa voltar e se certificar de que o Noble e a Sofia estão seguros.

Ele acenou prontamente com a cabeça.

– Ok. E você, aonde vai?

Eu já estava cruzando a rua quando respondi:

– Vou descobrir que diabos está acontecendo.

10

A OLIVIA ME OBSERVAVA DE DENTRO DO ESPINHO ENQUANTO eu passava pela frente. Perscrutei a área rapidamente e concluí que ninguém estava nos vigiando. Cada cidadão nas cercanias havia dado o fora.

A porta de passageiro deslizou para o alto e eu me acomodei no assento. A lufada de calor do aquecimento era gloriosa. Eu quase me senti uma pessoa de verdade novamente.

Olivia começou a dirigir sem pronunciar uma palavra. Nós atravessamos a nuvem de vapor gigante que permanecia na rua.

– Você ia fazer algo muito estúpido se eu não impedisse.

– Então foi bom você ter me impedido – retruquei. – Como você sabia que era eu?

Ela me lançou um olhar que parecia dizer "qual é, não sabe com quem está falando?".

– Sinto muito pelo seu sacrifício não ter ganhado mais tempo. Eu achei que nos daria mais – no entanto, ela disse como se já soubesse disso. – Deve ter sido uma experiência desagradável.

– Quase não senti – eu falei, pois era verdade. Apenas uma dor breve, então nada, nem mesmo a lembrança da dor ao desaparecer. Talvez minha mente estivesse tentando se proteger do trauma.

Com o ataque inicial aparentemente terminado, os pedestres ressurgiam, apesar de as ruas ainda parecerem meio vazias. Todos os olhos se voltavam para o Espinho que passava. As pessoas carregavam coisas aos montes – roupas, comida, tudo que conseguissem. Alguns mais estúpidos levavam eletrônicos.

As ruas estavam abarrotadas de carros abandonados, mas Olivia desviava, ou passava direto por cima deles, empurrando-os para o lado. Uma van de entregas de alimentos fora completamente escancarada, com caixas arrombadas e esvaziadas e legumes esmagados na neve.

– O que eu posso fazer por você? – Olivia perguntou.

– Eu preciso saber o que é a Chave.

Ela virou em um estacionamento e atravessou a cancela, arrebentando-a. Subimos alguns andares, dando voltas rápidas na rampa, até Olivia estacionar em uma vaga com uma manobra ágil.

Ela ficou um momento em silêncio com as duas mãos no volante antes de dizer:

– O seu mundo está prestes a mudar.

– Não me diga.

Ela sacudiu a cabeça.

– Eu não fui muito franca com você. Desde o início.

Senti uma pontada funda no estômago, do tipo que se sente quando sabe-se que uma má notícia está por vir, mas ainda não tem noção do que é.

Olivia deixou passar mais um segundo.

– Me conte.

Ela suspirou pelo nariz.

– Eu ainda não posso contar. Ainda não sei o que pode acontecer se eu te contar.

– Muito beeeeem... – tique-taque, tique-taque. – Você precisa me contar alguma coisa.

Um músculo na boca dela se contraiu.

– Eu não posso dizer o que fazer a seguir e não posso impedi-la. Só posso lhe dar um pouco de orientação.

– Sobre o que você tinha mentido para mim? – o calor dentro do Espinho agora estava aumentando e eu senti ânsia de vômito. – Me conte. Você precisa me contar.

Ela me ignorou.

– Eu não acho que você deveria reagir dessa vez.

– Como é que é?

Uma porta de carro se abriu e se fechou no andar em que estávamos, então ouvi um motor demorar um pouco para pegar por causa do frio. Pouco depois, avistei-o pelo vidro traseiro enquanto um carro passava perto. Quando o motorista avistou o Espinho, dobrou correndo em direção à saída.

– A Terra Verdadeira está aqui para fazer uma coisa bem específica. E impedir que essa coisa acabe com seu mundo para sempre.

– Então agora você quer dizer que eles querem *nos salvar*?

Olivia acenou com a cabeça.

– Nós estamos aqui para abrir a Escuridão em seu mundo. Não vai mais ser um portal entre universos. Vai ser parte da sua realidade.

– O que isso significa? – o medo me dava uma sensação estranha na boca; eu não conseguia engolir.

– Abrir a Escuridão diretamente no seu mundo irá recriar um evento que apagamos por acidente.

– Isso não está fazendo sentido algum.

– Escute. Eu ajudei você no início porque queria evitar que algo horrível acontecesse, algo que só eu sabia. Algo que não iria dividir com os outros Originais.

– O que é?

Ela ainda não podia me encarar.

– Antes que eu lhe conte, você precisa entender que este mundo, o mundo no qual vivemos, não é um universo diferente. Ele é o *passado* do meu mundo.

– Pode repetir?

Dessa vez ela olhou para mim.

– Este mundo um dia vai se tornar a Terra Verdadeira, no futuro.

– Mentira – minhas mãos estavam tremendo.

– É verdade. Quando a diretora decidiu que era hora de devastar seu mundo, eu quis detê-la...

– Por que você simplesmente não *contou a verdade a ela*?

– Eu não poderia.

– Por que não?

– Porque eu fiz uma coisa errada! – ela gritou. Eu nunca ouvira ela gritar antes. Nunca ouvira *nenhuma* Olivia gritar antes. – A diretora sabe a verdade agora. Ela sabe o que este mundo significa para nosso futuro, para o futuro da Terra Verdadeira. E, Miranda... se ela não vencer, vai ser ruim para *todo mundo*.

O silêncio no Espinho era pesado.

Finalmente eu perguntei:

– O que você fez de errado?

Ela olhou para baixo, para o colo dela, e então percebi. Aquele ser que existia há mais de mil anos estava inseguro.

– Eu não sei o que teria acontecido se os sem-olhos

tivessem consumido este mundo. Acho que nunca vou saber. Mas sei o que aconteceu depois que você os deteve...

– O quê? – deveria ser algo bom, mas soava como se fosse algo ruim.

– Eu vou lhe mostrar tudo – ela disse em voz baixa.

Olivia pegou uma máscara, como uma das que usei tantas vezes. Ela fazia com que o usuário pudesse vivenciar as lembranças que alguém armazenara antes no aparelho. Entretanto, esta tinha um conjunto de fios percorrendo-a, fios que se conectavam a uma outra máscara.

– Eu vou lhe mostrar o que você quer ver. Apenas ouça minha voz.

Coloquei o capacete e fechei meus olhos, esperando pela já conhecida dorzinha das agulhas microscópicas pinicando meu crânio, mas ela não veio.

Quando abri os olhos, estava sentada a uma mesa com três outros Originais – Peter, Noah e Rhys. Todos estavam falando, mas eu não podia ouvi-los. Eu enxergava através dos olhos da Olivia.

No Espinho, Olivia disse:

– Nos reunimos um dia no mês de setembro. Eu nunca esquecerei. Foi o dia em que decidimos derrubar nossa líder. Houve um tempo em que não éramos os Cinco Líderes. Éramos subalternos da Miranda. Ela era a líder suprema. E ela era má.

Ah, que novidade.

Olivia prosseguiu com a explicação. Durante suas viagens pela Escuridão, ela descobrira um novo mundo. Mas não era um universo alternativo... Era o passado. Era o nosso mundo. Nosso mundo e a Terra Verdadeira eram o mesmo lugar, com mil anos de distância.

– Os outros três Originais e eu queríamos tirar a diretora do poder – ela disse. – Mas a alteração em nosso equilíbrio poderia nos fazer parecer fracos para mundos como o nosso, para outros altamente avançados. Então bolei um plano com base na minha descoberta. O problema foi que eu não dividi o que descobri com os outros. Fui tola e decidi conduzir o plano todo com minhas próprias mãos... Eu pensei que poderia mudar tudo sozinha.

A cena mudou, e de repente estávamos em uma escola. Era uma turma de Ensino Médio, a julgar pela idade dos alunos. Nós víamos uma garota com cabelos ruivos carregando livros pelo corredor. Eu a reconheci. Era eu. Ninguém pareceu notar a Olivia observando-a, como se ela estivesse invisível.

Um garoto com cabelo curto e olhos escuros se aproximou da garota, mas ela não podia vê-lo ao seu lado por causa de seus cachos barrando sua visão. Ela afastou a cabeleira do rosto e tomou um susto, então sorriu quando viu que era o Noah. Lentamente, ela envolveu o braço no pescoço dele e olhou para seu rosto. A maneira como o Noah sorria para a garota fazia eu me lembrar de como ele costumava sorrir para mim.

Mas não poderia ser eu; não estava certo. Naquela idade, eu não estava na escola, estava treinando com a equipe Alfa.

– É a diretora?

– Sim – Olivia disse. – Há muito tempo, quando ela estava vivendo uma vida normal.

Meu coração começou a acelerar.

– Espere. Isso quer dizer que ela ainda está por aí? Na vida normal dela? Se esse é o passado da Terra Verdadeira, então ela está andando por aí agora mesmo.

– Sim... – Olivia respondeu.

– Bem, onde ela está? Nós podemos encontrá-la. Podemos detê-la agora mesmo.

– Não, não podemos. Já matei a diretora quando ela era uma adolescente.

– Mas você acabou de dizer... – eu comecei.

– Apenas observe.

A cena mudou mais uma vez. Nós estávamos na cobertura de um prédio. Estava caindo um temporal. Havia um cadáver no chão, lá embaixo, e o sangue formava uma poça que se misturava com a água da chuva, embora eu não conseguisse ver mais detalhes por causa da distância. Olivia virou o rosto para a chuva e eu pude sentir as gotas frias na minha pele, como se aquilo estivesse acontecendo dentro do Espinho.

Ela continuou narrando.

– Substituí a versão adolescente da diretora, que não sabia de nada disso, por um clone, que eu podia acompanhar à distância. E funcionou. Quando voltei à Terra Verdadeira, as coisas estavam mudadas. Eu alterara toda a história da Terra Verdadeira e meus companheiros jamais souberam de mudança alguma. O planeta estava estável. A diretora, dessa vez, era uma a mais entre nós, não uma rainha. Nós governávamos juntos.

Ela me mostrou imagens fragmentadas: os cinco governando lado a lado; a paisagem dourada, da qual eu me lembrava por causa da breve visita à Terra Verdadeira. Eu vi os cidadãos da Terra Verdadeira disparando mísseis em um céu cinzento e fumacento. Quando explodiam, uma onda dourada se espalhava, mudando permanentemente a cor do firmamento.

– Era como gravar por cima de uma fita.

As palavras dela me inundavam como água. Eu sentia que estava sonhando. Existir não parecia uma coisa natural naquele momento. Ela parou de me mostrar imagens. Eu só via escuridão.

– As mudanças que estão acontecendo aqui e agora afetaram o futuro, mas o problema é que algumas alterações não são tão impactantes quanto outras. E, neste momento, não há como saber o que será importante. Não até que se faça.

Ela suspirou.

– Mas notei que as coisas estavam começando a se deteriorar na Terra Verdadeira. A unidade durou pouco tempo e, quando começou a se despedaçar, ficou pior do que antes. Eu não podia explicar para os outros sem admitir o que fizera. Era tudo minha culpa. Eu sabia que jamais me perdoariam. As coisas pioraram mais e mais, até o ponto de não existir mais unidade. Houve disputa de poder. Tivemos guerras secretas.

A voz dela ficou rouca com a emoção e o arrependimento.

– Então eu voltei mais uma vez. Para tentar de novo.

Alguma coisa zumbia dentro do carro. Ela tirou a máscara e eu fiz o mesmo.

– Preciso ir – ela disse, olhando para o mostrador no seu braço.

– Você ainda não me contou tudo – eu sabia que estava faltando alguma coisa crucial. Era como não ter um pedaço do pulmão.

– Eu vou contar. Mas mantenha-se longe de problemas.

Ela levou a mão a uma bolsa na sua cintura. O meu lado mais desconfiado, um lado que nunca, nunca desaparecera, estava tenso, preparado para a possibilidade de uma arma.

Claro que não havia nenhuma, e sim apenas um disquinho, como o que estava instalado na base do meu crânio.

Ela o deixou na palma da minha mão.

– Use isto quando estiver em um lugar tranquilo, um lugar *seguro*. Entendeu? Isto pode deixá-la desorientada. Eu não sei o quanto, ou por quanto tempo.

Acenei com a cabeça, fitando os olhos avermelhados dela, como os meus também deviam estar depois de usar a máquina. Eu esperava poder manter meus olhos verdes por um tempinho.

– Os outros Originais estão por aqui? – eu queria saber quantos inimigos eu tinha.

– Não. Eles estão ocupados tentando controlar um mundo em frangalhos antes que seja tarde demais. Nós não controlamos mais a Terra Verdadeira com a facilidade de antes. Agora, por favor, saia.

Eu realmente a obedeci sem enfrentá-la, para variar. Mas antes de fechar a porta, precisei perguntar:

– E o que é que a abertura da Escuridão em nosso mundo irá causar? O que acontece se a diretora encontrar a Chave e usá-la? Quero dizer, vai afetar a Terra Verdadeira, não vai? Tudo o que nos fere também fere vocês.

O olhar que Olivia lançou para mim apagou qualquer resquício de calor do Espinho.

– Qualquer um que possua a Chave ao entrar na Escuridão irá para uma sala específica entre os universos. Ali, poderá controlar e direcionar a Escuridão como quiser.

– Você não respondeu à minha pergunta – mas eu tatuei aquela informação no meu cérebro: "possuir a Chave significa controlar a Escuridão".

A expressão severa dela de alguma maneira ficou ainda mais dura.

– Ao abrir a Escuridão, haverá trevas. Poucos sobreviverão. Mas com o tempo vocês florescerão novamente.

Eu tentei colocar na minha cabeça a imagem da minha gêmea clonada pensando: "Quer saber? Que se dane, vamos tentar de novo. Nós podemos apagar esse mundo quase inteiro!". Será que ela chegou a essa conclusão na hora do jantar? Enquanto estava no banho? Ou talvez bebendo com amigos? Aliás, ela tinha amigos?

– Por que você não faz alguma coisa? – eu perguntei bem baixinho.

– Porque precisa acontecer. Tudo precisa acontecer. Use o disco que eu lhe dei e você vai entender.

– O que devo fazer enquanto isso?

– Fique viva – ela disse.

ooo

Olivia disparou ladeira abaixo e eu fui pela escadaria, pensando sobre Chave, clones e o fim do mundo. Não parecia real. "Precisa acontecer", ela havia dito. Esfreguei meu polegar no disco em meu bolso, perguntando-me o que ele poderia me mostrar para me convencer de que tudo aquilo devia acontecer, que tantos precisavam morrer. Eu não engolia. Durante muito tempo pensara que ela estava do nosso lado.

Na rua, o vento soprava e a noite caía. No cruzamento mais próximo, dois carros estavam estraçalhados um contra o outro, com os para-brisas congelados pela neve. Corri até um caminhão que parecia em melhor forma e entrei. As chaves ainda estavam na ignição. Eu dei a partida, então tomei o rumo para o meu "lar".

"Talvez tenham encontrado o Peter e todos estejam lá."

A ideia era tão boa que doía. Eu queria me apegar a ela, como se bastasse desejá-la com bastante força para torná-la real.

ooo

O clima no apartamento, quando saí do elevador, era semirrelaxado, e imediatamente me senti aliviada.

Rhys estendeu as mãos.

– Sem preocupação. Eles entregaram os comunicadores deles para o Noble assim que saímos. Colaboraram bem. Não conseguimos falar com o Noble antes por causa de algum problema de recepção, mas eu entrei em contato com ele. A Terra Verdadeira aparentemente está interferindo em várias frequências na cidade.

– Onde estão os Rosas? – perguntei.

– Amarrados no quarto do Noble. Eles não vão a lugar algum.

– E o Noble e a Sofia? E o Peter?

Rhys franziu a testa.

– O Noble e a Sofia ainda estão procurando pelo Peter.

Eu fui até a pia e enchi um copo com água, então busquei comida na geladeira. Era a única ação em que pude pensar para disfarçar a minha decepção.

– Não se preocupe com eles – Rhys disse. – Vamos falar sobre a Verge. Eu... não acho que devemos voltar.

– Nós interrompemos o contato por muito tempo e nossos colegas já estavam suspeitando – emendei. – Se entrarmos na Verge, a chance de nos aprisionarem é grande.

– Foi o que pensei também – ele falou, parecendo aliviado. – Mas nós temos que sair daqui, mesmo assim.

– Por quê?

Expliquei o que era a Chave e o que podia ocorrer se a diretora pusesse as mãos nela. Isso levava a outras questões, e eu lhe contei o que a Olivia me mostrara.

A pele dele, que já era pálida, pareceu mudar para um tom mais frio de cinza.

– Eu bem que achei seus olhos um pouco vermelhos.

– O principal é que precisamos encontrar a Chave – resumi –, então podemos descobrir o que fazer com ela.

– Mas por que precisamos deixá-los abrir a Escuridão? Por que devemos permitir que isso aconteça? Está brincando comigo?

– Eu não sei de nada além do que já contei.

– Aqui é um lugar seguro. Por que você não usa o disco agora?

– Porque eu não sei o que vai acontecer comigo. A Olivia disse que eu iria me desorientar e ela não sabia por quanto tempo. Você não concorda que precisamos encontrar a Chave antes de qualquer outra coisa?

– Concordo – ele respondeu. – Então vamos.

Eu tomei mais um copo d'água, para o caso de não haver água para beber mais tarde.

– Vamos precisar de ajuda. O East pode estar em qualquer lugar. Se os Rosas o encontrarem e conseguirem a Chave antes de nós, ao menos vai ser mais fácil de roubá-la se estivermos por perto.

Os olhos do Rhys se iluminaram com uma ideia.

– E se encontrássemos os Originais crianças e os matássemos ou déssemos uma bela surra neles, ou algo do gênero? A Olivia disse que o futuro será alterado por mudanças no passado, não é?

– Se você tiver alguma ideia de onde eles estão, em qualquer lugar do país ou do mundo, ótimo. E se você tiver uma ideia de como sair desta ilha, melhor ainda. Mas tenho certeza de que a Olivia os mantém protegidos. Além disso, se eles morrerem, o que isso vai causar a nós? É melhor confiarmos na Olivia até termos mais informações. Claro que estou falando em *confiar* com uma pulga atrás da orelha.

A testa dele se enrugou.

– O que eu não entendo é que, se os Originais ainda estão por aí, vivendo suas vidas antes de se tornarem os Originais, então como é que *nós* podemos estar aqui há anos?

– Porque nós viemos da Terra Verdadeira, entendeu?

Ele soltou um suspiro lento.

– Caramba. Por todo esse tempo nós vivemos no mesmo mundo em que as pessoas que um dia vão nos criar no futuro e nos trazer de volta para o agora. Que época para se viver! – ele falou com entonação de piada, só que eu podia ver como aquilo o fazia se sentir. Rhys podia fingir indiferença o quanto quisesse, porém eu via a dor por trás dos olhos dele. Não é fácil saber que não se é uma pessoa, mas uma coisa...

Ele estava prestes a dizer mais, quando um barulhinho veio do balcão. Eu olhei em volta em busca da origem e achei dois pontos eletrônicos, não muito diferentes dos nossos.

Eu tirei a escuta do Noble e coloquei a outra. Ouvi a voz da O-9.

– ... de volta à Verge. Estou captando alguns ruídos. P-230, nenhuma palavra até agora?

Meu coração saltou. A O-9 não soava alarmada, mas era possível que a equipe tivesse ouvido nossa conversa. Um erro. Mas Noble provavelmente deixara os pontos eletrônicos sabendo que iríamos precisar deles.

– Nada – o P-230 respondeu.

– Isso é estranho – a O-9 disse.

– Caras – o N-7 falou –, vamos esperar mais um pouco. Vocês não notaram a cor dos trajes deles? Não somos nós que temos que decidir.

– A decisão cabe a um azul ou a um prata, que é o que eu me tornarei se eles continuarem sumidos – a O-9 completou.

– Vamos com calma – o P-230 pediu.

– Aqui quem fala é a M-9 – eu disse.

– Está vendo? – o N-7 disse.

– Onde vocês estavam? – a O-9 quis saber, ríspida.

– É assim que você fala comigo? – indaguei. Rhys rapidamente colocou o ponto eletrônico dele. Eu sabia exatamente como iria seguir com o jogo.

O silêncio do outro lado da linha se adensou.

– Tivemos um problema de comunicação, mas agora ela se restabeleceu. Você tem alguma queixa?

Mais alguns segundos se passaram, então a O-9 disse:

– Não.

– Muito bom. Qual é a situação?

– Nós deveríamos estar na missão com H10 15 minutos atrás – o P-230 disse. – Estamos nos reagrupando na Verge. Dezessete novos alvos suspeitos, todos os quais precisam ser confirmados.

O N-7 chegou a rir.

– Tem um monte de prédios para queimar.

– Eu não tenho certeza se é a melhor tática – o P-230 disse. – Essas pessoas vão ficar furiosas se continuarmos transformando os prédios delas em pasta derretida.

– Nós podemos controlá-las – o N-7 disse. – Esqueceu-se disso?

– Não, é claro que não. Mas será que queremos mesmo incitar uma rebelião organizada?

– Vamos deixar as decisões estratégicas para os trajes azuis – eu disse. – Nós os encontraremos no dormitório.

Toquei no meu ponto e notei que ele ficou em silêncio.

– Alô? – eu falei para testar, mas não houve resposta. Rhys fez o mesmo.

Por cima do ombro do Rhys, vi as janelas do outro lado do apartamento, as que tinham vista para o rio Hudson. O vidro trepidava de tantos em tantos minutos, sempre que os ataques das torres mecânicas recomeçava. Os Estados Unidos enviavam míssil atrás de míssil rio acima, e as torres os abatiam em pleno ar. O Hudson estava emporcalhado pelos escombros flutuantes. Partes do rio estavam em chamas. A maioria das luzes de Nova Jersey estava apagada, mas provavelmente era por precaução, como nas cidades da Europa durante a Segunda Guerra, que ficavam no escuro para dificultar o trabalho dos pilotos inimigos.

Não vi qualquer atividade do outro lado do rio. A caçada da Terra Verdadeira era em Manhattan. Por enquanto, o resto do mundo podia descansar em paz.

– Vamos – Rhys se apressou, depois de observar por um momento.

Eu o segui, de volta ao frio. Ele estacionara o Espinho na rua, entre dois caminhões brancos. Um pouco adiante, vimos uma ambulância com as luzes da sirene acesas, tingindo os prédios com vermelho piscante. Os paramédicos nos olhavam cautelosamente enquanto cuidavam de algumas pessoas feridas.

Um arrepio de desgosto percorreu meu corpo. "Estou do lado de vocês", eu queria gritar. "Eu só pareço com os inimigos." Então notei que três Rosas vestidos de preto estavam na calçada, perto das ambulâncias, vigiando os paramédicos, com os braços cruzados. O Noah deles olhou para nós, mas alcançamos o Espinho antes que ele tentasse falar conosco. Ao menos os Rosas estavam permitindo cuidados médicos às pessoas.

Rhys nos conduziu de volta à Verge em silêncio. Apenas quando estacionamos ao lado de algumas árvores ele perguntou:

– Você está pronta?

Eu podia sentir o medo na minha garganta, mas também um alívio estranho, uma certeza que só vem quando não se tem outra escolha. Era isso o que precisávamos fazer se quiséssemos ter alguma chance.

– Vamos ver no que vai dar.

Rhys pôs sua mão sobre a minha, então fechou os dedos em volta dela. As escamas de nossos trajes rasparam umas nas outras.

– Não importa o que acontecer, você sabe. Blá-blá-blá, palavras sentimentais.

Eu pus minha outra mão sobre a dele.

– Eu sei, Rhys. Eu digo o mesmo.

Saímos do carro e entramos na Verge. Rhys foi na frente para não chegarmos juntos. Não queríamos levantar suspeitas. Parei para observar os guindastes tirarem um Espinho após o outro da Escuridão. Assim que as rodas tocavam o solo, o veículo saía correndo da Verge, adicionando ainda mais caos à cidade. Outro Espinho se ergueu da Escuridão enquanto eu subia a escada até o elevador.

A porta do elevador se abriu, revelando um Peter. P-81, para ser mais específica. Um traje preto. Mantive contato visual, mas não por muito tempo. Eu sentia que a mentira estava escrita na minha testa e, verdade seja dita, preferia não olhar para um Peter que não fosse o meu.

O Peter deu um passo e parou, hesitante, e eu pensei: "Oh, meu Deus, ele sabe".

Então ele se moveu, passando por mim, roçando o ombro no meu.

– Perdão – ele falou.

– Desculpe – eu reagi automaticamente, e ele voltou o rosto para mim e deu um aceno rápido, como se dissesse "sem problemas", antes de continuar seu caminho.

"Será que eu acabei de ver...?"

Olhei para a nuca dele, esperando que ele se virasse para trás, mas ele não virou.

Permaneci ali por mais dez segundos, até que alguém tomou o elevador. Um outro Rhys.

– Você vai entrar? – ele perguntou.

– Em um minuto. Obrigada.

Ele ergueu uma sobrancelha, então a porta se fechou. O elevador zumbia enquanto subia. Meus olhos estavam fixos no andar térreo, mas não encontravam mais o Peter.

Repassei o momento na minha mente várias e várias vezes. O rosto dele. Os olhos, que deveriam ser azuis brilhantes, tinham uma cor mais escura, mais arroxeada.

E o queixo...

A pequena cicatriz no queixo dele, como no do Peter que eu chamava de meu.

11

ESTARRECIDA, TOMEI O ELEVADOR ATÉ O NONO ANDAR. Meu rosto estava corado e minha mente estava nas nuvens. Peter estava ali. Concluí que devia ser ele, por mais que a lembrança de seu queixo ainda estivesse meio embaçada... Ou será que eu apenas *queria* que fosse ele? Mas não, ele também suspeitou que fosse eu, com apenas um olhar. Foi por isso que ele parou e hesitou. Só podia ser.

P-81. Eu precisava encontrar o P-81.

Quando cheguei ao dormitório, Rhys estava falando com os outros. O N-7 acenou para mim.

– Aí está você – Rhys disse. Eu devia parecer distraída, pois ele me olhou de um jeito estranho. – Eu estava falando sobre nosso problema de comunicação. Eles nos arrumaram novos pontos eletrônicos.

– Tá – eu falei em tom neutro. Mas logo pensei: "Foco no jogo, Miranda". – Que bom. Eu preciso ir ao banheiro.

– Obrigado por avisar – o P-230 disse enquanto eu passava por ele. Eu não queria olhar para ele no momento.

No banheiro, joguei água no rosto, então me olhei no espelho. A bochecha jamais fora cortada pela espada da sra.

North. A cicatriz com que eu me acostumara não existia mais. Mesmo assim, toquei minha pele no lugar onde ela ficava antes. Havia uma escova de dentes em uma embalagem plástica e meu nome escrito nela. Eu não saberia dizer se tinha sido usada ou não, mas resolvi escovar meus dentes pela primeira vez desde que renascera. A Terra Verdadeira não nos dava o luxo nem mesmo de uma banheira de hidromassagem.

Quando saí, minha equipe estava jogando cartas novamente, inclusive Rhys. A Olivia estava lendo um livro de capa dura no beliche dela. Onde ela conseguira o livro? Será que eles haviam feito um intervalo na patrulha para pilhar uma livraria? A cena toda parecia estranha. Eles saíam e faziam tudo que tinham que fazer, derretiam prédios, escaneavam e machucavam pessoas, não importava o quê, depois voltavam e jogavam cartas e matavam o tempo? Eu queria gritar com toda a minha força: "O QUE VOCÊS ESTÃO FAZENDO?".

– Mudança de planos – o N-7 disse para mim. – Temos mais uma hora antes da próxima patrulha.

– Nós *deveríamos* dormir – o P-230 disse.

– Deveríamos é a palavra exata – o N-7 respondeu.

Eles falavam como se não estivesse acontecendo nada. Antes, eu podia aceitar que era estranho, mas dessa vez era como um arame farpado raspando na minha pele. Eu estava tão furiosa que minha mão começou a tremer, então cerrei o punho e escondi a mão atrás das costas. O N-7 me olhava com uma cara esquisita.

– Eu já volto – eu disse e marchei até a porta antes que alguém pudesse contestar. Bem naturalmente. Fechei a porta e me recostei na parede ao lado do quarto, enquanto outros clones caminhavam em nosso andar. Duas Mirandas carregavam um tanque de plástico enorme com a inscrição "H10" na lateral. Eu queria fazê-las beberem aquilo. Então elas se foram e eu tive o prazer de ficar sozinha.

Mas não por muito tempo. A porta se abriu e o N-7 apareceu. Ele olhou para os dois lados para checar se estávamos a sós. Eu fiquei tensa. Antes que eu percebesse o que estava acontecendo, ele se inclinou e me beijou. Eu o empurrei com as duas mãos.

– Ei, o que você está fazendo? – ele indagou. Não estava bravo, mais parecia espantado. A respiração dele ficou pesada, com olhos desconcertados, uma expressão que eu nunca vira no Noah que eu conhecia.

A M-96 e o N-7, pelo jeito, estavam "juntos", o que quer que isso significasse para essas pessoas.

– Sabe, eu não ia dizer nada, mas você tem se comportado de forma ridícula desde que foi promovida. Você e o 34 – as sobrancelhas dele se ergueram. – O que foi? Agora não somos mais bons o suficiente para vocês?

Isso liquidava com a minha esperança de que nossa equipe não tivesse muita familiaridade.

– Desculpe – não soei muito convincente. Eu tentei me recuperar: – Só acho melhor que a gente não faça isso aqui.

– Fala a verdade, qual é o problema? O que há de errado com vocês?

– Não tem nada de errado comigo.

"Eu só estou no meu terceiro corpo, até onde sei, infiltrada nas linhas inimigas com os dois remanescentes da minha equipe, sendo que com um deles eu não posso contar."

– Estou preocupado com você – ele disse suavemente. – Você está esquisita desde que chegamos aqui.

Eu acreditei nele; a preocupação em seus olhos estava

bem ali, e eu podia vê-la. Dessa vez sim ele me fez lembrar do Noah que eu perdera.

– Desculpe. Sinto muito por ter agido como uma estranha.

Meu braço vibrou antes que ele pudesse responder. O mostrador dizia: "PRÓXIMA PATRULHA: 52 MINUTOS. DIRIGIR-SE AO INTENDENTE PARA RECARGA".

– Entre e fale comigo – ele pediu.

– Não temos tempo – eu disse, erguendo o braço para mostrar a ele.

– Então mais tarde, sem falta. Promete?

– Está bem – eu disse e comecei a me afastar.

– Espere. Vamos até a intendência juntos – ele disse.

Eu acenei com uma mão.

– Encontro você lá. Só quero um minuto sozinha – quando olhei por cima do ombro, vi que ele estava voltando ao dormitório. Senti uma pontada no estômago por deixar Rhys, mas eu sabia que ele poderia se virar sozinho.

Tomei o elevador de volta ao térreo, depois fui até aquele terminal eletrônico. Digitei "P-81". A tela mostrou: "EQUIPE 27, 12º ANDAR, DORMITÓRIO 12". As palmas das minhas mãos começaram a suar.

Uma nova cópia da minha equipe Alfa rastejava para fora da Escuridão, todos eles em trajes brancos. Acenaram com deferência para mim, então foram até o terminal, onde a Miranda da equipe deles procurou pelo número do dormitório.

– Isso é empolgante – a Olivia disse para mim, e eu quase a atirei de volta para a Escuridão.

Mas me controlei e permaneci no lugar, com os pés plantados no chão. Se eu estava certa, Peter saberia que eu iria procurá-lo. Eu podia visitar seu dormitório sem ter de responder a muitas perguntas por causa do meu traje vermelho.

Tomei uma decisão e instantaneamente me senti melhor. Quase pulei de volta ao elevador. "Você é um bom observador, Peter?" Eu não conseguia parar de pensar que ele tinha me reconhecido, que ele sabia que era eu, mesmo sem a minha cicatriz.

O elevador me levou ao 12º andar e eu encontrei o dormitório 12 com facilidade. A porta estava aberta. Dentro, o quarto era idêntico ao meu. O Peter estava sentado na cama, com as mãos nos joelhos. A cabeça dele se virou para mim quando paralisei no corredor. Nós estávamos a sós.

– Posso ajudar? – ele perguntou, olhando o distintivo no meu peito. – Talvez você esteja no quarto errado.

– Eu...

Eu estava longe demais para ver o queixo dele.

– Pois não?

– P-81 – eu disse e minha voz soou tão seca que era quase um sussurro. – P-81 – eu disse mais uma vez, com mais força.

– É o meu número. Algum problema comigo?

Fechei a porta às minhas costas.

– Não, não é esse o caso – eu podia sentir minha pulsação latejando no meu pescoço. Acenei em direção ao banheiro. – Você poderia me acompanhar?

Ele estava com o pé atrás, mas eu podia ver a expectativa em seus olhos, uma pequena faísca de esperança. Os lábios dele se entreabriram. Passei por ele e fui até o banheiro. Ele me acompanhou com cautela, com as mãos livres e desimpedidas ao lado do corpo, prontas para atacar se fosse necessário.

– Alguma coisa errada com minha equipe? – ele perguntou.

Fechei a porta quando entramos e mantive minha mão na maçaneta. Aquilo era uma aposta alta. Tudo estaria perdido se eu cometesse um engano. E eu não era a única em perigo: Rhys também corria risco. "Diga que você cometeu um erro. Saia. Andar errado, dormitório errado."

– Por que você não me responde?

Eu me virei para ele.

Eu vi a cicatriz.

– Você me conhece – eu disse.

Ele não pôde esconder a reação. Instantaneamente, ele engoliu em seco e começou a piscar, e seus olhos azuis arroxeados ficaram brilhantes. Ele fingiu tossir.

– Ah, é? – ele disfarçou. – Eu não reconheço seu número – ele ainda estava sendo cauteloso.

– Peter... – eu disse.

Ele avançou até mim, mas não para atacar. As mãos dele me pegaram sob os braços e me ergueram e eu envolvi minhas pernas em torno da cintura dele, enquanto minhas costas eram pressionadas contra a parede. Em seguida, a boca dele se juntou à minha com tanta força que nossos dentes se tocaram e eu senti sangue em seus lábios, senti a umidade de seus olhos nas minhas bochechas. As pernas dele tremiam e ele me empurrava contra a parede com tanta força que eu não conseguia respirar, mas nem liguei. Para que respirar, afinal?

Nós nos beijamos por um longo tempo. Não sei quanto. Eu provavelmente deveria saber. Mas não importava. A boca dele tinha gosto de hortelã, como a pasta de dente que eu acabara de usar. Em dado momento, nós não movemos mais nossos lábios, apenas os mantivemos colados, enquanto nos abraçávamos, ofegando.

Ele recuou um pouco para olhar em meus olhos.

– Eu sabia que era você. No elevador. Eu sabia. Eu não sei como, mas sabia – ele engoliu em seco. – Sinto muito. Sinto muito por você ter que voltar. Não é certo.

Naquele momento eu estava bem contente por estar viva.

– Agora parece certo.

Ele me beijou mais uma vez, suavemente. Tinha um pouco de sangue no lábio superior dele. Limpei com meu polegar e apertei seu rosto entre as minhas mãos. Eu podia sentir sua pulsação na minha palma, forte e constante, e o calor da pele dele. Havia uma guerra do lado de fora e eu não queria lutar. Queria ficar ali, com ele.

– Isso é perigoso – ele disse.

– Eu não me importo. Por onde você *andou*?

Ele balançou a cabeça.

– Sinto muito. Eu devia ter ficado ao seu lado. Mas encontrei uma brecha e precisei aproveitar a oportunidade. Pensei que poderia aprender mais se estivesse infiltrado.

– E aprendeu?

– Nada que possa nos ajudar. Os outros devem ter ficado extremamente preocupados. Eu tive só 12 segundos para tomar o lugar desse Peter. Não deu tempo de avisar o Noble sobre o que eu iria fazer. Tentei usar o rádio mais tarde, só que estava...

Eu o silenciei com um beijo.

– Eles vão dominar tudo.

Eu o beijei de novo. Nada importava naquele instante. Ele estava ali, vivo.

Mas então ouvi a porta do quarto 12 se abrir.

Nós dois hesitamos, inseguros quanto à história que inventaríamos. Então tomei uma decisão repentina e o empurrei; em seguida, me escondi na cabine de banheiro mais longe, a terceira. As paredes dela iam do chão ao teto. Peter agarrou meu braço mais uma vez. Ele me puxou para um abraço rápido e me beijou com força, rápido.

– Espero que não seja o último... – ele sussurrou.

– Vai!

Fechei a porta o mais silenciosamente que pude. Havia um vão embaixo dela, de cerca de 30 centímetros, e qualquer um poderia ver tudo pelo alto com um pulinho. O banheiro estava repleto de um líquido.

Apoiei os pés sobre o vaso, com os lábios ainda latejando por causa do beijo. Minha respiração soou alta, saindo pelo nariz. Do lado de fora do banheiro, ouvi Peter conversar com alguém. Pareciam falar banalidades, mas eu não conseguia decifrar as palavras.

Dois segundos depois, a porta do banheiro se abriu. Ouvi passos quase silenciosos no chão, um roçar de cabelos – o que significava que era a Miranda ou a Olivia –, e em seguida, nada. A Rosa ficou completamente imóvel durante cinco segundos completos. Prendi minha respiração.

Então, uma fungada.

A Rosa estava farejando. Eu suava, mas não sabia se estava fedendo. Meu cabelo não podia ter cheiro de xampu, porque eu não havia tomado banho desde que saíra do tanque. Talvez ela tivesse tomado friagem do lado de fora e por isso estava fungando.

Meu peito ardia de calor, então eu expirei o ar da maneira mais silenciosa possível. Ainda assim dava para ouvir, e no silêncio tive a impressão de que soava como um tornado. Inspirei lentamente, por um longo tempo.

A Rosa limpou a garganta, então entrou na cabine ao lado da minha. Eu escutei quando ela abaixou o assento, então ouvi alguns ruídos metálicos abafados, os sons de quem retira o traje blindado. Depois que ela terminou, foi até a pia e saiu.

Respirei mais uma vez, quase desabando. Havia sido estúpido ir até ali, mas ainda assim eu não podia me arrepender. Os minutos se passaram enquanto eu esperava pela volta do Peter e meu corpo começou a formigar. Finalmente, desci do assento e me alonguei.

Peter chegou logo em seguida. Ele não disse nada, apenas abriu a porta da cabine e envolveu um braço na minha cintura enquanto me puxava para perto.

– Quem era?

– A Olivia da minha equipe. O-620. Dentro do possível, ela parece bacana.

– Isso é estranho – eu disse, porque sabia do que ele estava falando, mas não queria acrescentar nada a respeito.

– Você tem que ir agora – ele apertou o braço com um pouco mais de força, puxando-me para mais perto. – Não que eu queira que você vá, eu realmente não queria isso. Mas vamos nos encontrar mais tarde.

– É claro. Você vai ficar em segurança?

Ele me beijou de novo em vez de me responder. Os dedos dele encontraram o fecho do meu traje no topo do pescoço, mas eu detive suas mãos.

– Melhor não, se você quer que eu saia logo daqui – eu disse.

– Eu não acredito que você está aqui – ele me fitava, maravilhado.

– Não importa que eu não seja mais a mesma?

– Não. Não importou da primeira vez. Para você importa?

– Antes eu não tinha certeza. Mas... agora estou feliz – e eu estava sendo sincera. Talvez eu pudesse encarar aquilo como uma chance extra na vida. Meu sacrifício não precisava ser inútil, podia ser apenas mais um passo do caminho.

Eu *sabia* que não era mais a mesma pessoa. Aquela pessoa morrera de uma maneira horrível, literalmente explodida em pedaços depois de ser mutilada por monstros, mas... de certa forma, eu *sou* ela ao mesmo tempo. Eu sou eu. Eu sei disso quando fecho meus olhos.

– Bom. Quero que você fique feliz. Nós precisamos encontrar o East e acabar com isso tudo. E depois vamos dar o fora, para um lugar onde ninguém poderá nos encontrar.

Aquilo parecia tão bom que até me deu um arrepio.

– Eu me encontrei com a Olivia, com a Olivia Original – eu disse, voltando à nossa missão. Ele precisava ser informado.

– Eu também falei com ela, mas foi rápido. Ela sabia que era eu. Me contou o que está acontecendo, disse o que a Terra Verdadeira está tentando fazer aqui... Ela me pediu para tomar cuidado, mas não vou parar de procurar pela Chave. Não podemos deixá-los fazer tudo o que quiserem. Não até descobrirmos o que poderia acontecer.

– Eu estou preocupada. Ela não está contando a história inteira. Será que podemos confiar nela?

Ele deu de ombros.

– Não sei. Mas ela sabe como nos encontrar, e não nos prenderam, então...

Eu ainda não estava convencida, mas não sabia o que mais poderíamos fazer no momento. Por isso disse apenas:

– Ótimo. Vamos salvar o mundo e seguir com nossas vidas.

– Exatamente – ele desviou o olhar para o chão por um segundo.

– O que foi?

Ele emitiu um som que parecia um pouco com uma risada.

– Eu fiquei furioso com você. Por um longo tempo. Fiquei furioso por você ter partido e se sacrificado sem nos dizer nada.

– Peter. Eu...

– Calma, escute. Eu não estou mais bravo. O fato de você estar aqui me faz lembrar do que realmente importa.

– E o que é?

– A vida – ele respondeu.

Ele me deu um último beijo lento, demorado, então afastou os lábios e me beijou na testa.

– Agora vá. Nós vamos nos ver em breve.

De algum modo, eu consegui. Eu saí de lá. Não olhei para trás ao partir, porque sabia que ele estaria me observando. E, se olhasse para trás, eu *iria* voltar.

Deixei o 12º andar e desci até meu dormitório, e quando abri a porta vi uma pessoa que não reconheci.

12

— M-96! – ELE FALOU, COMO SE FÔSSEMOS VELHOS amigos.

Ele estava usando nosso traje, mas não era um Rosa.

– Sim – eu respondi.

– É ótimo conhecê-la. Meu nome é Albin.

Seu cabelo castanho descia até o ombro, penteado para trás. Ele sorria para mim, e tinha covinhas nas bochechas e dentes brancos brilhantes. Seus olhos eram calorosos, de um castanho tão claro que parecia cor de mel, mas inchados e vermelhos, como se ele tivesse passado a noite toda bebendo. As escamas no traje dele eram cor de ameixa, e aparentemente ele não portava nenhuma arma. Seu distintivo tinha apenas a letra *A*, sem número.

– Oi, Albin.

Ele sustentou o contato visual. Meus colegas olhavam ora para mim, ora para ele. Alguma coisa ia muito, muito mal.

– Como posso ajudá-lo? – fiz o meu melhor para me manter firme. Ver Peter tinha renovado minhas energias, e eu as usava nesse momento.

– Ah, estou contente por você ter me perguntado isso – ele disse. – Você pode me ajudar muito, então é bom que esteja disposta a ser prestativa.

Rhys estava atrás de todo mundo, mas eu podia notar o peito dele se expandindo e se contraindo mais rápido que o normal. Ele moveu sutilmente a cabeça, como se pedisse: "Não vá estragar seu disfarce".

Albin se demorou um pouco mais olhando para mim, então inspirou rapidamente, como se tivesse acabado de perceber que precisava continuar.

– Você se importaria de me acompanhar a um outro andar? – Albin estendeu a mão, com a palma para cima, só que ainda estava longe demais para eu alcançá-la, o que tornava o gesto esquisito.

– Claro – eu disse com firmeza. – Vamos.

Captei o olhar do Rhys mais uma vez, brevemente, e parecia que ele queria se aproximar, porém era esperto o bastante para saber que isso declararia a nossa morte.

Albin passou por mim e chegou ao corredor.

Minha equipe estava claramente com os nervos à flor da pele.

– Boa sorte – o P-230 disse.

Acenei em agradecimento, então segui Albin porta afora.

Ele estava esperando perto da balaustrada com aquele sorriso grande e bonito.

– Ei, pode relaxar – ele disse. – Ninguém está em apuros – enquanto ele falava, eu podia ouvir um pouco de muco fazendo seus pulmões chiarem. "Se ele está doente, talvez esteja fraco."

– Eu estou relaxada, apenas não estou me sentindo muito bem – eu disse.

– Você consultou um médico? – ele fungou.

Eu não queria ver um médico. Apenas encolhi os ombros e esperei que ele mudasse de assunto. Nós entramos no elevador, e no espaço apertado eu pude sentir o seu cheiro. Ele exalava um odor de canela. Não essência de canela, mas *canela* mesmo, como se estivesse armazenada em um pote, levemente amarga.

Ele olhava para a frente, esperando pacientemente até que o elevador parasse no terceiro andar. Eu o segui para fora, até a metade do caminho que levava a uma porta que não tinha nenhum número inscrito. Não havia inscrição nenhuma. Ele abriu a porta e deu um passo para o lado.

– Depois de você.

Estava completamente escuro no quarto e todos os meus instintos me diziam para não entrar ali, mas eu não podia apenas ficar parada do lado de fora. Atravessei a soleira, tentando captar a presença de outras pessoas por meio da audição, mas a sala parecia mesmo vazia. Havia um leve aroma de plástico no ar.

Albin fechou a porta e acendeu a luz. Engasguei quando vi. A sala só tinha uma cadeira, à qual se ligavam correntes espessas. A adrenalina explodiu nas minhas veias como uma bomba. Eu me virei para trás, mas Albin deu um tapa com as costas da mão no meu rosto. Foi como ser atingida por uma pá. Minha cabeça se chocou contra a parede e eu escorreguei até o chão.

Minha visão ficou turva do lado direito, onde eu tinha sido atingida, mas ele não tirava proveito da minha condição desfavorável. Apenas ficou parado na frente da saída com os braços cruzados e uma expressão neutra no rosto.

– Sinto muito por isso – ele disse. – Não quer se sentar? Eu não vou acorrentá-la.

Eu me pus em pé e quase caí de novo. Minha cabeça estava latejando e eu sentia o lado esquerdo mais pesado, como se eu fosse tombar e bater mais uma vez na parede. "Você devia ter ficado com o Peter", eu pensei. "Não. Você devia ter pegado o Peter e o Rhys e dado o fora deste lugar."

– Tome um segundo para se recompor. E então, por favor, sente-se – ele ainda não tinha se movido e seus olhos jamais se descolavam de mim.

O calor da pancada dele suavizou, passou para uma dor formigante que irradiava pelo meu rosto. Mexi a mandíbula para me certificar de que não estava quebrada. Então eu me sentei, preparando-me mentalmente para saltar da cadeira se ele desse um passo em minha direção. Porém ele não saiu do lugar.

– Você é um Rosa? – perguntei, esforçando-me para não tremer. Minha bochecha já estava inchada, tornando doloroso falar.

– Não. Meu papel é ligeiramente diferente – ele fungou.

– Diferente como?

– Eu não posso lhe contar, mas prometo que você vai saber em breve.

Imaginei Rhys no dormitório e Peter no outro. "Saiam da Verge", eu pensei. "Vão embora."

– Eu sei quem você é, Miranda – Albin disse. Ele puxou catarro da garganta e cuspiu no canto. A bola de muco estava sangrenta.

– Você está doente? – indaguei. – O que você tem? – forcei um tom provocativo, tentando irritá-lo.

– Eu sei quem você é – ele repetiu.

– Você se importaria em me dizer? Eu venho tentando descobrir faz algum tempo.

Ele riu pelo nariz e, de certo modo, o som foi delicado.

– Humor. Muito bom. Uma ótima reação diante do perigo. É um mecanismo de defesa contra o medo. Algumas pessoas, especialmente as que não são como nós, geralmente optam pelo pânico. Elas se abalam. Mas você e o medo são velhos amigos, não são?

Eu não sabia que tipo de resposta ele esperava. Fosse qual fosse, eu queria lhe dar o exato oposto. Então fui tentando.

– Isso é interessante – comentei.

– Hum – ele respondeu. – Na verdade, a diretora está feliz por ter você aqui.

Meu sangue gelou. Como ela descobrira? Um momento se passou em que considerei abrir meu comunicador para ao menos avisar Rhys para que ele fugisse. Mas Albin só se interessara por *mim*, quando ele poderia facilmente ter levado nós dois, então talvez o disfarce dele continuasse intacto.

Albin sorriu.

– Sim, ela sabe que você está aqui.

– Eu não dou a mínima para isso – mas depois de um momento não pude ficar calada. – Por que ela está contente?

– Essa é a minha pergunta para você. Parece que eu não fui informado sobre alguma coisa. A diretora tem um interesse especial por você, mas até agora ninguém pôde me dizer por quê. Não há sequer um boato a seu respeito em meio às fileiras no momento. Todo mundo ainda pensa que você está morta. Então, por quê?

– Não faço ideia.

Ele não disse nada. Pude notar que ele queria fungar de novo. O nariz dele estava coçando, as narinas estavam inflamadas. Mas ele se conteve.

– Você está doente – eu disse mais uma vez, tentando ganhar algum tempo enquanto pensava.

– Você sabe por que eu estou doente, Miranda? – a tranquilidade na voz dele estava se perdendo. Eu percebia que o estava irritando. Isso era bom.

– Você não tomou vitamina C?

Albin avançou, parando a poucos centímetros do meu rosto, com as duas mãos apoiadas nos braços da cadeira e o corpo inclinado sobre mim. Eu continuei encarando-o direto nos olhos. Estava acostumada com pessoas tentando me assustar.

– Minha doença é o motivo de estarmos aqui – a febre irradiava da pele dele. Senti o cheiro de canela de novo.

Eu esperei, preferindo não falar.

Ele se levantou, mas continuou olhando para mim, de cima para baixo. Alguma coisa mudou no rosto dele.

– Eu quero que você entenda uma coisa. A Terra Verdadeira não é maligna. Eles estão simplesmente se defendendo. De vocês – ele disse *eles*. Não *nós*. Mas a maneira como ele disse... Parecia decorado. Como se estivesse falando em nome de alguém. Talvez alguém que estivesse nos observando?

De repente, eu me dei conta. Estão *simplesmente se defendendo*. Albin não estava totalmente informado. Ele não sabia que estávamos no passado da Terra Verdadeira, ou que a Terra Verdadeira era nosso futuro, dependendo do ponto de vista. Ele ainda pensava que a Terra Verdadeira estava ali para nos destruir.

Decidi não entregar o que eu sabia, ao menos naquele momento.

Ele escarrrou mais uma vez, então passou o antebraço blindado debaixo do nariz.

– Eu estou doente por causa deste planeta. Um planeta cheio de gente disposta a se autodestruir. Quantas pessoas, quantos cidadãos deste mundo não acabariam com tudo se pudessem? Se pudessem apertar um botão e apagar tudo? Uma centena? Mil? Milhões, talvez. O que você acha?

– Eu acho que você deveria me contar exatamente o que quer de mim e parar de tentar racionalizar a respeito de extermínio em massa – porém aquilo não era uma interrogação. Ele não estava me fazendo perguntas de verdade. Mas o que ele queria?

Albin cuspiu mais uma bola de muco sangrento no chão. Ele fechou os olhos. Suas pálpebras vibraram por um segundo, então ele fixou o olhar em mim mais uma vez. Eu não fazia ideia do que estava acontecendo.

Ele fechou os olhos de novo e eu decidi parar de esperar. Saltei da cadeira, corri até a porta, abri e pulei sobre a balaustrada. Eu estava no terceiro andar, então meus pés doeram quando aterrissei no chão. Uma dor aguda percorreu dos meus pés à cintura. Rolei para a frente, compacta, e surgi em meio a um grupo de Rosas espantados. Passei por eles, empurrando-os, e continuei correndo. Eu não queria deixar Rhys e Peter para trás, mas nossas chances aumentariam se escapássemos separadamente.

Ninguém gritou, ninguém me seguiu. Do lado de fora estava frio como nunca e a neve soprava com força. Havia um Espinho a sete metros da Verge, com a porta do motorista aberta. Era bom demais para ser verdade, mas não era hora de duvidar. Meu corpo era pura ação, porém minha mente continuava escapando para lembranças aleatórias, coisas que vêm à memória, sem controle. Vi o rosto do Peter, senti o sabor da boca dele. Vi o sangue no rosto do Noah. Eu me lembrei dos braços dele me envolvendo, reais apenas na minha cabeça, pouco antes de morrermos.

Noah podia não estar mais em minha mente, mas eu sabia o que ele diria. "Não tenha medo. Não ouse se entregar."

Eu não iria desistir.

Então entrei no Espinho e disparei para longe da Verge. Os pneus cortavam o asfalto congelado. Passei por cima de uma árvore pequena como se fosse um palito de dente. A barra estava livre atrás de mim, ninguém me perseguia. Entretanto, eu continuava conferindo, porque aquilo não podia estar certo. Albin devia ter soado algum alarme àquela altura.

Dirigi para o Oeste, em direção ao apartamento. Dez segundos depois de deixar o parque, estacionei e abandonei o Espinho. Eles iriam rastreá-lo, sem dúvida. Saí, ofegante pela adrenalina, e corri pelo resto do caminho, indo de um lado a outro pelas ruas, ignorando os cidadãos que me olhavam. Minha respiração formava nuvens enormes de fumaça, o ar frio arranhava minha garganta. Prossegui pelo estacionamento, passando através da parede que eu destroçara com minha AIR, então tomei o elevador e subi. O ar quente provocava um choque térmico, quase doloroso, na pele. Eu me curvei, apoiando as mãos nos joelhos, e respirei fundo enquanto o elevador me levava para o alto. Eu confiava que Noble concordaria que o melhor plano era tirar Rhys e Peter da Verge. Ele saberia como proceder. Eu estava quase sorrindo. Não podia acreditar que tinha escapado de lá com tanta facilidade. Que segurança descuidada, a deles.

Abri a porta do nosso apartamento e chamei:

– Noble! Sofia! Onde estão vocês?

Nenhuma resposta. Chequei todos os quartos.

– Noble?

O R-34 e a M-96 também se foram.

– Pessoal... – eu disse, mesmo sabendo que estava sozinha. Eu me sentia mal.

Fechei os olhos.

Quando os abri, estava de volta no quarto com Albin se matando de rir.

13

ALBIN NÃO PAROU DE RIR POR UNS BONS 20 SEGUNDOS. eu quase pensei que fosse fingimento.

Eu ainda estava na cadeira. As correntes estavam à minha volta, mantendo-me no lugar, cortando a circulação das minhas mãos. Estava confusa demais para ficar brava, esperando atordoada que alguém me explicasse a piada. Eu olhava para minhas mãos, as abria e fechava, então apertava, sentindo a pressão nas palmas. Albin riu até tossir e cuspir mais catarro.

– Fácil demais, fácil demais – ele disse.

Pisquei rapidamente, então apertei bem meus olhos, a ponto de doerem. Quando os abri, ainda estava na sala. Mas como? Era impossível. Eu podia me lembrar do calor incômodo do elevador e de como meus pulmões e minha garganta arderam de frio por causa do ar de fora. Era real. E mesmo assim, eu estava ali. Será que de alguma maneira eles tinham me apanhado no apartamento e me trazido de volta?

– Você ainda não entendeu – Albin disse. Ele estava calmo novamente. – Ei, olhe, um gato! – ele estalou os dedos. No canto da sala, de repente havia um gato preto. Ele me encarou, então começou a se limpar, lambendo uma pata e esfregando o rosto. – Olhe – Albin disse –, agora ele se foi – ele estalou o dedo mais uma vez e o gato desapareceu.

Finalmente eu entendi.

– Você me perguntou se eu sou um Rosa. Eu não sou um Rosa, não deixo as pessoas com medo. Eu as faço verem coisas. Qualquer coisa que elas queiram. Fiz você ver sua liberdade. E aonde você foi? Você foi para casa.

Ele tossiu de novo, e um fio de sangue surgiu em seus lábios.

– Eu fiquei ao seu lado em sua mente e na sua viagem pela neve – ele limpou o sangue dos lábios, revelando um sorriso. – Agora eu sei onde vocês moram.

Ele disse outra coisa depois disso, mas eu não pude escutar com o zumbido em meus ouvidos. Eu havia levado o inimigo até a Sofia e o Noble. "Você não sabia", eu queria dizer a mim mesma. Mas eu *deveria* saber. Estava fácil demais. O Espinho estava esperando por mim do lado de fora, depois ninguém me seguiu. Eu devia ter desconfiado.

– Não precisa se culpar – ele disse. – Aliás, precisa, sim. Seus amigos vão morrer. Mas você já está acostumada com isso, não está?

Um zumbido nos meus ouvidos soou em uma sequência que eu logo decifrei, um sinal com o qual eu estava familiarizada. Raiva.

– Eu vou matar você – eu disse.

– Chame seu namorado – ele disse. – Eu sei que seu Peter está aqui. Eu vou lidar com ele em seguida. Acho que vou fazê-lo ver um monte de coisas. Vou fazê-lo ver *você,* mesmo depois que você morrer. E então, quando ele pensar...

Ele parou de falar quando a porta se abriu.

A diretora entrou na sala.

Ela ficou parada na entrada por vários segundos. Com cabelos dourados, escamas douradas, ela não se parecia nem um pouco comigo, mesmo tendo o mesmo rosto. Ela era antiga de uma maneira que eu não saberia explicar. Como uma vampira, que é velha, mas parece jovem. Ela me encarou. Da última vez que travamos contato, sem contar quando eu a avistara algumas horas antes, ela estava tentando recuperar a Tocha e meu plano era usá-la para destruir seu exército de sem-olhos. E isso eu cumpri.

Mas, enfim, lá estávamos nós.

– Obrigada, Albin – a diretora agradeceu, sem desgrudar os olhos de mim.

– Eu vivo para servir – Albin disse, quase com sarcasmo, mas não exatamente. Ele se inclinou e sussurrou algo no ouvido da diretora.

– Aposto que você jamais pensou que me veria novamente – eu disse a ela.

– Na verdade, eu não sabia quem era você até alguns dias atrás.

As palavras dela me causaram um arrepio, por mais que eu não soubesse bem o que ela quisera dizer. Era claro que ela sabia quem eu era. Eu fui a pedra no sapato dela; eu arruinara todo o seu plano.

Ela se aproximou e se inclinou em minha direção, perto o suficiente para que eu sentisse o cheiro de seu xampu. Então, as mãos dela me libertaram das correntes. Eu pensei em morder o nariz ou a orelha dela, arrancá-los com os dentes, mas isso não iria me tirar dali mais cedo. Tentei não tremer. Tentei não demonstrar medo. Acima de tudo, tentei reunir um pouco de coragem. Porém falhei completamente. "Nós estávamos apenas começando", pensei. "Eu acabei de voltar da morte, eu acabei de reencontrar o Peter. Ao menos nós tivemos aquele último momento juntos." Eu me lembrei dos olhos dele, dos seus lábios e do toque de suas mãos. Eu vestiria essa recordação como uma armadura.

Eu não queria que ele me encontrasse. Eu queria que ele escapasse.

Outra Miranda entrou na sala. Mas esta era diferente e eu a reconheci em um instante. Ela também tinha meu rosto, mas o cabelo dela estava estilizado com um corte joãozinho, tingido de preto. Aquela era a Nina, a *Nina Original*, que instalara sua identidade na nossa amiga Sequência para se infiltrar em nossa equipe. Eu a matara no Salão Oval da Casa Branca antes que ela pudesse enviar um exército de monstros para devorar nosso mundo. Eu sabia que ela era a verdadeira Nina, podia apostar qualquer coisa.

– Lembra-se de quando você me matou? – Nina perguntou. Ela estava sorrindo quase frivolamente. – A vingança é doce em qualquer universo.

Universo. Ela não sabe da verdade sobre nossos mundos?

– Silêncio, Nina – a diretora disse. Em seguida ela me ergueu da cadeira. Eu não oferecia resistência, afinal, do que adiantaria?

– Eu me lembro de quando matei você – devolvi. – E você implorou por sua vida – era um blefe, Nina não fizera nada do tipo, mas assim eu constatava a reação dela. Seu queixo chegou a cair. Ela não sabia o que acontecera com a Nina que eu matara. Ela não estava lá. – Ela devia ter um defeito. Tenho certeza de que *você* jamais iria implorar.

A diretora me guiou para fora da sala, quase gentilmente, antes que a Nina pudesse responder.

– Mas você está com o mesmo cabelo mal cortado – eu disse, por cima do ombro. – Interessante...

A diretora me empurrou em direção à balaustrada e eu me agarrei na beirada, mas as mãos dela pegaram em minhas pernas e ela me arremessou. Eram três andares.

Dei um giro no ar e caí sobre meus calcanhares, então de bunda, e por fim de costas. Uma dor terrível me percorreu horizontalmente, dos ombros para os braços, e não consegui respirar. "Dor ruim", pensei. O tipo de dor que nos diz que estamos bem machucados; o tipo que provoca um medo dos mais primitivos.

Pouco depois, dois pés estancaram ao meu lado, e eu ergui os olhos até chegar ao rosto da diretora. Ela pairava sobre mim, desfigurada pela luz acima dela.

– Você me causou muitos transtornos. Então preciso puni-la – ela agarrou meu braço e me puxou para cima antes que eu pudesse retomar o fôlego. Alguns Rosas no térreo haviam parado para assistir. Acima, Albin e Nina estavam inclinados sobre a balaustrada, olhando para nós. Nina ria como uma maníaca. O ardor nos meus ombros passava à região lombar, mas eu estava de pé, então era possível que não tivesse quebrado nada.

Finalmente dei uma respirada decente, e a diretora me escorou enquanto eu me apoiava nela. Ela me conduziu para fora da Verge, ajudando-me enquanto eu mancava.

– Eu preciso moldá-la agora. Você verá.

Eu me desvencilhei dela, mas perdi o equilíbrio e quase caí de joelhos. Eu me recuperei, então passei pelas portas, tropeçando. O ar frio me atingiu como um martelo.

– Você não pode sair correndo – ela disse calmamente. – Não até eu lhe contar uma coisa.

– Revelar seu plano maligno? – eu disse, tossindo um pouco mais e sentindo sangue na minha garganta. Meu olho direito ainda estava embaçado do golpe do Albin.

"Você está em má forma, Miranda", pensei, com uma calma que me assustava.

Eu estava calma demais. Como se já estivesse aceitando o que viria em seguida. O que era quase desistir.

– Você deve saber que esta é a hora em que a vilã é derrotada – continuei.

– É engraçado você usar a palavra *vilã* – ela disse. – Eu não usaria essa palavra.

Senti um tremor profundo e surdo em meus ossos quando o *laser* do topo da Verge disparou mais uma vez no céu. O calor do raio aqueceu meu pescoço e cavou um buraco nas nuvens, mas eu não conseguia ver o que ele atingira.

De repente a diretora estava em cima de mim, agarrando meu braço e meu punho, formando uma alavanca. Mais uma vez, eu a deixava me dominar.

– Então conte – eu disse. – Vamos acabar logo com isso.

– Primeiro eu preciso mostrar algo a você – nós passamos por uma fileira de árvores desfolhadas e chegamos a uma clareira, de onde o panorama da cidade era visível à distância, em meio ao cinza. Comecei a tremer, contendo-me para não olhar para o Time Warner Center, para não entregar o Noble e a Sofia. Ao sul, uma esquadrilha de Machados pairava sobre os prédios. Silenciosamente, eu queria induzir a diretora a continuar se afastando da Verge, para longe do Peter e do Rhys.

"Eu sei que seu Peter está aqui", Albin dissera. Eu esperava que Peter escapasse assim que descobrisse o que tinha acontecido comigo. Era o que ele devia fazer. Os outros contavam com ele.

Eu conseguia ver para onde os Machados estavam indo. Vários Rosas surgiram do meio das árvores. Eles nos circundaram em grupos de cinco, mas mantinham uma distância respeitosa. Todas as cores de trajes estavam representadas. Albin também estava lá, com os lábios manchados de sangue devido à doença. Mais adiante havia cerca de uma centena de Rosas, todos de pé, sem se abalar com o vento gélido. Eu procurei pelo meu Peter e pelo meu Rhys entre os rostos, mas todos pareciam iguais.

A diretora se inclinou, aproximando-se.

– A Olivia me contou quem é você. Assim como ela me contou quem eu sou. Ela se intrometeu na minha memória, o que quase arruinou tudo. Na verdade, ela arruinou tudo mesmo. Mas como eu poderia odiar uma amiga minha de mil anos? – ela virou o rosto para o céu. – Além disso... agora estamos aqui para consertar.

Estremeci ainda mais. Eu estava cansada de não entender. Estava cansada de toda aquela complexidade.

– Eu a perdoo pelo que você fez, Miranda, porque você ainda não aprendeu. Você ainda tem muito chão pela frente. Mas isso vai acontecer. Eu sei disso porque eu existo – o hálito quente dela parou de soprar no meu ouvido e eu quase senti falta dele. Ela encarou meu rosto, procurando o tipo de compreensão que ela queria me inculcar. Eu não tinha nada para mostrar a ela.

– Mate-me de uma vez – pedi.

– Você vai ficar mais esperta – ela disse, apertando meu ombro. – Eu não vou matar você. Porque você sou eu.

Nesse instante, os Machados abriram fogo. Cada um soltou um pequeno clarão, e no segundo seguinte a base no Time Warner Center explodiu.

14

MEU GRITO FOI ABAFADO PELO BARULHO. PRIMEIRO O ESTRONDO grave da explosão, depois os guinchos e gemidos de ferro se retorcendo por dentro do prédio. Os dois arranha-céus estavam se curvando em nossa direção, caindo lentamente, muito lentamente, e eu só tive tempo para pensar "ela disse que eu sou ela" antes que eles ultrapassassem alguma linha invisível e desmoronassem. A terra tremeu e alguns Rosas tiveram que se apoiar nas árvores. O topo de cada torre chegou ao chão em outro quarteirão, com estilhaços de vidro e escombros voando em nossa direção como facas, e desejei ser perfurada por um deles para não ter mais que sentir o que eu estava sentindo. A Escuridão não parecia nada comparada à escuridão dentro de mim naquele momento.

O vento diminuiu quando as torres destroçadas se sedimentaram em suas novas formas. O ar estava repleto de uma poeira cinza sufocante. Eu mal conseguia enxergar três metros à minha frente.

A diretora me escorava.

– São estes os momentos que a transformam – ela disse. – Seu único consolo é que eu não vou matar você, Miranda.

Você vai construir o futuro. A Escuridão conduz a muitas possibilidades, porém às vezes o passado e o futuro estão ligados. É isso o que acontece entre nós.

Os Rosas ainda estavam nos observando, querendo saber o que iria acontecer a seguir. Dois prédios jaziam despedaçados perto deles, e eles pareciam entediados com aquilo. Eu ouvia as palavras da diretora e decidi acreditar nela por ora, porque negar não iria me ajudar em nada. Eu era ela, com certeza. Que fosse. Ela obviamente entendera errado alguma coisa, porque eu sempre teria a chance de me suicidar, então eu tinha a escolha nas mãos.

Como se estivesse lendo minha mente, a diretora pegou o disco da base do meu crânio e o retirou. Se eu morresse e de alguma maneira fosse trazida de volta, aquilo seria a última coisa de que eu me lembraria.

Foi nesse momento que a escuridão se tornou fogo; eu decidi assumir o controle da minha vida. Ergui o cotovelo na direção do rosto dela, tão rápido quanto possível, com cada grama de força que pude reunir.

Ela se agachou, desviando-se.

– Reagir não é a melhor escolha.

Eu mal a escutava; estava ocupada demais tentando arrebentar a cara dela com um soco. Ela se esquivou para o lado com facilidade e eu caí na neve. A diretora me pegou pelo cabelo e me colocou de joelhos, então me chutou na cara. Meu nariz quebrou e jorrou sangue pelas narinas, cobrindo minha boca e meu queixo. Era tão quente que foi até uma sensação boa, uma coisa abstrata latejando no meu nariz, que ainda não chegava a ser promovida a uma dor. Caí de costas, com a vista turva, e quase ri. Foi nessa hora que percebi que estava me perdendo. Eu podia perceber, de uma maneira cínica e desapegada. Eu tentei me lembrar de um momento em que tivesse sido feliz. Devia ter sido a dança no baile, antes da morte do Noah. Na época em que um futuro brilhante não parecia apenas uma ideia insana. Quando eu estava com os braços em volta do pescoço do Peter e nós dançamos, e todos os nossos problemas podiam ser deixados para depois.

– Há mais coisas que precisam acontecer hoje – a diretora disse, encarando-me de cima para baixo. Eu podia senti-la; mal a enxergava através das lágrimas. – Você precisa ser destruída antes de renascer, antes de se tornar tão forte quanto precisará ser para liderar nosso mundo no futuro.

Nesse momento, uma Olivia e um Noah vieram marchando da Verge com Peter, o meu Peter. Ele estava amarrado e amordaçado, como eu o encontrara no porão da Key Tower, mas dessa vez seus olhos estavam enlouquecidos, tomados por ódio. Ele estava se debatendo, entretanto os Rosas logo o contiveram, empurrando-o em nossa direção e erguendo seus pés da neve quando ele resistia. Percebi que eram a Olivia e o Noah da nossa nova "equipe", a O-9 e o N-7. Peter estava gritando através da mordaça.

Eu olhei nos olhos dele. Ele estava sacudindo a cabeça para a frente e para trás, e eu sabia que se ele pudesse falar, estaria dizendo "me perdoe", mesmo não tendo sido culpa dele. Não era culpa de ninguém.

– Eu sei que isso dói, Miranda – a diretora disse. – Mas prometo que o tempo irá curar todas as feridas. Eu sou uma prova disso.

Ela tirou uma espada das costas. Eu nem sequer notara que ela estava com uma. Em um instante eu estava de pé, por mais que meu corpo me pedisse para ficar deitada. Ela brandiu a espada, então a posicionou na horizontal, na altura do pescoço do Peter.

Eu fui com tudo para a frente, sabendo que a lâmina iria chegar na carne do Peter muito antes de mim, mas ainda assim eu tinha que tentar. Eu tinha que tentar.

Notei uma silhueta se movendo à minha direita, uma forma se materializando na poeira. Era Rhys, que surgiu avançando com sua própria espada, que se chocou contra a da diretora em uma profusão de faíscas. Era o *meu* Rhys.

– Saia daqui! – ele gritou para mim. – Vai!

A diretora riu quando a lâmina dela se chocou com a dele.

Rhys investiu com força contra a diretora e ela cambaleou para trás. Peter rodopiou, erguendo os punhos atados enquanto Rhys passava a espada, rasgando com precisão suas amarras.

Simultaneamente, cem Rosas tiraram as espadas de suas costas.

O vento aumentou, mas não parecia natural, era repentino e forte demais. Três segundos depois, vimos um Machado pairando sobre a clareira, incrivelmente barulhento. A escotilha traseira se abriu. A propulsão dos motores fez alguns Rosas a três metros de distância se agacharem, encolhidos, ao mesmo tempo que lhes tirou a visibilidade por causa de toda a neve levantada. O ar estava quase opaco com a neve, o vapor e a poeira.

Em meio à brancura, vi a figura borrada do Rhys entretido em um duelo mortal contra a diretora, com as espadas balançando e se chocando, no alto, embaixo, no alto. A neve sob seus pés estava salpicada de sangue. Peter pegou no meu braço e me puxou de costas em direção ao Machado, de onde uma corda espessa pendia. Ele me agarrava em um abraço de urso.

– Não! NÃO! – eu gritava e me debatia, tentando, sem conseguir, afastar o braço dele do meu tórax. Eu não conseguia sequer forçar uma brecha com os dedos. Peter continuava me arrastando, lentamente e sem descanso. Dois Rosas vieram até nós, mas os disparos de metralhadora do Machado os derrubaram. As pessoas no Machado estavam do nosso lado, só que eu não me importava. Peter agarrou a corda e de repente estávamos subindo. Duas mãos nos puxaram para dentro do Machado. Era Sofia!

– Peguei você! – ela disse, e por um instante eu senti uma onda de alegria por ela ainda estar viva.

Embaixo, a diretora fez Rhys recuar alguns passos, então olhou para cima. Ela gritou alguma coisa para mim, porém o barulho do motor era alto demais para que eu escutasse.

Enxuguei o sangue e as lágrimas do rosto, então tentei novamente me libertar. Pisei no pé do Peter, mas isso só fez com que ele me prendesse com mais firmeza.

– Ajude o Rhys! – Sofia gritou.

– Nós vamos pegá-lo! Nós vamos pegá-lo! – Peter disse.

O Machado virou para a direita e logo Rhys estava balançando na corda. Dois Rosas tentaram subir também, mas Rhys deu um giro e cortou a corda logo acima de sua cabeça, para impedi-los de a agarrarem. No mesmo giro, ele cortou o pescoço de ambos. As escamas dos trajes saíram voando, manchadas de sangue.

No instante seguinte, a propulsão dos motores do Machado derrubou Rhys. Ele tateou a neve, em busca de sua espada.

– Afaste-se! – eu gritei para o piloto. O Machado deslizou alguns metros para o lado.

– Solte mais corda! – Peter gritou.

Mas era tarde demais. Rhys encontrou sua espada e ia se levantar, mas um Noah – só podia ser o N-7 – se aproveitou e pisou em suas costas, enquanto sacava sua própria espada. Rhys tentou se desvencilhar, mas o N-7 o mantinha imobilizado. Ele não conseguia sequer rolar para se soltar. A diretora ergueu suas mãos e gritou alguma coisa para o N-7, mas ninguém conseguiu ouvir por causa dos motores ruidosos. O N-7 não estava olhando para ela, ou teria parado. Ele teria parado, mas não foi o que ele fez.

Eu estava gritando o nome do Rhys quando o N-7 ergueu a espada e depois a enterrou fundo bem no meio das costas do Rhys.

15

Depois disso, as coisas aconteceram em questão de segundos, mas tudo ficou meio embaralhado na minha mente. Eu me lembrei da Sofia gritando. Eu sabia que estava tentando me soltar do Peter. Quase saí pela escotilha traseira de novo, porém dessa vez Peter me deu uma chave de pescoço. Ele também estava gritando alguma coisa. Parei de me debater quando o Machado subiu, e fiquei só olhando, para ter algo de que me lembrar depois.

A neve debaixo do Rhys ficou vermelha dos dois lados. Ele não se movia, e eu sabia que nunca mais ele iria se mover. A espada nas costas dele se inclinava um pouco para a esquerda. Uma dúzia de Rosas em trajes prateados sacaram suas AIRs, mas a diretora fez um gesto com a mão para que parassem e eles obedeceram. Ela deu quatro passos e golpeou com sua própria espada, separando a cabeça do N-7 de seu pescoço. Ele ficou ereto por dois segundos completos, enquanto todos em volta se afastaram, trocando olhares estarrecidos.

Então a diretora disse alguma coisa ao Albin. Ele acenou com a cabeça, virando o rosto para nossa direção, e fechou os olhos. No momento seguinte, eu fiquei completamente cega.

Tudo o que vi foram trevas. Mas meus outros sentidos estavam intactos. Eu conseguia ouvir os ruídos do Machado, sentir a vibração sob a sola dos meus pés, subindo pelas minhas canelas e me levando a cair de joelhos. Peter se ajoelhou ao meu lado, ainda me agarrando firme contra o peito dele, seu braço como uma barra de ferro prendendo meu corpo.

– Virar à direita! Virar à direita! – eu ouvi alguém gritar da frente. Parecia ser Noble, o que aliviava ao menos um pouco o aperto em meu coração. Ele também estava vivo. Claro que estava. Afinal, quem mais poderia nos resgastar?

O Machado virou violentamente para a direita, arremessando-nos contra a parede. Eu escapei de ser prensada pelo Peter e caí de barriga para baixo, perto da escotilha, que ainda estava aberta. O vento turbulento na abertura soprava com força no meu rosto, e eu até saboreava a dor, as pequenas partículas de gelo beliscando minha pele. Eu podia avançar mais um passo e me jogar pela abertura, nunca mais ter que lidar com toda aquela merda. Eu não teria que passar por mais nenhuma perda. Não precisaria me tornar a diretora. Eu ainda não conseguia acreditar que aquilo era uma possibilidade... Mas por que ela iria mentir? Qual seria o objetivo? Será que isso se encaixava com o que Olivia me contara? Eu precisava ver o que tinha naquele disco. Se os eventos que estavam acontecendo ali tivessem um efeito no futuro da Terra Verdadeira, então eu ainda tinha uma escolha. Talvez eu tivesse uma oportunidade para mudar tudo.

Além disso, se eu morresse logo, a diretora estava com meu disco de memória. Ela podia simplesmente me trazer de volta em outro corpo.

As vozes na frente do Machado eram de pânico. Senti que estávamos desacelerando.

– Eu não consigo ver droga nenhuma! – gritou uma voz que eu não conhecia. Um homem, mas não Noble.

Um alarme começou a soar. Eu ainda não conseguia enxergar, mas ele soava como se estivéssemos voando perto da rua, com os prédios altos amplificando o barulho do motor à nossa volta.

– Agarrem-se e preparem-se para o impacto! – Sofia gritou. O metal sob minha mão esquerda começou a se levantar. A escotilha traseira estava se fechando.

Apertei meu rosto contra o chão frio de metal do Machado. Peter também se colocou em cima de mim, cobrindo meu corpo com o dele. Ele apertava a bochecha contra a minha, deixando o lado direito do meu rosto aquecido, enquanto o esquerdo congelava.

– Eu te amo – Peter sussurrou no meu ouvido. Tudo o que pude fazer foi acenar com a cabeça, mas ele entendeu, pois seu rosto estava grudado no meu.

No segundo seguinte, o Machado colidiu com algo e nós voamos para o teto. A escuridão continuou, mas de um outro jeito.

ooo

Pisquei até acordar e descobri que conseguia enxergar novamente. A primeira coisa que se formou em mim, a primeira coisa que eu *senti*, foi decepção, e isso me deixava *envergonhada*. Eu queria que a cegueira durasse para sempre. Havia muitas coisas para pensar no momento, e eu não conseguia nem mesmo organizar as ideias.

A sra. North havia dito que Olivia mexera com as lembranças dela. Isso significava que ela não sabia o que eu iria fazer em seguida? Se eu era mesmo ela, ela não poderia se lembrar e nos encontrar facilmente?

Não. Do contrário, nós jamais teríamos escapado.

A menos que ela soubesse que seríamos capturados mais tarde.

A incerteza era um grito que eu sufocava na minha garganta, um veneno que eu tinha que engolir à força. "O que é isso?"

Outra pessoa gemia na escotilha, e eu sentia a mão do Peter percorrer meu rosto. Eu não conseguia ver com meu olho direito, e quando tentei me mover, a dor estourou da minha nuca para o nariz e para o ombro direito. Então não tentei me mover. O Machado estava de ponta-cabeça, com a escotilha traseira escancarada. A neve entrava no compartimento. Ouvi o rosnado e o assobio de um motor turbo a diesel se aproximando. Humvees.

Eu tentei me colocar de pé com minha mão esquerda, mas era inútil. Eu não a sentia. Eu olhava para ela. As escamas haviam sido arrancadas do traje e meus dois dedos menores estavam inchados, fazendo com que minha mão latejasse.

Quando pude ver melhor, começou a doer.

Estava feio.

Peter estava sentado à minha frente, segurando meu joelho. Mas ele parecia bem. Seus olhos percorreram meu corpo, avaliando os ferimentos, piscando quando os encontravam.

– Você está bem? – ele perguntou.

– Não – respondi.

Virei minha cabeça para a esquerda e vi Noble à minha frente, com o cabelo e a barba manchados de sangue. Ele estava claramente estonteado, com os olhos fora de foco. Difícil dizer se era por uma concussão ou pela morte do Rhys.

– Miranda – ele disse. Havia outra silhueta humana atrás dele, mas eu não conseguia distingui-la. Toquei em meu olho direito para ter certeza de que ainda estava ali. Estava. Apenas inchado. – Como ele morreu?

– De maneira honrosa – contei a mentira através dos lábios inchados.

Ele acenou com a cabeça, então ajudei Sofia a se erguer. Mais uma vez senti algum alívio por saber que eles não estavam no Time Warner Center. Eu queria continuar me sentindo bem a respeito disso, mas a sobrevivência deles não era uma vitória. Todos os outros que estavam nas torres haviam morrido. Apenas porque eu revelara o local.

Noble pegou Sofia e lhe deu um abraço apertado. Ele passava a mão em seus cabelos enquanto ela chorava silenciosamente no peito dele.

– Está tudo bem – ele disse, mas não estava, jamais estaria.

Os motores a diesel de repente estavam próximos. Ouvi portas pesadas se abrirem e se fecharem. Ouvi rifles pesados sendo montados com estalos, passos de botas abafados pela neve, ordens sendo gritadas de um canto a outro. Através do vão da escotilha aberta, vislumbrei a camuflagem urbana, azul, cinza e branca. Não sentíamos urgência dentro do Machado; estávamos apenas esperando. As pessoas ali fora não eram Rosas, mas não significava que fossem menos perigosas. Não há nada mais perigoso do que um humano com medo.

Peter engatinhou até o meu lado, fazendo careta por causa das dores. Ele se sentou e envolveu meu ombro com o braço, então me beijou na bochecha, deixando uma mancha de sangue. Ele olhava para mim como se não acreditasse que eu estava ali. Ele beijou a outra bochecha e a testa, e continuou olhando para mim. Ele sacudiu a cabeça.

– Você está viva – ele disse e depois pressionou a bochecha dele contra a minha. A barba rala do queixo dele pinicava minha pele, porém era uma sensação boa. – Eu não posso passar por isso de novo, Miranda. Não posso ver você morrer. Diga que não vai fazer isso comigo.

– Acho que minha mão está machucada de verdade – eu disse em tom neutro. Talvez eu estivesse em choque. – Mas não vou.

– Essas pessoas vão curá-la – ele garantiu. – Nós estamos vivos, é isso que importa.

"Será mesmo?"

Os soldados do lado de fora usaram um cabo ligando a porta ao Humvee, para acelerar e forçar a abertura até o final. Uma luz branca brilhante tomou conta do Machado. Meus olhos se ajustaram e eu enxerguei uma dúzia de soldados apontando os rifles em nossa direção. Peter se posicionou à nossa frente, como um escudo.

O estranho na cabine do Machado desapertou o cinto do piloto, caiu ruidosamente, então se pôs em pé, cambaleante, com uma mão na têmpora. Eu firmei a vista com meu olho bom e mal pude distinguir os detalhes do seu rosto. A identidade dele foi confirmada um momento depois, quando um soldado gritou:

– Puta merda! É ele!

E outro gritou:

– É o cara que estávamos procurando!

Eu me voltei na direção do homem mais uma vez e vi como Noah ficaria se tivesse vivido o suficiente para se tornar um homem de meia-idade.

16

OS SOLDADOS CORRERAM PARA DENTRO E PEGARAM EAST primeiro, empurrando-o pelo chão/teto do Machado e atando suas mãos às costas com movimentos ágeis e precisos. Eles o colocaram no Humvee mais próximo, que partiu dois segundos depois. Eu olhei através da escotilha aberta para o céu, mas não vi outros Machados nos perseguindo, nem Espinhos na rua. Apenas a neve rodopiando ao vento; ela voltava a cair, com entusiasmo.

Eu me perguntei por que eles não tinham vindo atrás de nós.

"Talvez porque a diretora já saiba onde estamos."

Mas se ela já sabia de tudo, como é que ainda não havíamos perdido? Como ainda estávamos vivos? O que ela esperava que eu fizesse?

Se eu fosse ela no futuro, então mil anos ou mais tinham se passado para ela. Ela estaria se lembrando do que estava acontecendo naquele instante? Talvez não. A memória podia estar embaçada, ou as coisas podiam estar saindo de maneira diferente. Tinha de ser isso. Do contrário, não fazia sentido.

Toquei no bolso que continha o disco da Olivia. "Logo mais."

Mais soldados chegavam. Eles agarraram Peter e o ergueram.

– Nós estamos do seu lado – Peter disse calmamente. – Quem está no comando? Eu estava a caminho, indo encontrar alguns soldados, quando eles atacaram...

– Cale a boca – o soldado que o segurava gritou.

Outro soldado vociferou:

– Se eles fizerem o truque do medo, atire. Entendeu?

Eles pensavam que éramos o inimigo, o que era compreensível. Nós éramos um bando de clones em um jato do inimigo. Um soldado me segurou de forma brusca, então suavizou a pegada quando viu meu rosto. Isso não impediu seu parceiro de atar meus pulsos.

– Eu não sou do time dos caras maus – murmurei.

Sem saber como responder a isso, ele e seu parceiro apenas me fizeram marchar para fora. Eu pensara que estava frio dentro do Machado, mas havia me enganado.

– E se eles estiverem sendo rastreados? – um soldado perguntou. Pisquei rapidamente, tentando forçar meu olho direito a se abrir, porém não conseguia nem saber se minha pálpebra estava se movendo.

– Vamos revistá-los – o outro respondeu. Eu me pus a andar, contudo, o joelho esquerdo não estava muito prestativo. Os dois soldados praticamente me arrastavam.

Paramos em frente a um soldado parrudo um pouco mais baixo que eu. Ele estava usando uma boina azul, que por algum motivo me dava vontade de rir. Tinha um queixo proeminente e pelos faciais grisalhos. Ele me avaliava, firmando a vista. A placa de identificação em seu peito indicava "R. KELLOGG".

– Como o jato caiu? – ele me perguntou.

– É uma longa história – respondi.

Outro soldado se aproximou de mim com um detector portátil. A antena comprida soltava chiados enquanto passava pelo meu corpo.

– Você foi informada a respeito de Rhys Noble? – virei minha cabeça em direção à escotilha. – O homem logo ali? Nós estamos do seu lado.

Ele me olhou por mais algum tempo. O soldado com o detector parou no meu antebraço, com o mostrador.

– Tem alguma coisa no traje dela, bem aqui.

– Se os Rosas estivessem conosco, já teriam chegado – eu apontei para o céu, para o caminho por onde viéramos. Havia poeira cinzenta e fumaça preta sobre os prédios, onde o Time Warner Center tombara. Alguns Machados eram visíveis, mas ficaram naquela área. – Está vendo? Falem com o Peter. Ele estava trabalhando com vocês. *Olá?* Vocês sabem de *alguma coisa*?

– Relaxe, Mi – Peter disse. – Nós vamos esclarecer tudo assim que sairmos da rua.

Kellogg me ignorava.

– Corte a manga dela fora. A do rapaz também.

– Ah, isso não vai ser tão simples.

Um soldado tentou, mesmo assim, com sua faca. Aconteceu o que era previsto. Ele mal conseguiu arranhar as escamas da blindagem.

– Será que não é melhor tirarmos a roupa deles? – o soldado com a faca perguntou. Eles estavam usando capacetes camuflados com óculos para neve, de modo que eu não conseguia diferenciá-los.

– Tente e veja o que acontece – Peter disse às minhas costas.

– Por favor – Noble falou, cambaleando ao nosso lado. Ele e Sofia estavam com os punhos atados. – Onde está o general Davis? Ele sabe quem nós somos.

– O general Davis está morto – Kellogg respondeu. Então se voltou para o colega dele. – Vamos pegar o caminho mais longo. Se formos por baixo da terra, podemos despistá-los. Eu quero estudar esses trajes.

– Isso é uma má ideia – eu disse. – Os túneis estão cheios de aranhas de braços humanos – eu me sentia entorpecida. Abalada. Eu estava em choque, provavelmente.

Kellogg apertou os olhos com curiosidade.

– Estou a par disso. Nós isolamos uma seção do túnel – ele respirou fundo e então rugiu: – Vamos andando!

Alguns dos soldados subiram nos Humvees e partiram, enquanto outros nos cercaram e marcharam para os degraus da estação de metrô mais próxima. A plataforma estava mais quente que no nível da rua, mas não muito. Pular a catraca foi mais doloroso do que eu esperava. A plataforma estava deserta, mas as luzes ainda estavam acesas. Saltamos para os trilhos. Era difícil pular com as amarras, e eu caí com um joelho no chão, justo o que estava ruim. Peter caiu duro de ombro, logo sobre uma poça d'água entre os trilhos.

Os soldados nos levantaram novamente, não exatamente com brutalidade, mas também sem gentileza.

– Calma – Kellogg pediu-lhes. – Com respeito.

Começamos a marchar pelo túnel. Mantive meu olho bom aberto, checando a presença de aranhas. Eu sobressaltava a cada sombra, mas não via nada. Nenhuma mão com garras para agarrar minhas canelas e me arrastar para as trevas.

Ao meu lado, a Sofia tropeçou em uma das travessas e também espalhou água de uma poça.

– Ajudem-na, caramba! – Noble disse quando viu que os soldados não faziam nada. Eles a puseram de pé. Ela parecia tão infeliz quanto eu, com a boca frouxa em uma careta, como se estivesse prestes a gritar.

Nós marchamos, talvez por quilômetros. Lanternas iluminavam o caminho à nossa frente, mas apenas alguns poucos metros. Dois soldados, em certo momento, ajudaram Peter, apoiando-se um de cada lado, de tão ruim que estava o joelho dele. Meu nariz latejava e a dor na minha mão esquerda ardia mais. Eu estava com medo de retirar a luva e ver como estava por baixo.

– O Rhys sabia o que estava fazendo – Peter sussurrou. A voz dele quase sumia em meio ao eco dos passos ressoando nas paredes dos túneis.

– E daí? – eu disse.

Ele não falou mais nada depois disso.

– Desculpa – falei após alguns minutos.

Depois de um tempo, apareceu literalmente uma luz no fim do túnel, cintilando vermelha, e logo depois pude notar que o brilho vinha das chamas sobre o chão. Havia mais soldados protegendo a plataforma de metrô seguinte, alguns agachados em volta dos trilhos, com armas apontadas para nós.

– Alto lá – um soldado gritou, adiante.

– É o Kellogg – o próprio Kellogg respondeu.

Os soldados se mantiveram alertas até nos aproximarmos. Eles ficaram tensos quando viram Peter e eu.

– Meu Deus – um rapaz com barba disse. – Vocês os trouxeram aqui?

Um soldado chamado Q. Tavaras se adiantou:

– Nós ouvimos dizer que eles estavam com o fugitivo. É verdade?

– Sim – Kellogg falou. – Prestem cuidados médicos a esses dois – ele apontou para Peter e para mim –, e chequem esse homem e a outra menina. Quero vigilância completa em cima deles o tempo todo – ele saltou para a plataforma, então virou e olhou para nós. – Vou pedir aos meus homens que removam suas amarras. Isso vai nos causar problema?

– Não, senhor.

O olhar dele relaxou um pouco.

– Espero que seja verdade o que vocês estavam dizendo. Vamos precisar de um aliado.

Eu acenei com a cabeça.

– Nós também.

Ele se afastou correndo do grupo e desceu algumas escadas, enquanto os soldados nos libertavam das amarras. Descobri que era uma das entradas para a Penn Station. Subir na plataforma era mais doloroso do que descer. Eu só podia usar uma mão e o esforço quase fazia meu nariz voltar a sangrar. Eu provavelmente estava meio tonta, pois só notei a pilha de cadáveres de aranhas quando me vi ao lado delas. O monte de braços negros entrelaçados estava lacerado, com sangue, e as mãos com garras abertas estavam viradas para cima.

Os soldados nos fizeram marchar pelos mesmos degraus, e então subimos uma rampa que levava a um túnel comprido e alto, de onde se podia ver uma dúzia de restaurantes estendendo-se à nossa esquerda. Havia lixo espalhado pelo chão, mas alguns soldados estavam limpando com vassouras enormes, ajeitando tudo em pilhas organizadas Os portões de metal de todas as lojas estavam abertos, mas a maioria delas estava com luzes apagadas. Os soldados pararam a limpeza para nos observar com suspeita. "Nós estamos do seu lado", eu diria, se pensasse que iriam acreditar em mim.

Subimos mais uma escada, passando por mais soldados armados, e chegamos ao andar principal da Penn Station, onde havia um painel gigante no meio, que normalmente mostraria que trem partiria de qual trilho. Estava apagado. Refugiados se espalhavam por toda parte – não havia outra maneira de chamá-los. Eles apenas estavam por ali, esperando. Aquilo me deixava irritada por alguma razão. Eu não sabia dizer se ficava furiosa por vê-los simplesmente sentados ali, esperando por alguém que os salvasse, ou pela situação toda. Eu queria respostas, claro, mas eles não iriam me deixar falar com o East, mesmo que eu pedisse com educação.

Os soldados nos conduziram, protegendo-nos dos olhares. Mesmo assim um refugiado nos viu e gritou como se alguém o estivesse esfaqueando. Mais algumas pessoas nos estudaram, mas a essa altura já estávamos nos afastando deles, dobrando um corredor, saindo do espaço principal da estação.

Ao usar minha mão machucada para coçar minha coxa, a dor acendeu como lenha na fogueira. Eu não conseguia nem imaginar o aspecto dela. Até onde eu sabia, e pelo que sentia, meus dedos podiam estar decepados por baixo da luva. Eu suspeitava que não ia ter que imaginar por muito tempo.

Seguimos o caminho para outra área aberta, onde havia macas com rodinhas enfileiradas, assim como instrumentos médicos e vários monitores aqui e ali. Era uma enfermaria improvisada. Por sorte, havia apenas um homem sendo cuidado, com um corte comprido em seu antebraço. Mas notei que outras camas estavam manchadas com sangue de pacientes anteriores. Eu não podia imaginar o número de feridos em meio ao pânico durante e depois do ataque inicial.

O soldado que parecia estar no comando – um sargento, a julgar pela insígnia em sua manga – ergueu uma mão para duas mulheres de avental.

– Levem esses dois para a lanchonete. Eu os quero longe dos olhares de curiosos.

As duas mulheres hesitaram um pouco, chegando a parar.

– Está tudo bem – o sargento disse.

Elas olharam uma para a outra; estava claro que já trabalhavam juntas há algum tempo. Elas podiam ser irmãs. Ambas tinham cabelos tingidos de vermelho.

Elas empurraram as macas móveis para a lanchonete, que estava vazia, com as cadeiras e as mesas arrancadas do chão, o que deixou alguns buracos no azulejo. Eu podia engolir que Manhattan não tivesse uma base militar, mas aquilo era o melhor que eles tinham a nos oferecer? A Penn Station tinha mais entradas e saídas do que eu conseguia contar. Eu só podia acreditar que eles estivessem esperando por reforços para atravessarem a cidade... Caso contrário, parecia que estavam apenas aguardando até que a Terra Verdadeira os encontrasse, ou que o frio os matasse.

Peter e eu ficamos parados ali, inúteis, tentando nos manter em pé. As mulheres ligaram as luzes, então acenaram para nós, para que deitássemos nas macas. Eu baixei a guarda, simplesmente porque não poderia ficar na defensiva por mais tempo.

A mulher não olhava nos meus olhos. Ela tinha um adesivo na camisa escrito "OI, MEU NOME É LAURIE".

– Oi, Laurie – cumprimentei.

Ela ficou sobressaltada e deixou cair a prancheta, como se esta estivesse quente. Então fechou os olhos e respirou fundo.

– Sinto muito por tudo o que está acontecendo – eu disse. – Juro que não tenho nada a ver com isso.

Uma mentira, se a diretora estivesse dizendo a verdade sobre mim.

Laurie se recompôs.

– Sua mão está ferida.

Só de pensar nisso eu já sentia uma nova onda de dor.

– Seus instrumentos não vão atravessar o traje – falei.

Ela acenou com a cabeça, mordendo o lábio inferior, inclinando-se sobre mim e esquecendo-se temporariamente do medo, diante de um novo problema.

– E você não pode puxar a manga? – ela pediu.

Olhei para minha mão de novo. O traje estava tão inchado que achei que desmaiaria antes de conseguir raspá-lo na pele.

– Tem um fecho no punho – Peter disse, a poucos passos de mim. As pálpebras dele estavam pesadas; a outra enfermeira já havia lhe anestesiado. O joelho ruim estava estendido sobre a mesa e o outro encolhido contra o peito, seguro pelas duas mãos.

Para compensar a mão inchada, o traje, no fecho, já tinha começado a se abrir. Ainda bem, pois do contrário o problema seria ainda maior.

Cansei de adiar e resolvi puxar pelo fecho. Algumas escamas se soltaram, como os dentes de um zíper, e então um fluxo espesso de sangue brotou do fundo, chegando ao sapatos da Laurie.

17

PELO VISTO, EU IRIA PERDER MINHA MÃO. A ENFERMEIRA não tinha que dizer nada; eu podia adivinhar pela expressão dela. A primeira coisa que ela fez foi sair correndo atrás de um médico. Peter estava tentando se levantar da maca dele para me ajudar, mas ele já estava alterado demais e a outra enfermeira não teve muito trabalho para mantê-lo deitado de costas. Ela aplicou mais uma seringa cheia de algum líquido e ele afundou no travesseiro, com os olhos fechados. Melhor assim. Eu não queria que ele visse aquilo.

Quanto a mim? Eu estava chorando. Não sabia se pela dor ou por saber que alguma coisa ruim iria acontecer comigo. Algo que tornaria mais difícil lutar. Eu me lembrei da diretora mais uma vez. Ela tinha as duas mãos. Então eu também teria duas mãos, não é? Ou talvez uma delas fosse biônica? Como saber?

Ou talvez ela estivesse mentindo. Eu ainda não estava convencida.

Eu não iria saber até ver as lembranças da Olivia.

Ainda escorria sangue para fora da minha luva. Começou como um rio tão espesso quanto meu pulso, mas o fluxo tinha diminuído para uma linha fina como um traço de caneta. Eu não conseguia sentir meu dedo anular ou o mindinho. Além disso, não conseguia sentir meu rosto. "Coragem", pensei. "Você ainda está viva, a luta ainda não terminou." O pensamento era surpreendentemente articulado, considerando a confusão em minha mente. Noah, Rhys e Olivia estavam mortos, mas eu sabia o que eles fariam se estivessem vivos. Continuariam lutando. E eu tinha que fazer o mesmo.

Meu Deus, como eu sentia falta deles.

O médico voltou e começou a trabalhar na minha luva. Ele chegou a engasgar quando a retirou. Eu ainda não queria olhar para minha mão. Mas sentia nela o ar gelado, o que era bom.

– Dê alguma coisa para ela, Laurie. Meu Deus.

Laurie aplicou alguma coisa em mim. Uma agulha foi inserida gentilmente no meu pescoço, já que os braços ainda estavam blindados. Alguma coisa me pôs para dormir, felizmente.

ooo

Acordei em outra lanchonete. Devia ser o *tour* do atendimento médico *fast-food*, ou algo assim.

Kellogg estava de pé ao meu lado na cama, com dois soldados armados no canto. Seus olhos examinavam minha mão esquerda, e eu acompanhei o olhar dele até vê-la envolta em uns 200 quilos de gaze. Aquilo parecia um taco de golfe bizarro. Mas eu me sentia ótima. Era como se meu sangue tivesse sido trocado por... alguma coisa incrível, que eu não sabia o que era. Eu me sentia aconchegada. Podia ficar ali deitada para sempre, se não tivesse coisas a fazer. Eu ainda estava vestindo o traje vermelho, mas agora ele terminava logo acima do meu cotovelo esquerdo. Eu não fazia a menor ideia de como eles haviam conseguido cortá-lo.

Meu nariz estava coberto de bandagem e parecia pior e melhor ao mesmo tempo, o que significava que alguém havia dado um trato nele.

– Eu fui informado sobre a aliança que o Noble tinha com o general Davis – Kellogg disse, sem preâmbulo. – O Davis estava no comando, agora sou eu. Aparentemente, poucas pessoas sabiam que o Noble e sua equipe estavam trabalhando para nós.

– Que bom – eu disse.

– *Mas*... Eu quero saber por que vocês se parecem exatamente como as pessoas que estamos combatendo. O Noble me contou a versão dele, mas eu quero ouvir de você agora.

Eu não tinha energia o bastante para ficar brava com as exigências dele – fosse por causa dos remédios que haviam me dado ou por perceber que finalmente podíamos nos entender. Provavelmente as duas coisas. E eu acabava de me dar conta de que ainda não conseguia enxergar com o olho direito.

– Sem ofensas, mas eu não me importo com o que você quer saber. Acabei de ver meu amigo morrer – minha voz saiu nasalada e eu mal a reconheci. Eu respirava pela boca, já que meu nariz parecia ter sido entupido com concreto.

– Todos nós vimos amigos morrerem – ele retorquiu secamente.

– Onde está o Peter? Como que você e seus homens entraram na ilha?

Ele tomou uma pausa, que só podia ser para avaliar se iria responder ou não.

– Meus homens e eu estamos permanentemente na cidade. Sempre há uma presença militar em Manhattan, para o caso de nos vermos separados do resto do país. Assim que o ataque começou, fomos acionados. Até onde sei, a defesa da cidade ainda estava sendo planejada quando ocorreu o ataque. Foi por isso que não tínhamos uma retaliação completamente organizada. A comunicação com o continente e com meus superiores parece estar cortada.

– Eu quero ver minha equipe.

– Eles estão descansando em quartos diferentes. Sãos e salvos.

Olhei para o lado quando uma onda de náusea me percorreu, deixando-me tonta.

– Se é verdade o que você disse, que estamos do mesmo lado, você deve querer nos ajudar a entender... – Kellogg deixou esse argumento pairando no ar. – Davis não compartilhou seus planos comigo antes de ser morto. Eu não tinha a clareza da situação. Tecnicamente, ainda não tenho.

– Deixe-me falar com o prisioneiro e então nós vamos discutir o que você quer saber.

Depois de um momento, ele assentiu com a cabeça.

– Vocês estarão sendo vigiados.

– É claro. Como está a minha mão?

– Não está boa – ele disse. – Dois dos...

Uma rajada de metralhadora o interrompeu. Veio do corredor, alto o bastante para me fazer saltar.

– Fique aqui – ele aconselhou, enquanto se movia rapidamente para fora da lanchonete. Os dois soldados seguiram Kellogg, deixando-me sozinha. As pessoas gritavam pelos corredores.

– ARANHAS! ARANHAS! – um homem berrava com toda a força.

A carga de adrenalina acelerou meu coração, o que fazia minhas feridas incharem e latejarem. Era como se houvesse um bisturi no meu crânio que eu queria remover. Dei uma olhada rápida em volta do restaurante, mas não havia armas nem nada que pudesse facilmente ser usado no lugar. Eu me lembrei de quando tinha visto as aranhas pela primeira vez nos túneis. Recordei-me de como estava tudo escuro, e de repente todas ficaram visíveis ao mesmo tempo.

Saí da maca e quase caí de joelhos. A sensação suave em meu corpo evaporara; em vez disso, eu sentia um chumbo quente pesando na minha mão. Não queria olhar nunca para aquilo. Kellogg estava dizendo "dois dos...". Dois do quê? Dedos? Estavam quebrados, decepados, destruídos?

Dei um passo adiante e quase arranquei o acesso do meu braço. Segui o caninho com os olhos até a bolsa de soro ao lado da minha cama, então a tirei do gancho e a segurei com minha mão boa.

Cambaleei para fora do restaurante enquanto mais rajadas de metralhadoras martelavam em meus ouvidos. Pouco depois os soldados gritavam uns para os outros:

– Liberado!

A ameaça fora eliminada, por enquanto. Fiquei parada em um grande espaço aberto até que Kellogg voltasse correndo. Eu não tinha energia para sair vagando por aí sozinha.

Ele pegou em meu braço e me conduziu até um corredor.

– Não se mova novamente, a não ser que alguém ordene. Você precisa de escolta o tempo todo.

– Eu não estava algemada.

– Não importa.

– Quantas aranhas havia ali? – puxei o cateter do meu braço e coloquei a bolsa de soro sobre uma maca próxima. Outra pessoa faria um uso melhor daquilo do que eu.

– Três – ele disse. – Eles nos enviam algumas de tempos em tempos, como se estivessem testando nossa força.

– Então a Terra Verdadeira conhece sua localização. O que significa que em algum momento virão atrás de vocês – nós passamos por mais refugiados, que notavelmente se encolhiam ao nos verem, ou ao me verem. O medo deles me causava uma dor que não era física.

– Eu sei que virão até nós. Talvez estejam esperando pela melhor oportunidade para minimizar as perdas do lado deles, então vamos evitar que essa oportunidade surja.

– Qual é o seu *plano*?

– No momento nós simplesmente não temos dados ou armas suficientes para preparar um ataque.

– Então, em todos os sentidos, estamos apenas gastando tempo – eu disse, apesar de, sinceramente, também não saber o que poderia ser feito.

Kellogg parou diante da porta do banheiro masculino.

– O East está aqui.

– É mesmo?

Ele acenou com a cabeça.

– Vocês têm dois minutos.

Entrei mancando no banheiro, virei em uma quina e encontrei um guarda armado que não fez contato visual nem falou comigo. A sete metros dele estava o East. O criador se encontrava de joelhos, entre as cabines e os mictórios. Estava acorrentado, com os pulsos presos ao chão, conectados a canos que saíam dos azulejos. Ele ergueu a cabeça lentamente. Seu cabelo era mais comprido do que o do Noah, e ele estava usando óculos redondos. Ele parecia um homem gentil que ainda não era velho, mas que começava a sentir a idade.

– Fico feliz em conhecê-la, Miranda – ele me disse.

Eu apenas continuei olhando para ele.

– Presumo que você eles tenham lhe concedido um curto espaço de tempo para falar comigo, em troca de alguma outra coisa.

Acenei com a cabeça, aproximando-me dele.

– Isso é muito bom. Qual é sua primeira pergunta?

– Como o Noble encontrou você?

Ele ergueu uma sobrancelha.

– É essa sua primeira pergunta?

– Eu quero saber se não é uma armadilha.

Ele consentiu, pensativo.

– Não é má ideia. O Noble estava monitorando uma frequência de rádio que nós costumávamos usar antigamente, conforme eu esperava que ele fizesse. Eu enviava as coordenadas em código Morse quando podia. Com isso, eu achava que os outros criadores me encontrariam, mas desde então compreendi que somos os dois únicos que restaram. Graças a Deus.

– Pois é, eu não era uma grande fã deles.

– Eu também não – ele concordou. – Só lamento não ter tido a coragem de me aproximar mais do Noble antes de ele abandonar os Originais, para que ele soubesse como eu me sentia. Eu teria me unido a ele. Os criadores estavam sempre lutando entre si. A Terra Verdadeira tinha uma política de não intervenção, e nós só os conhecíamos de maneira indireta. Era principalmente a sra. North, como vocês a chamam, que estabelecia o contato. O resto de nós estava apenas seguindo ordens, cumprindo com aquilo que crescemos acreditando ser nossa tarefa – ele olhou para o teto e deu um sorriso, pensativo. – Que Deus guie a alma infeliz e corrompida dela.

Ele não disse mais nada, então perguntei:

– O que é a Chave?

Os olhos dele abaixaram por um momento.

– Eu sou a Chave. Se eu viajar pela Escuridão, posso escolher entrar em uma sala que existe fora do espaço-tempo. Nessa sala, pode-se acabar com qualquer universo. Ou com uma guerra.

Era como Olivia dissera: "Possuir a Chave significa controlar a Escuridão". Mas ela não dissera nada sobre o East em pessoa ser a Chave.

– Mas você sabe que a Terra Verdadeira é parte dessa linha do tempo, não sabe? Você sabe que estamos conectados?

– Sim. Isso não significa que não haja uma ameaça para nós agora. O que é o tempo para criaturas imortais?

– Eu não sei responder.

A pele ao redor dos olhos dele tremeu, como um tique.

– Hum. Ainda tem muita coisa que você parece não saber. A Terra Verdadeira está aqui para recriar uma guerra nuclear, que eles acidentalmente interromperam, mas que era totalmente necessária para que o mundo se tornasse o que eles consideram "perfeito". Você entendeu?

"Guerra nuclear?"

– E como eles a interromperam?

– Depois que você deteve os sem-olhos, a guerra nuclear que estaria no seu futuro não acontece da maneira como aconteceria se a Terra Verdadeira jamais tivesse interferido. Em vez disso, o mundo vai se unir e as diferenças serão superadas. Vocês estavam a poucos anos do aniquilamento completo, mas agora somos todos irmãos contra um inimigo comum. Não entendeu?

– Então, por ter detido os sem-olhos, eu também detive a guerra mundial que estava por vir, e tudo isso altera o futuro?

– Exatamente – ele acenou com a cabeça. – Se eles jamais tivessem trazido os sem-olhos para cá, as coisas teriam acontecido como planejado... Entretanto, acho que alguém não estava *sabendo*.

– E por que você não quer que eles recriem uma guerra?

Ele olhou para mim como se a resposta fosse completamente óbvia, e talvez fosse, mas eu ainda não sabia o quanto podia confiar nele.

– Você acha correto eles matarem bilhões agora como um esforço para preservar a ideia deles de futuro? Para preservar a Terra Verdadeira perfeita? Não. Se depender de mim, eu não vou deixar isso acontecer.

– Como você se sentia a respeito disso antes? Quando a Terra Verdadeira não sabia que éramos parte do mesmo universo? Quando eles só queriam nos erradicar como uma *peste*? – meu tom de voz se alterava, e eu me concentrei para mantê-lo baixo. O pequeno esforço já me deixara tonta. Eu pisquei.

– Como eu me senti? Fiquei horrorizado. Foi por isso que eu abandonei os criadores, pouco depois do Noble. Eu não aprovava o que eles estavam fazendo. Queria fazer diferente.

East não soava muito como Noah. A voz dele era um pouco mais profunda, e as palavras, diferentes. Mas eu ainda podia captar a mesma atitude por trás delas.

– Eu sou a diretora? – sussurrei, na esperança de ter sido silenciosa o bastante para que ninguém mais me escutasse além dele. O East parecia saber muito e essa podia ser minha única chance de ouvir uma segunda opinião a respeito. Se Noble soubesse, certamente já teria me contado.

East se contraiu, quase dramaticamente. As correntes rangeram no chão.

– Por que você diria isso? Quem lhe contou isso?

– Ela própria. Ela disse que precisava me moldar. Disse que não sabia sequer quem eu era até alguns dias atrás, e ela...

– Pare – ele disse, cortante, antes que eu falasse mais. – Nós estamos sendo vigiados – os olhos dele foram até o teto, onde, em um canto, uma câmera havia sido instalada recentemente.

Ele deixou o olhar despencar até o chão de azulejos e começou a tremer com a cabeça, para frente e para trás, movendo-se em silêncio.

– O que é isso? Conte para mim.

– Você precisa me libertar – ele pediu, erguendo os olhos e fixando-os nos meus. O desespero em seu olhar me arrepiou até a alma. – Ou tudo estará perdido.

18

EU NÃO TIVE ESCOLHA, PORQUE KELLOGG ESTAVA AVANÇANDO em minha direção, pela esquerda.

– O tempo acabou – ele disse, agarrando meu braço.

– Calma – eu me encolhi para me soltar dele. – Eu não sou sua prisioneira.

A boina azul dele estava torta. Ele estava ao alcance do meu braço. Eu podia atingir seu pomo de adão e acabar com ele. Poderia ser rápida o bastante, mesmo com os ferimentos e as medicações.

Porém ele acenou com a cabeça, o que me convenceu a tomar a direção certa.

– Tenho mais perguntas para ele – eu disse.

– Você vai falar com ele mais tarde.

Kellogg me puxou, e eu deixei o sr. East. Quando olhei para trás uma última vez, ele estava novamente de olhos presos ao chão, com os lábios se movendo em silêncio. Ele deveria poder nos ajudar.

– Aonde você está me levando? – perguntei ao Kellogg.

– Você queria ver sua equipe, não queria?

Kellogg me levou a uma loja de conveniência e passamos

pela área restrita a funcionários (mas antes agarrei um frasco de analgésico da prateleira de remédios). Passamos pelos corredores por trás das lojas, onde o lixo era depositado. Tivemos que escalar sacos de lixo cheios, altos como um carro. Eu sabia que não deveria estar de pé e vagando por aí, mas não me importei. Peguei quatro comprimidos e os engoli a seco.

Entramos em uma garagem cheia de cestos de lixo transbordantes. As portas da garagem estavam fechadas, e mesmo à distância eu podia ver as marcas de solda fresca selando as frestas. Não havia como sair por ali, mas eles estavam muito enganados se pensavam que um pouco de solda iria impedir a Terra Verdadeira quando ela decidisse arruinar nossa festinha.

Dois tanques M1 Abrams ocupavam a garagem – o principal tanque usado pelos militares norte-americanos desde 1980. Supus que os militares não precisariam abrir as portas para os tanques saírem rodando na hora H.

Noble estava no meio da garagem, entre os dois veículos, com três soldados e o Peter. Eu não via Sofia em parte alguma. Os soldados seguravam os rifles firmemente contra o peito. Eles mantinham uma distância segura, o que mostrava como eles confiavam em nós nesse momento.

O rosto do Peter desabou quando viu o meu; eu devia estar mesmo um caco. Noble estremeceu. Peter deu um passo na minha direção, mas cambaleou no meio do caminho e Noble precisou ampará-lo para que não caísse. Peter rangeu os dentes.

– Eu quero respostas e eu quero agora – Kellogg exigiu.

– Você não pode destruir a Verge – Noble lhe disse.

Eu não estava sabendo que eles planejavam atacá-la.

– Por que não? – Kellogg perguntou.

– Porque nela tem uma entrada para a Escuridão. É a única entrada aqui perto. Se você destruir a Verge, os escombros vão cobri-la e nós nunca poderemos passar por ela.

– Então me diga como derrotar essas pessoas, sr. Noble – Kellogg pediu.

– Primeiro, eu preciso saber o que o East fez com a Chave.

– Ele diz que *ele* é a Chave – informei.

Noble pendeu a cabeça para o lado.

– Entendi.

Peter veio na minha direção e eu suportei um pouco do peso dele. Eu podia sentir a perna dele tremendo com o esforço; ele não deveria ter saído da cama. Se nós fôssemos continuar lutando, aquele joelho precisava ser curado antes.

Eu estava ansiosa para contar ao Noble e ao Peter o que mais o East me dissera, porém eu ainda não confiava plenamente no Kellogg e em seus homens.

– Nos dê algum tempo a sós – pedi ao Kellogg. – Quando chegarmos a uma decisão, vamos lhe contar.

Kellogg demonstrou que estava considerando a proposta. Ele não gostava dela, mas o que mais poderia fazer?

– Está bem, mas não demorem. Aquelas pessoas estão com alguns dos meus homens em um campo de prisioneiros. Neste frio congelante. Pretendo resgatá-los.

Apenas acenei com a cabeça.

– E eu ainda estou esperando por uma resposta sobre o motivo de vocês se parecerem com as pessoas que estão nos atacando.

– É complicado – eu disse. Afinal, não tinha a menor ideia de como explicar isso a ele.

Kellogg nos levou de volta à lanchonete, onde eu me deitei novamente. Ele saiu logo em seguida, sem dizer nada. Uma enfermeira preparou a cama do Peter, e Noble se sentou em uma das mesas.

– Onde está a Sofia? – perguntei, olhando para os rostos lá fora, na área aberta.

– Foi buscar mantimentos para nós – Noble respondeu. – Ela saiu incrivelmente ilesa, a não ser pelo machucado na cartilagem da orelha.

Peter suspirou pesadamente, aliviado.

– Isso é fantástico. Mesmo.

– Sim, sem dúvida – eu disse, imaginando como ela estaria se sentindo por dentro. Rhys nunca chegou a lhe dizer o que sentia por ela... e ela nunca chegou a ouvir. – Nós vamos falar sobre o Rhys?

Noble sacudiu a cabeça lentamente, com o olhar perdido. Eu sabia o que Rhys significava para ele. No início, Noble o criara como a um filho.

– Acho que deveríamos – insisti.

– Isso não vai nos ajudar a vencer – ele disse, um tanto seco.

– Você não se importa o bastante para falar a respeito? Por que você está aqui, então? – eu me arrependi das perguntas assim que elas saíram da minha boca. Estava sendo agressiva sem motivo.

Noble me encarou.

– Eu me sinto ofendido por essa pergunta.

– Miranda – Peter interviu –, cada pessoa lida com o luto de maneira diferente.

E subitamente me senti envergonhada.

Os olhos de Noble estavam vermelhos e os lábios tremiam. Ou talvez fosse minha visão limitada, só com um olho bom.

– Eu estou tentando fazer as coisas certas. Estou lutando contra tudo o que eu fui criado para ser. Nunca insinue novamente que eu não me importo, Miranda. Eu vou prestar luto mais tarde, quando o resto da minha família estiver a salvo.

As palavras dele foram como um punhal no meu coração. Eu nem sabia por que eu tinha dito aquilo. Estar furiosa, triste e confusa não era uma desculpa.

– Eu sinto muito. Não quis dizer isso.

– Eu entendo – Noble disse. Era claro que entendia.

– Também quero lutar contra o que sou – expliquei. – A diretora disse que eu sou ela. Ou que eu serei ela no futuro – as palavras me escaparam como uma enxurrada. Enfim, meus amigos sabiam e eles iriam me ajudar a descobrir a verdade a qualquer custo.

Peter sacudiu a cabeça, com as sobrancelhas franzidas.

– Isso não é verdade. É mais um dos jogos mentais dela. Você nunca vai ser como ela.

– Isso não é tudo – completei. – Tanto ela quanto a Olivia, a Olivia Original, dizem que a Terra Verdadeira não é outro universo. É apenas o futuro deste nosso universo.

Noble não esboçou reação alguma. Nada.

– Isso é verdade, Noble? – pressionei.

Enfim ele disse:

– Talvez, não tenho certeza.

Eu deixei minha cabeça cair no travesseiro. Meu rosto latejava como se tivesse sido picado por mil formigas. Mas eu me aprumei assim que pensei a fundo na reação dele.

– Você sabia que era uma possibilidade. Só que não nos contou. Por quê?

Ele apenas sacudiu a cabeça lentamente.

– Miranda, eu não pensava que era uma possibilidade. Eu não sei tanto assim sobre a Escuridão, ou sobre a Terra Verdadeira. Sei apenas o que a Olivia me contou. E ela não me contou isso.

O tempo passou e ninguém disse uma palavra. Se Rhys estivesse ali, talvez ele lançasse alguma coisa para preencher o silêncio. Uma piada que não fosse bem uma piada. Eu já estava acostumada com ele, pensava que estaria sempre conosco. Eu não fazia ideia do quanto iria sentir sua falta. Rhys nunca falava no assunto, em situação alguma, entretanto eu sabia o que mais o atormentava na vida. Ele matara toda sua equipe para que não fossem controlados pelos criadores. Aquilo o mudara para sempre. "Mas agora você está livre, Rhys."

A Olivia, o Noah, o Rhys... todos se foram. Por quanto tempo mais nós iríamos aguentar?

– Não existe destino, Miranda. Você deveria saber disso – a voz do Noble me espantou, fez meu coração pular sobressaltado.

– Explique, por favor.

Ele coçou a barba. Suas pálpebras inferiores estavam flácidas, com as bordas vermelhas.

– Bem, a Terra Verdadeira pode ser um futuro, mas não necessariamente é o único futuro. É apenas uma possibilidade. Se mudarmos as coisas aqui, teoricamente vamos caminhar para uma nova direção.

– Está certo – Peter retomou. – Ainda que a diretora tenha dito que você vai se tornar ela, como isso poderá acontecer se você não quiser? Apenas *não se torne a diretora*.

– Não está nos meus *planos* – falei.

Noble ergueu as duas mãos com as palmas abertas.

– Pare com isso. O futuro deles *não é relevante*. Vou repetir: não é relevante. Porque o que nos importa são as pessoas que estão vivendo agora mesmo, no presente. Não é? Nós não vamos engendrar nenhum evento que eles acham que precisa acontecer apenas para preservar o que conhecem como o futuro. Aliás, são muitas as variáveis envolvidas nisso tudo. Eles brincaram com o passado deles e agora estão pagando o preço – os olhos dele nos fitavam apreensivos, conferindo se estávamos escutando com atenção. E nós estávamos. Ele estremeceu ao respirar fundo. – Mas ainda precisamos vencer. Isso ainda não mudou. Vocês acham que o Rhys iria simplesmente se entregar?

– Ninguém está falando em se entregar – eu afirmei calmamente.

Após um instante, ele acenou, com os olhos no chão. Finalmente olhou para mim com a velha empatia.

– Sim. Bem, nunca dá para ter muita certeza. Não importa quebrar a cabeça pensando que outros universos pertencem a quais linhas do tempo, ou quais estão conectados e quais estão diretamente ligados ao nosso mundo. O que nos interessa é *este* mundo. Vamos manter isso em mente daqui para a frente. Vamos manter o foco. É melhor ignorar todo o resto – a voz dele oscilou um pouco na última frase e quase esganiçou quando disse *resto*.

Mais um período de silêncio, com um peso que dava para sentir no sangue. A desesperança ainda era um espectro que pairava, à espreita.

– Por enquanto, vocês dois precisam descansar – Noble disse. – Vocês estão feridos.

Foi nesse momento que Sofia voltou com os braços cheios de provisões do exército prontas para comer. Não eram deliciosas, e sim nutritivas. Ela não estabeleceu contato visual com nenhum de nós, apenas nos entregou a comida sem palavra alguma. Ela também tinha alguns pedaços de uma pizza ressecada, que nos ofereceu.

– Sofia... – eu disse.

– Não diga nada – ela disse. – Eu não quero ouvir nada de ninguém agora – o lábio inferior dela tremia. – Nem uma palavra.

Eu acenei com a cabeça. Com a mandíbula latejando, ingeri alimentos que não tinham gosto de nada. E me preparei para o momento em que finalmente pudesse ver as lembranças da Olivia. Quando eu finalmente iria entender quem eu era.

19

EU ESPEREI ATÉ QUE TODO MUNDO DORMISSE. NÃO LEVOU muito tempo. Não tomei mais nenhuma pílula, então a dor no meu nariz foi o suficiente para me manter desperta.

Antes de eu usar o disco de memória, cheguei ao lado da cama do Peter. Ele estava em um sono agitado, os dedos se retorcendo de quando em quando. Emitia alguns ruidinhos, parecia estar falando, mas devia estar dormindo. Fiquei olhando para ele, para o caso de nunca mais poder vê-lo. Eu gostaria que minha visão não estivesse tão embaçada. Tentei tocar no cabelo dele com meus dedos, mas acabei passando as mãos no pescoço. Sua pele estava quente, e eu sentia os batimentos lentos e constantes de seu coração sob a ponta dos meus dedos. Ele se remexeu e eu tirei minha mão, parte de mim querendo acordá-lo. Mas ele não acordou, nem mesmo quando eu o beijei na têmpora.

Eu deixei a lanchonete para trás com passos silenciosos, então entrei em uma pequena farmácia. Todos os remédios para dor já haviam sido levados, mas encontrei um frasco de *spray* nasal. Borrifei nas duas narinas até sentir um estalo queimando nos seios da minha face, cheguei a cair de joelhos. Mas aquilo rompeu com o bloqueio no meu nariz e eu pude respirar direito. Cuspi a coisa sem olhar, que saiu em um papel-toalha. Então virei uma Coca *diet* para absorver cafeína. Bem no fundo da loja, encontrei uma prateleira com roupas baratas. Peguei um chapéu preto de inverno e o último remanescente de um blusão com capuz.

Eu me sentei na farmácia, atrás de uma estante cheia de cartões-postais com várias fotos de Nova York. Um dizia "QUERIA QUE VOCÊ ESTIVESSE AQUI!" e trazia o céu da cidade em um dia agradável de verão, o sol brilhando entre os prédios. "JUSTIÇA PARA TODOS" estava escrito em outro, que mostrava a Estátua da Liberdade. Eu queria que as frases fossem verdade.

Tirei o disco do bolso e esfreguei o polegar nele. Era pequeno, preto e duro, mais pesado do que parecia. "O que você está esperando?", perguntei a mim mesma. Mas sabia por que estava esperando. Eu não tinha a menor ideia de como aquilo iria me afetar. Eu não tinha ideia se conseguiria lidar com o que aquilo iria me mostrar.

Mas, como em vários outros momentos da minha vida, eu não tinha realmente uma escolha.

Fechei meus olhos, procurei a entrada no meio dos meus cabelos, e inseri o disco na base do meu crânio.

Senti um calor suave, então uma sensação líquida fresca que se espalhou pelo meu cérebro. Recostei-me na parede. E então, eu soube a verdade.

ooo

Não passei muito tempo vivendo dentro da memória da Olivia. Apenas o suficiente para entender.

Em um tempo remoto, as coisas eram muito diferentes na Terra Verdadeira. Os Cinco Líderes deviam ser considerados Quatro Sub-líderes, com a diretora reinando suprema sobre eles. Os cinco haviam resgatado o mundo das cinzas de uma guerra nuclear, mas outros problemas surgiram. Olivia foi descobrindo que a humanidade vivia em ciclos, e que estávamos marchando firmemente para um segundo apocalipse. Nessa época, a diretora se ocupava em destruir as ameaças externas em vez de resolver os problemas da própria Terra Verdadeira.

A descoberta de que meu mundo e a Terra Verdadeira eram o mesmo lugar aconteceu por acaso. Três anos antes (da nossa escala temporal atual), Olivia percorrera a Escuridão até chegar no que ela pensava ser outro mundo, um mundo que ela vinha acompanhando havia um bom tempo. Seria o próximo mundo que a Terra Verdadeira conquistaria, a menos que Olivia impedisse. Fazia anos que ela vinha combatendo secretamente a selvageria da Terra Verdadeira, sem se atrever a enfrentar a diretora diretamente. Olivia sabia que iria perder e ser morta de maneira permanente.

Anos antes, ela levara Noble dali para prepará-lo para a invasão. Naquele tempo, ela não fazia ideia da conexão entre os mundos. Ela mostrou os sem-olhos ao Noble, a arma que a Terra Verdadeira iria usar em sua guerra, e perguntou se ele gostaria de se rebelar. Ele disse que sim.

Mas nessa visita, três anos antes, quando o momento da invasão se aproximava, ela descobriu uma coisa nova. Olivia encontrou os Originais adolescentes vivendo em um subúrbio de Cleveland. Eles eram apenas estudantes que andavam com suas mochilas, levavam vidas normais com os pais, faziam atividades extraescolares e encontravam os amigos. Vi imagens de suas vidas cotidianas enquanto Olivia os avaliava de longe. Ela testemunhava a si mesma, como fora mil anos antes. Foi nesse momento que ela compreendeu que a Terra Verdadeira estava planejando invadir seu próprio passado.

Se Olivia e a Terra Verdadeira jamais tivessem interferindo, o passado dela teria acontecido da mesma maneira que ela lembrava. Os adolescentes iriam tocar suas vidas, sem saber que dez anos depois o mundo estaria praticamente destruído por uma guerra nuclear e que a civilização iria sucumbir por todo o globo. Apenas a China manteve alguma forma de governo, enquanto nuvens de radiação se espalhavam por todo o planeta. E isso durou cerca de um ano. Olivia sabia, pois vivera isso.

Tendo sobrevivido, o grupo de amigos viajou para a China, onde Olivia tinha parentes no alto escalão do que sobrou do governo. Os anos se passaram, até que eles, como a maioria dos sobreviventes, começaram a sofrer da radiação que estava presente na maior parte do planeta. Eles passaram por tratamentos. Envelheceram. Então o governo chinês também ruiu, e logo restaram apenas territórios destruídos e desertos, com pequenos bolsões de sobreviventes.

Mas a ciência prosseguia. Nas ruínas de Pequim, uma comunidade de 567 pessoas descobriu como limpar o ar. Eles descobriram a chave do envelhecimento. Os sobreviventes não iriam apenas se curar, iriam também rejuvenescer. Nesse momento, os Originais eram líderes da pequena comunidade, e levaram essa tecnologia para o resto do planeta ao longo das décadas seguintes.

E começaram a assumir o controle.

Quando Olivia voltou à Terra Verdadeira, decidiu tomar providências antes que fosse tarde demais. Ela não queria ver a diretora destruir tudo mais uma vez, depois que a humanidade trabalhara tanto para sobreviver por tantas eras. Ela não queria que o passado se repetisse. E estava cansada de ficar assistindo enquanto a Terra Verdadeira destruía qualquer reino considerado uma ameaça à sua ideia distorcida de perfeição.

E agora ela sabia que podia mudar as coisas.

Na tentativa de fazer da Terra Verdadeira o que ela deveria ser, mantendo a boa vocação do início de sua existência, Olivia decidiu apagar as identidades da diretora e de seus amigos na adolescência, inclusive a sua própria. Ela as substituiu por memórias fabricadas de um passado que nunca aconteceu. Essas novas identidades tinham base em coisas que eles todos viveram, mas alteradas de maneira a se encaixarem em nossa nova realidade.

No futuro, não apenas eu seria a diretora, como Peter também seria o Peter Original, Noah seria o Noah Original, Olivia seria a Olivia Original, Rhys seria o Rhys Original. Noah e Olivia podiam estar mortos no presente, mas Olivia tinha as identidades deles armazenadas, prontas para serem trazidas na hora certa.

Os criadores já haviam estado aqui décadas antes, pensando que se preparavam para outra invasão, mesmo ignorando a verdade a respeito do nosso mundo. Eles estavam apenas seguindo ordens, como o East disse. Quando Olivia finalmente descobriu que nossos mundos estavam interligados, os criadores viveram vidas inteiras aqui, crescendo como os adultos que mais tarde iríamos conhecer.

Três anos antes, Olivia nos tirou de nossas vidas, de nossos pais e nossos amigos. Antes da interferência dela, eu ia à escola com meus colegas da equipe Alfa. Nós fazíamos coisas normais. Assistíamos aos jogos de futebol americano às sextas-feiras. Mas tudo isso foi substituído por memórias de lições de combate e de táticas militares, missões e exercícios.

Apenas os últimos três anos da equipe Alfa foram reais. Nós não havíamos sido criados desde crianças para sermos usados como armas. Éramos apenas crianças. Mas para Olivia fazia mais sentido nos retirar de nossas vidas normais e nos preparar para a guerra nuclear que estava por vir. Afinal, um dia os sobreviventes iriam precisar de nossa liderança.

Olivia voltou para a Terra Verdadeira para ver se as mudanças que ela havia feito a afetavam e constatou que sim. Depois de transformar a diretora em alguém que ela podia controlar, sua equipe se tornara realmente os Cinco Líderes, mais unidos do que jamais haviam sido em séculos. A Terra Verdadeira era um lugar um pouco mais próspero e a ameaça de guerra já não parecia tão provável.

Agora, quando a guerra nuclear chegasse de fato à nossa época, nossa equipe estaria pronta para tomar conta de um mundo aos pedaços. Nós não teríamos que esperar pela tecnologia ou pelas habilidades que viriam mais tarde, como acontecera da primeira vez. Não precisaríamos ir até a China, evitando as gangues errantes que pretendiam matar/estuprar/saquear tudo o que vissem pela frente. Podíamos assumir o controle antes, de maneira mais eficiente. Com nossa organização e nosso poder, podíamos criar o melhor mundo possível, completamente livre de guerra, fome, estupro e assassinato. Um mundo livre do ódio e do racismo. Nós podíamos criar o mundo mais honesto de todos.

Mas então o futuro se alterou mais uma vez. Por minha causa.

Olivia não teve coragem de contar aos outros o que ela fizera. Como poderia? Ela estava mexendo com a vida deles e com o futuro de todos no planeta. Então, a Terra Verdadeira invadiu nosso mundo assim mesmo, com os sem-olhos, e Olivia só pôde fazer o melhor possível para detê-los, para manter as coisas nos eixos. Se ela deixasse os sem-olhos completarem sua missão, a destruição de qualquer futuro possível estaria garantida.

Entretanto, quando eu derrotei os sem-olhos, mudei o futuro de uma outra maneira. O mundo se tornou mais unido depois daquilo, e a guerra nuclear jamais aconteceu. A ameaça externa dos sem-olhos acordou todo mundo e as pessoas perceberam que não podiam mais brigar entre si. Mas nada de bom dura para sempre.

O resultado? Agora estamos falando de uma Terra Verdadeira que se tornou um caos, apesar dos países mais ou menos unidos. Com a ausência da guerra nuclear, a humanidade continuou em seu caminho normal, porém isso significa que a lenta decadência de nosso meio ambiente e da cultura e o esgotamento de quase todo recurso natural continuaram. Um céu escuro na maior parte do tempo, um ar contaminado demais para se inalar com segurança. Tudo porque os Originais nunca dominaram depois de uma guerra nuclear, como deveriam. O *reset* em nosso mundo nunca aconteceu, e a população continuou a crescer. Depois que destruí os sem-olhos, os Originais voltaram à Terra Verdadeira e descobriram que ela não era mais como eles a haviam deixado.

Olivia, obviamente, sabia o motivo. Ela acabou sendo forçada a compartilhar seu segredo com os Originais, e o plano de invadir Nova York começou. Os outros não a haviam perdoado pelas artimanhas, mas depois de mil anos de companheirismo, não conseguiam matá-la.

Mas agora a diretora estava disposta a recriar os efeitos da guerra nuclear para voltar para o mundo que conheciam antes, o mundo que eles se esforçaram tanto para construir. E abrir a Escuridão em nosso mundo poderia causar esse resultado.

Talvez a coisa mais importante que o disco da Olivia me mostrou foi que a diretora não queria nos deter. Ela queria me ajudar a assumir o controle junto com minha equipe, para vivermos as vidas que deveríamos viver e, algum dia, nos tornarmos os Cinco Líderes e criarmos o futuro mais esplêndido de todos.

A compreensão do que estava diante de mim e dos meus amigos se estabeleceu em volta do meu pescoço como uma corrente de chumbo. Mas eu me recusava a deixar o peso me abater. Porque aquilo tudo também me mostrava uma coisa.

Havia um futuro e, com isso, uma certeza. O futuro estava mudando o tempo todo.

Olivia me deixara uma última lembrança, que era mais a compreensão de uma ideia do que qualquer outra coisa.

A diretora não sabia de todos os meus passos antes que eu os desse, porque eu tinha livre-arbítrio. As coisas estavam se desenrolando de uma maneira inédita.

E isso significava que eu ainda tinha escolha.

Eu não sabia de que lado Olivia estava. Talvez parte dela não quisesse mexer com nosso mundo mais do que ela já havia mexido. Talvez ela quisesse deixar os eventos acontecerem por conta própria.

Contudo, eu sabia que parte dela continuava leal aos Cinco Líderes e à ideia deles de um mundo perfeito. Porque a última coisa que aprendi foi que ela me dera essas lembranças com o consentimento da diretora, como um primeiro passo para que minha equipe e eu nos tornássemos quem havíamos sido criados para ser.

E então percebi que o aparelho que levava as lembranças ao meu cérebro tinha uma função extra, a de um sinalizador, que fora ativado assim que comecei a usá-lo.

A Terra Verdadeira sabia que estávamos ali. E eles logo chegariam para garantir que cumpríssemos nossa missão.

20

Eu saí do meu transe e me pus de pé, esquecendo-me temporariamente da dor. Saí da loja e gritei o mais forte que pude:

– *Estão cheegaaaandooo!*

O alerta percorreu toda a estação sonolenta e outras vozes repetiram as palavras, e logo havia soldados por toda parte. Retirei o disco da minha nuca e tentei destruí-lo sob meu pé, mas era duro demais, então eu o chutei para baixo de uma máquina de refrigerantes.

Eu queria ficar e lutar, mas não podíamos ser pegos com vida. Quem sabia o que eles fariam para que seguíssemos com os planos deles? Eles poderiam não nos matar, mas nos obrigar a coisas piores que a morte. Se abandonar aquelas pessoas significasse salvar muitas mais no final, talvez *bilhões* a mais, nós tínhamos que fugir.

Não sei por que Olivia me deu as informações. Talvez ela estivesse se sentindo mal. Talvez ela soubesse que havia causado uma confusão que não sabia mais como consertar.

Fui mancando o mais rápido que pude até Peter. Noble e Sofia já estavam ali, arrancados do sono com rostos perturbados.

Ao vê-los em segurança, o aperto no meu peito diminuiu um pouquinho. Olhei para Peter, tentando imaginar a vida que ele deixara para trás. E a vida que eu deixara para trás. As vidas que haviam sido roubadas de nós. Tentei imaginar como eram nossas famílias e o que pensaram quando fomos levados pela Olivia e entregues aos criadores.

Nós éramos amigos antes de sermos levados, e a coisa mais perigosa que tínhamos com que nos preocupar era a escola. Se ao menos houvesse uma maneira de voltar ao que éramos... Mas eu poderia abandonar a vida que eu conhecia agora. Será que eu poderia apagar minha identidade *de propósito* mais uma vez?

Peter me olhava de um jeito esquisito, provavelmente porque eu o olhava de um jeito esquisito também.

– Você está bem?

– Estou bem. Sim. Desculpa. Estou inteira.

– Esconderijo.

– O quê? – perguntei.

– Vamos para o segundo esconderijo, na 23rd Street, em frente ao Flatiron. O que tem vista para o Madison Square Park.

– Ótimo, vamos lá.

– Vamos deixar essas pessoas lutando sozinhas? – Sofia indagou.

Peter sacudiu a cabeça, descendo de sua maca.

– Quando a Terra Verdadeira descobrir que não estamos mais aqui, eles não vão mais se importar com essas pessoas. O fato de continuarmos aqui coloca a vida de todos em perigo.

Sofia não contestou, então fomos em direção à saída. Eu não estava tão convencida do que Peter dissera. O que os impediria de matar por simples crueldade?

Enquanto andávamos, Noble dizia:

– Não podemos andar em grupo. Miranda, você vai na frente, com o capuz cobrindo o rosto, e finja que está apenas tentando evitar problemas. Eu sei que não vai ser uma boa caminhada para você.

– Pode confiar – respondi. Surpreendentemente, Peter concordou em vez de objetar. Eu puxei meu capuz e o apertei para esconder o rosto, então fui andando numa direção diferente.

Os guardas na escada rolante haviam ido para o outro lado da estação. Rajadas de tiros e ordens gritadas vinham de lá. Subi a escada rolante desligada o mais rápido que pude, com a dor percorrendo todos os meus ferimentos. Cheguei exausta ao patamar e vi que a passagem estava bloqueada por dezenas de carros empilhados. Os soldados deviam ter feito isso para criar uma barricada improvisada.

Mas a janela de um carro estava aberta. Eu me agachei para olhar para dentro e vi que tinha espaço para passar para a outra janela. Os carros estavam arranjados de modo que dava para rastejar entre eles. Dessa maneira, mesmo que os inimigos viessem, só poderia entrar um por vez.

Eu me esgueirei pela primeira janela de um pequeno sedã vermelho. Em seguida, atravessei pela janela de uma SUV preta. Era um esforço complicado, especialmente porque eu só conseguia usar umas mãos e gemia sempre que meu corpo batia em uma parte do carro. Estava tão frio que eu pensava em desistir e voltar para trás. Não conseguia sentir meu nariz e o inchaço no rosto começava a arder.

Passei pela montanha de carros e cheguei à rua. Mais veículos se espalhavam pelo asfalto, alguns colididos e estraçalhados, todos abandonados. O céu estava preto e sem estrelas. A cidade ainda tinha luz, só que a maioria das lâmpadas estava apagada, como se a escuridão pudesse manter as pessoas em segurança nas suas casas. O silêncio era atordoante.

Eu só tinha que andar por dez quadras, mas, considerando minha condição no momento, eu estava preocupada com qualquer pessoa que quisesse roubar minhas coisas, mesmo não tendo nada de valor. Pensei mais uma vez em voltar e cheguei a diminuir o ritmo por um momento (que já estava superlento), entretanto apertei o passo. Depois de uma quadra, encontrei um atalho por um beco. Estava escuro, como os becos costumam ser. Passei pela fresta de um alambrado e me vi no meio da ruela, com minha respiração saindo em nuvens de fumaça. A luz era tão fraca que eu não conseguia ver meus dedos no final do braço.

Ouvi passos suaves atrás de mim, um pé pisando na neve. Eu me virei, e alguma coisa me atingiu no quadril com força o bastante para me fazer girar até cair no chão. Com dor em todos os ossos do corpo, eu não me levantei imediatamente. Rangi os dentes, então me apoiei nos joelhos.

Na escuridão à minha frente, uma sombra se delineou.

Era a diretora, com sua armadura dourada e um casaco de pele espessa que descia até os joelhos. Ela estava com um cachecol carmim, enrolado delicadamente em volta do pescoço, e um sorriso nos lábios.

– Olá, Miranda – ela disse.

"Que merda."

– Eu nem tentaria – ela se adiantou, suavemente, enquanto eu tentava me levantar. Havia uma espada em sua mão direita. Ela pressionou a ponta no meu pescoço, mantendo-me grudada no chão congelante.

– Você nem tentaria? Então nós realmente não somos a mesma pessoa – desafiei.

– Você viu as lembranças que a Olivia lhe entregou, certo?

Eu acenei com a cabeça sem tirar os olhos dela.

– Então agora você sabe o quanto você e seus amigos são vitais. Você vai ter que colocar esse mundo sob controle, ou tudo estará realmente perdido. Não há propriamente uma escolha.

Eu estava ficando um pouco cansada de ouvir isso. Eu tinha uma escolha.

– Você sabe que nós nos importamos com o futuro de vocês – a diretora continuou. – A guerra nuclear vai acabar com este mundo, seja daqui a cinco anos ou vinte. Mesmo que não estivéssemos aqui agora, sua civilização iria acabar. Então que diferença faz *quando* isso vai acontecer?

– Engraçado, você não se importava com nosso mundo antes de a Olivia contar a verdade, antes de sua época ser transformada. Você estava pronta para nos varrer do mapa, como fez com muitos outros mundos antes.

Ela não podia realmente se defender daquilo, e nem tentou. Apenas desviou os olhos brevemente, então disse:

– As coisas mudam. Agora estamos aqui para fazer do jeito certo – ela afastou a ponta da espada do meu pescoço.

Lentamente, eu me levantei, esforçando-me para não cair de repente.

A diretora pôs a mão no meu ombro.

– E você sabe que estou certa – ela repetiu. – Porque você vê o mundo em que vive agora. Guerra, fome, corrupção. Genocídio. Assassinato e estupro – a diretora se inclinou, colocando os lábios no meu ouvido, e sussurrou: – O que você está tentando salvar?

Eu sinceramente não sabia.

– Sei como vai ser daqui a poucos anos. Eu vivi isso. É ainda mais terrível e brutal do que qualquer coisa que pudermos fazer contra vocês agora. Por que você não iria querer evitar o pior?

Eu queria. Eu queria evitar.

Mas queria fazê-lo sem sacrificar vidas inocentes.

– Você sabe que seu mundo é tóxico e até onde essa toxicidade vai chegar com o tempo – a diretora disse. – Faça a coisa certa, Miranda.

Certo ou errado, eu sabia de que lado estava.

E ela pareceu notar minha decisão assim que a tomei. Os olhos dela se apertaram e eu não tive sequer tempo de reagir. Ela me deu uma pancada na maçã do rosto com tanta força que fiquei inconsciente antes mesmo de cair no chão.

○○○

Acordei no beco, segundos ou minutos mais tarde, sem saber quanto tempo havia se passado. Eu estava de costas, tremendo na neve. A cada tantos segundos, a dor irradiava do meu olho direito, espalhando-se para a parte de trás do meu crânio. Eu gemia e tentava rolar de lado, mas tudo doía.

A diretora se agachou ao meu lado, encarando-me de perto. Os dedos dela tocaram na minha bochecha, gentilmente.

– Eu não espero que você aceite tudo imediatamente – ela disse. – Ou que saiba o que é melhor para este mundo. Agora descanse. Sua jornada está apenas começando.

– Espere... – quase perguntei a respeito do Peter e dos outros, se eles também tinham sido capturados, mas eu não queria entregar nada a ela. A diretora apenas me encarou de cima para baixo, com uma expressão entre a esperança e a decepção, até que minha dor ficou forte demais e a escuridão voltou.

ooo

Acordei novamente, seca e aquecida, na cama. Todas as minhas dores tinham desaparecido. Peter, Noble e Sofia estavam no quarto comigo. Parecia um *flat*. Peter estava sentado ao meu lado. Noble estava em pé, encostado a uma mesa com uma cafeteira e uma jarra de suco de laranja. Sofia estava em outra cadeira, com os joelhos encolhidos rentes ao peito.

O quarto todo estava iluminado à luz de velas e com alguns adesivos brilhantes de emergência espalhados no chão. Eu vestia o mesmo traje vermelho surrado.

Peter pegou minha mão e a apertou, então piscou para afastar algumas lágrimas.

– Você está bem. Ficou desmaiada durante quatro dias, mas você está bem.

Eu também queria chorar, mas não sentia nada além de torpor.

– O que aconteceu?

Noble despejou café em uma caneca. Ele recolocou a cafeteria na mesa com força demais.

– Quatro dias atrás, nós estávamos desesperados. Você tinha sumido. Os soldados da Penn Station foram todos capturados ou mortos, e as pessoas foram empurradas de volta para as ruas. Vinte horas atrás, uma equipe de Rosas nos colocou neste quarto com você. Quatro horas atrás, as luzes se apagaram e nos deram essas velas. Você esteve em coma. Eles nos disseram que seu cérebro havia tido uma hemorragia, mas que um dos médicos deles a curara.

Aceitei as informações da forma que elas estavam sendo passadas e não senti nada. Eu simplesmente não conseguia. Nós tínhamos conhecido alguns soldados, e de repente eles estavam mortos. Qualquer resistência que se formara estava aniquilada.

– Por que eles nos puseram juntos? E por que nos deixaram sozinhos?

Noble sentou-se ao lado da minha cama e pousou a mão na minha testa. O rosto dele estava carregado de sofrimento e eu duvidava de que ele havia dormido muito nesses quatro dias, mas ainda podia enxergar o velho calor por trás de seus olhos.

– Porque não somos mais uma ameaça a essas pessoas. Parabéns, nós perdemos. Tudo o que você tem que fazer é dar uma olhada para fora e constatar.

– Eles nos contaram tudo – Sofia disse. – Sobre quem você e o Peter realmente são. O Noble acha que eles queriam que soubéssemos o quanto é necessário prosseguirem com o plano deles.

Peter e eu olhamos um para o outro. O que poderíamos dizer?

Ele pousou os dedos dele nos meus, e eu me concentrei nisso. "Sinta alguma coisa." Eu deveria sentir alívio por estarmos todos juntos, mas alguma coisa crucial estava faltando. Esperança. Era como se estivéssemos apenas esperando para morrer.

Ainda assim, foquei na sensação provocada pela palma dele nas costas da minha mão, quente, seca e um pouco áspera. Ainda estávamos vivos, e juntos. As coisas sempre poderiam ser piores, mesmo que não parecesse.

– Você tem que parar de me pregar esses sustos – Peter sussurrou no meu ouvido. Eu apenas olhei para ele. Eu não tinha nenhuma resposta esperta dessa vez.

Alguma coisa estava estranha na maneira como Peter segurava minha mão. Então eu tentei me lembrar do meu ferimento. Gentilmente soltei minha mão e a coloquei diante dos olhos. Eu tinha uma nova cicatriz na minha palma, que subia até a ponta do meu dedo mindinho. Parecia que estava curada havia semanas, mas eu podia dizer que em algum momento passara por uma cirurgia completa. Continuei olhando para aquilo, incapaz de dobrar o mindinho até o final. O processo de cura certamente havia sido acelerado de alguma maneira, como da vez em que o dr. Delaney reparou meu nariz quebrado (que, aliás, parecia reparado pela segunda vez).

Ninguém disse nada. Peter apenas pegou na minha mão de novo e a segurou, agachado ao lado da cama.

– Eles ligam a TV de quando e quando – ele disse. – Eles nos mostram as notícias. Mas da última vez foi... Há quanto tempo? Umas seis horas?

Noble deu um gole no café e encolheu os ombros.

– Mais ou menos.

– Seis horas – Peter disse, como se estivesse contente por conseguir confirmar alguma coisa. Como se fosse uma pequena vitória.

"Uau, nós descobrimos quanto tempo se passou, talvez possamos descobrir uma maneira de sairmos daqui."

– E ainda estamos vivos porque a diretora precisa do Peter e de mim – deduzi. – Porque ela precisa de nós para colocar o futuro de volta nos eixos.

– Ela não precisa de ninguém – Noble cuspiu, mas então seu olhar duro suavizou. – Ela é você no futuro. Mas isso não significa nada. Poderia pegar qualquer um dos clones dela e reconstruir esse mundo. Poderia fazer por conta própria, se quisesse. Mas os Originais estão dispostos a fazer da maneira certa. Você ainda está viva... Nós ainda estamos vivos porque ela acha que pode convencer você a fazer o que ela quer.

Sofia ergueu a cabeça de repente.

– Se você é ela, então nós deveríamos matar você – ela disse secamente.

Olhei para ela e ela devolveu o olhar. Encolhi os ombros. Ela estava certa.

– Deus! – Peter se levantou. – Ninguém vai matar ninguém. Se você fizer isso, vai ter que me matar também. Não percebe? A Miranda ainda pode escolher. Se estamos em uma nova linha do tempo, ela pode fazer o que der na telha. A diretora está mantendo o mundo todo como refém, mas a Miranda tem uma escolha. Todos nós temos.

– É verdade – eu disse. – Nada está predeterminado.

– Tudo o que eu sei é que o Rhys está morto – Sofia lamentou. – E ele morreu para salvá-la.

Peter balançou a cabeça.

– Mas está mesmo morto? Ao que tudo indica, todas as nossas identidades estão armazenadas em algum lugar. Até a identidade do Noah, e especialmente a da Olivia.

– Sim, Peter, ele está morto – Sofia disse, seca. – Eu o vi morrer, caso você tenha esquecido.

– Vamos lembrar que temos quase certeza de que estamos sendo vigiados – Noble aconselhou.

– Nós os levamos diretamente ao East – Sofia disse baixinho.

Noble esfregou a testa.

– Já basta, por favor.

Eu olhei para os olhos do Peter, que pareciam pretos sob a luz amarelada das velas, e quis mergulhar profundamente neles. Ainda estavam calorosos. De alguma maneira, eles sempre estavam calorosos ao olharem para mim.

– O East me contou – minha boca estava com gosto de bolas de algodão – que, se não o libertássemos, tudo estaria perdido.

– Como eu disse, dê uma olhada pela janela – Noble repetiu.

Deslizei para fora da cama, com a pele meio repuxada nos lugares onde havia sofrido os ferimentos, mas de modo geral me sentia bem.

Sofia voltou a falar, mas eu a ignorei. Saí do apartamento, seguindo os adesivos brilhantes por alguns passos. Peter me seguiu a uma curta distância. Subi alguns degraus, absorvendo a sensação nos meus músculos rígidos, um tipo bom de dor. No topo da escada, a porta para a cobertura estava quebrada. Eu saí e andei pela beirada, com o ar ainda mais gelado do que antes. O prédio estava localizado no lado leste do Central Park, com vista para a Verge e para a trilha de árvores derrubadas e queimadas em volta dela.

Peter subiu ao meu lado e, juntos, olhamos para a Verge. Não havia mais raio *laser* subindo do topo. Em vez disso, era um raio espesso de Escuridão, disparando direto para o céu e se espalhando para todas as direções. Tudo silencioso, não tinha som em parte alguma. Era tarde demais. A Terra Verdadeira encontrara a Chave e a estava usando em nosso mundo para recriar os efeitos de uma guerra nuclear. Nós subimos até ali bem a tempo de assistir ao fim.

Enquanto a Escuridão se derramava mais pelo céu e se espalhava como uma enorme poça de ponta-cabeça, as luzes que ainda brilhavam na cidade davam suas últimas piscadas antes de se apagarem. Prédios inteiros perdiam energia, um após o outro, até que não houvesse mais luz para ver. Eu não podia enxergar Peter, mas procurei-o com as mãos no escuro e apertei meus lábios nos dele.

– Ainda podemos lutar – ele disse, porém eu não estava mais interessada em escutar palavras. – Podemos lutar de outra maneira. Talvez trazer ordem imediatamente a este mundo seja a melhor coisa que possamos fazer.

Eu não sabia o que dizer, então não disse nada.

Sofia e Noble se juntaram a nós logo depois e, unidos, voltamos ao quarto.

Lá estava Olivia, esperando por nós.

21

OLIVIA ESTAVA SENTADA COM NATURALIDADE EM UMA CAdeira ao lado da escrivaninha, com as pernas cruzadas.

– Conte-nos o que está acontecendo lá fora – Noble clamou, com as mãos cerradas. – Conte-nos alguma coisa.

Olivia lambeu os lábios. Ela parecia... envergonhada. E deveria estar. A bagunça era culpa dela. Foi ideia dela se intrometer, não da diretora. Se ela tivesse apenas deixado os eventos acontecerem como deveriam, teriam sido horríveis mesmo assim, mas ao menos teriam sido *espontâneos*.

– Conte-nos! – Noble insistiu.

– A diretora usou a Chave para assolar seu mundo. Ninguém é capaz de revidar agora.

Pensei no East. "O que ela fez com ele?"

– O que isso quer dizer?

– Ela usou a Chave para manipular a Escuridão, conjurando energia suficiente para queimar todos os aparelhos eletrônicos do globo. Seu mundo está escuro agora, como nos dias após a guerra. Lá fora é manhã, mas o sol está escondido por trás da Escuridão. E vai continuar assim enquanto a Escuridão permanecer.

Passaram-se mais dez segundos sem que ninguém dissesse nada. Tentei imaginar como estava ali fora, mas não pude. Sete bilhões de pessoas nas trevas. Tudo escuro como breu. Era como estar preso em um pesadelo.

– Por quê? – Noble perguntou.

– Porque agora ninguém mais pode lutar. Está acabado.

– Então é isso – eu disse. – É assim que ela vai reconstruir. Bilhões vão morrer, e aqueles que sobreviverem serão parte de um mundo em superação.

Nesse ponto, de acordo com o plano, eu entraria para controlar o mundo todo com a minha equipe. Estávamos de volta à Idade das Trevas. Com a diferença de que dessa vez tínhamos poder.

– E quanto ao resto da minha equipe? O Noah, o Rhys... você?

Olivia se levantou.

– Eles chegarão aqui em poucos dias. Eles podem não... Mesmo *eu* posso não me lembrar de tudo que vocês se lembram. Algumas das lembranças podem não ter sido salvas, mas eles serão mais ou menos os seus velhos amigos. Nós vamos... *Vocês* vão ser um grupo mais uma vez.

Noble engasgou e Sofia pôs a mão na boca para conter um grito. Eu sabia que estavam pensando no Rhys. Fazia pouco tempo que nós o havíamos perdido, e a ideia de que ele voltasse antes mesmo de passarmos pelo luto era incompreensível. Isso soaria natural, como se ele apenas tivesse tirado umas férias?

Dobrei minha mão esquerda, esfregando meu polegar sobre a nova cicatriz.

– Por que você veio aqui, Olivia?

– Para convocá-la. O plano da diretora é que você fale

diretamente ao mundo antes do final do dia. Você deve encontrá-la do lado de fora.

"Ah, não é nada demais, ela só quer que eu discurse diretamente para o mundo todo."

– E quanto ao resto de nós? – Sofia perguntou.

– Vocês vão continuar aqui – senti que ela queria falar mais, mas no final acabou apenas dizendo: – Sinto muito.

Olivia abriu a porta e partiu, porém antes abriu os dedos da mão esquerda e deixou cair alguma coisa no chão.

Era uma bola de papel amassada. Cheguei até ali antes dos outros e ergui a mão, pedindo silêncio. Desdobrei a bola e a apoiei estendida na minha palma. Estava escrito:

"Eles estão escutando. Encontre-me no andar de baixo."

E então, abaixo disso:

"Há esperança."

O calor inundando meu corpo deveria ser exatamente por isso: esperança. Passei o bilhete aos outros, com um dedo nos meus lábios. Talvez Olivia estivesse mudando de ideia. Ou talvez fosse outro truque. Eu não sabia se algum dia poderia voltar a confiar plenamente nela.

Peter tirou meu dedo da frente para poder me beijar.

Noble apenas acenou com a cabeça. Eu os deixei para trás e desci as escadas.

ooo

Encontrei Olivia nas sombras da escadaria. Nós estávamos em um prédio com uma decoração chique, que parecia supercara. Havia Rosas por toda parte, carregando bastões brilhantes como tochas. As sombras se moviam nas paredes, destacadas pelas luzes verdes e douradas. Os Rosas passavam atarefados, alguns carregando caixas de mantimentos, outros carregando armas. Claramente era uma base de apoio separada da Verge, mas agora estavam deixando o prédio. Eu não sabia dizer se isso era bom ou ruim.

Ninguém olhava para mim duas vezes, mas eu sabia que não poderia simplesmente sair andando dali. A diretora não era tão estúpida.

– O que está havendo? – sussurrei para Olivia.

– Estamos indo embora. A força de invasão está se reduzindo a uma força de ocupação – ela parou de falar quando dois Rosas olharam brevemente na nossa direção, então fingiram não nos ver assim que a reconheceram. Supus que ficar nas sombras de uma escadaria não parecia a coisa menos suspeita do mundo.

– Por que você está me contando isso? – não consegui impedir minha voz de esganiçar um pouco.

– Um grupo de soldados está detido em um campo de prisioneiros no Central Park. No momento estão congelando até a morte, assim como muitos outros, mas se alguém puder libertá-los...

– Por que eu iria acreditar no que você diz?

Ela se aproximou, bem perto do meu rosto.

– Em exatamente uma hora, caminhe três quadras ao Sul e duas para o Leste, então entre no restaurante com a janela quebrada. Eu estarei lá – ela apertou meu braço uma vez, então se misturou aos Rosas em movimento, tornando-se apenas mais uma Olivia, apesar de estar vestindo um traje dourado.

Eu não sabia que jogo ela estava jogando. Tudo o que sabia era que deveria encontrar a diretora em um instante, e não queria desapontá-la.

22

ENCONTREI A DIRETORA DO LADO DE FORA DO PRÉDIO, com o rosto voltado para a rua e os braços cruzados atrás das costas. O céu estava repleto de Machados, com as luzes de seus motores destacando-se em meio à escuridão. As janelas de cada prédio estavam escuras; eu só via um fogo alaranjado queimando ao longe, com silhuetas em forma de gente se movendo por ali. Os contornos da Verge eram visíveis à distância na penumbra, com sua superfície metálica refletindo qualquer luz próxima, mas as ruínas do Time Warner Center estavam ocultas nas trevas. A neve voltava a cair, rápida e espessa.

Eu só conseguia enxergar a diretora porque ela estava no meio de cinco Rosas com tochas elétricas. Todos eles brilhavam sob uma luz fantasmagórica dourado-esverdeada, que realçava os flocos de neve como faíscas.

Parei a alguns passos e ela se virou, lançando-me um sorriso largo e arrepiante que eu jamais conseguiria imitar.

– Você está com um aspecto mais saudável.

– Obrigada.

– Presumo que você esteja aqui porque está pronta?

– Você não me deixou muita escolha.

– Na verdade, eu lhe deixei uma, sim.

O vento uivava, arremessando neve entre nós. Ele rodopiava pelos lados, ferindo meu rosto. Nesse instante eu queria estar em qualquer outro lugar do mundo. Aqueles malditos não poderiam nem ter esperado o verão para invadir?

– Está bem... – eu disse.

– Você pode fazer o que deve fazer e se unir à sua equipe. Ou você pode continuar me combatendo, por conta própria, e eu vou alterar a História, substituindo você por outro clone da Miranda, um que cumpra o trabalho. Você vai morrer de novo, e quando voltar estará diferente... mas o resultado vai ser o mesmo. Nós estamos preparados para puxar as cordas de uma distância segura para assegurar o futuro desse planeta. Então você pode fazer a sua parte para superar *isto* – ela apontou para o céu – ou pode nos deixar experimentar com outras versões de você. De qualquer maneira, isto não vai terminar facilmente. Pessoas vão morrer.

Fiquei olhando para ela sem me mover.

– Você realmente vai querer ficar parada sem fazer nada? Eu não gostaria, então presumo que você também não vai gostar.

Ela estava certa; não era o que eu queria.

– O que eu tenho que fazer?

Ela sorriu.

– Por enquanto, tudo o que você precisa fazer é esperar, enquanto os animais comem uns aos outros.

Estremeci ao pensar no que estava acontecendo em todo o mundo à minha volta. A humanidade estava tomada pelo terror mais nefasto que um exército de Rosas poderia causar. O mundo que conhecíamos antes já era. Nós tínhamos fracassado. Não importava o que acontecesse em seguida, nós tínhamos fracassado. O melhor que poderíamos esperar era que nosso mundo ficasse como o do comandante Gane.

– A sua equipe vai passar o próximo ano na Verge, ou em qualquer outro lugar da cidade que preferir. Considere-se livre. Em breve a Escuridão será fechada. Dentro de algumas semanas, a escuridão desaparecerá e vocês verão o sol novamente, mas não haverá energia elétrica ou abastecimento de água por muito tempo. Use o próximo ano para assumir controle sobre a cidade. Estabeleça ordem, e eu sei que você estará pronta para liderar. Voltarei após esse ano e lhe darei o dom da imortalidade. Então sua equipe estará realmente no caminho para pôr o mundo nos eixos.

– Por que você confia em mim? – perguntei.

Ela suspirou pelo nariz.

– Porque eu *sou* você. E eu sei que você quer fazer o que é certo.

Ela fez uma pausa, observando a escuridão à nossa volta.

– Vou ficar feliz de voltar para casa para ver as mudanças que ocorrerem depois disso tudo – ela me encarou mais uma vez. – Eu posso ver nos seus olhos que só agora você está começando a entender o que deve fazer. E aceito isso.

Era verdade. Se não fizéssemos o que eles nos ordenavam, eles iriam simplesmente descobrir outro jeito. Talvez apelassem para algo como as tatuagens que usaram para controlar a equipe Beta. Nós seríamos simultaneamente nós mesmos, mas não nós mesmos. Então, o que me restava?

– Sua equipe vai se juntar a você na Verge – a diretora disse suavemente. – Sua equipe *inteira*.

Eu não podia negar que ver meus amigos novamente me fazia tremer de uma maneira que não era tão terrível. Eu sentia muito a falta deles. Sentia falta dessa família. Sentia falta da sensação de fazermos alguma coisa boa e correta.

– Eu me despeço com um até logo – ela disse. – Esteja na Verge ao meio-dia, daqui a quatro horas. De lá, você vai se comunicar com todo o planeta.

A diretora fez menção de ir embora, rumando em direção à Verge com seu séquito.

– O que eu devo dizer? – perguntei.

Ela pensou por um segundo, então ergueu os ombros.

– Qualquer coisa que você achar que precisa ser dita. O momento é seu agora, Miranda. O mundo está contando com você – ela deu as costas.

Fiquei parada sobre o gelo por mais alguns minutos, sentindo a escuridão e o silêncio à minha volta. Alguém gritou em algum lugar bem ao longe, ou talvez fosse apenas o vento.

Eu queria chorar pelas pessoas que estavam morrendo. Pelas pessoas que iriam morrer em cinco minutos, em cinco horas. Por aqueles que iriam sobreviver por cinco dias neste novo mundo sombrio.

Eu queria chorar por eles, mas havia trabalho a fazer.

○○○

Voltei para o prédio e encontrei minha equipe no apartamento. Todos se voltaram quando a porta se abriu. Olhei para eles também, sem saber por onde começar.

– Eis o que vai acontecer a seguir – eu disse, então lhes contei o que a diretora queria que fizéssemos.

– Mas nós não vamos fazer isso – Sofia relutou.

– Se não fizermos, está tudo acabado – Peter disse. – Que parte você não entendeu? Nós tivemos nossa chance.

Agora é hora de pensar no que podemos fazer para salvar o maior número de vidas possível.

– Mas nós já tivemos mesmo nossa chance? – perguntei. – Parece que agora temos uma a mais.

Os olhos do Noble estavam um pouco mais claros. Ele segurava alguma coisa pequena e preta em sua mão.

– Eu encontrei a escuta, mas deve ter outras. Será que devemos...? – ele apontou para o corredor.

Nós saímos do quarto, subimos dois andares e arrombamos a porta de um apartamento. Era um lugar grã-fino, com móveis antigos, sem moradores. Os Rosas deviam ter despejado todo mundo do prédio antes de tomarem conta dele.

Contei a eles que Olivia tinha marcado um encontro conosco.

– Ela está tramando alguma coisa – Noble advertiu. – Não podemos confiar nela. Pode ser uma armadilha.

– Sem dúvida – Sofia disse.

– Escutem – continuei. – Se vamos contra-atacar, precisamos ser certeiros.

– Precisa ser um ataque cirúrgico, sim – Noble afirmou. – Mas nós nem sabemos onde eles prenderam o East. Ele é a Chave, então sem ele não podemos mudar nada. E mesmo que o encontremos, não há garantia de que possamos mudar qualquer coisa! A Chave pode ser destruída ou inutilizada para nós. O East pode até mesmo estar morto. Então vamos confiar na Olivia ou resolver por conta própria?

– Eu acho que podemos precisa dela, melhor confiar – eu disse. – Com cautela.

– Qual o sentido de continuarmos resistindo? – Peter perguntou. – O estrago está feito. Nós podemos melhorar alguma coisa, se tentarmos. Eu não sei bem se temos o direito de arriscar com tantas vidas em jogo. Talvez nos rendermos ao acordo seja o melhor caminho – eu nunca pensara que pudesse ouvir Peter dizer algo assim. Será que ele estava certo?

– Não, não é – Sofia discordou, com cenho franzido. – Nós podemos impedi-los de fazer o mesmo com o próximo mundo. Não vamos esquecer de onde eu vim. Eles não vão parar de uma hora para outra de viajar pela Escuridão, destruindo outros universos. *Outras* vidas serão afetadas por nossa impassibilidade, não apenas as que estão aqui.

– Vamos conferir o que a Olivia pretende – eu disse, vagando para a cozinha. – Se for uma armadilha, que seja. Não estaremos muito piores do que já estamos. Se não for, precisaremos da ajuda dela.

Tomei dois copos de água com gosto de ferrugem. A geladeira tinha algumas sobras, um pouco de presunto em um pote de plástico e algo que tinha cheiro de purê de batata com queijo gouda. Eu olhei para eles, pensando: "o Rhys estaria lutando agora". Noah também.

Então percebi que lutar não era uma escolha. *É claro* que nós iríamos lutar. Rhys e Noah não se intimidariam nem acatariam as ordens da diretora se estivessem vivos. E nós também não o faríamos.

Peter se aproximou e comeu uma fatia de presunto. Alguns minutos se passaram em que apenas mastigamos e olhamos para o chão, mas então eu olhei para ele, porque era fácil olhar para ele, e porque eu sabia que podiam tirá-lo de mim mais uma vez, a qualquer momento.

Como se pudesse ouvir o que eu estava pensando, ele pôs a mão sobre meu ombro. Então me puxou para junto do seu peito.

– Não vejo a hora de passarmos um momento normal juntos – ele disse.

– Meu Deus, eu também.

– Senti tanto sua falta – ele completou. – Você não faz ideia.

– Não tanto quanto eu senti a sua.

– Quando isso acabar, e se estivermos vivos, vamos sair de férias.

– Ah, fale mais sobre isso – sussurrei, colada no pescoço dele.

– Vamos para uma praia e vamos nadar com golfinhos e pegar conchinhas na areia. Aliás, eu não ligo muito para as conchinhas, mas sem dúvida vamos nadar com golfinhos. Então vamos para as montanhas e nos hospedar em uma cabana e caçar pumas.

– Eu gosto de pumas.

– Eu sei, eu também. Nós vamos atrás deles só para capturá-los e torná-los nossos bichos de estimação.

Eu sorri, e o sorriso se transformou em uma risada. Mas logo depois aquele instante se foi. Ele me beijou uma vez na testa e sussurrou no meu ouvido:

– Eu te amo. Não importa o que acontecer.

Fiquei com essa frase no peito enquanto esperávamos completar a hora. Chegamos até a nos aconchegar juntos no sofá e cochilar um pouco. Foi bom. E normal.

Mas logo depois Noble nos sacudiu para nos acordar.

– Está na hora – ele chamou. Ele abriu a jaqueta e tirou um estojo escondido no bolso interno. Dentro, havia seringas fechadas cheias do nosso conhecido líquido amarelo.

– É melhor garantir, pra não nos arrependermos – Noble explicou. – Com tanta coisa acontecendo, não podemos nos esquecer dos detalhes.

– Obrigada por tomar conta de nós – eu disse a ele. – Você é um gênio.

Ele ergueu os ombros, sorrindo.

– O que eu posso dizer?

Peter foi ao banheiro e Noble removeu mais uma seringa de sua jaqueta. Esta estava com um fluido amarelo mais escuro, parecido com mel.

– Guarde esta com você, Miranda. Se você passar por um grupo de Rosas, quero que tente usar seu poder. Você pode não fazer com que saiam correndo, mas pode... desorientá-los. Deixá-los atordoados, pelo menos.

– Como isso seria possível? Os Rosas são imunes às ondas de medo.

Ele olhou para o lado.

– Eu pude modificar ligeiramente seu corpo enquanto você estava no tanque. Então você poderá tolerar uma injeção mais forte e usar seu poder contra outros Rosas. Sinto muito por mexer com você, espero que não fique brava, mas, se era para trazermos você de volta, eu queria lhe dar alguma vantagem – os olhos dele passaram para a seringa. – Seu poder provavelmente vai funcionar, ao menos um pouco. Porém logo depois você vai ter que tomar esta injeção. É muito importante. Se demorar, seu cérebro vai se aquecer demais. Você pode literalmente se esquecer de tudo imediatamente. É possível até que entre em coma. Ou pior.

– Que bom que você não quer me assustar – a seringa tinha uma faixa metálica, então eu só tive que colocá-la nas costas para prendê-la às escamas magnetizadas.

– Desculpa, eu... – Noble começou a dizer.

Eu me levantei e apertei seu pulso.

– Obrigada.

Ele acenou com a cabeça.

– Tenha juízo, como você sempre teve.

Eu podia notar que ele queria dizer alguma coisa a mais.

– Eu também sinto falta dele.

Noble contemplou a minha mão no seu punho, e seus olhos cintilaram.

– Ele amava você, sabe? Como a uma irmã. Ele ia sempre ver se você estava bem quando estava no tanque. "Eu vou visitar a Miranda", ele dizia.

Tudo o que pude fazer foi acenar com a cabeça.

Logo depois, estávamos de volta ao frio, que liquidava qualquer restinho de sono em nossos ossos. Ao Sul, um prédio estava pegando fogo, com uma luz avermelhada que nos permitia enxergar entre as chamas. Vi algumas pessoas chegando à rua com lampiões a óleo que deviam ter roubado de alguma loja de itens para acampamento.

– Vamos andando – Noble ordenou.

Foi o que fizemos, percorrendo em um trote leve os cinco quarteirões até o restaurante, com os olhos atentos para o perigo. Passamos por algumas pessoas que se amontoavam perto das portas ou das vitrines estilhaçadas das lojas. A corrida me deixara quase aquecida quando chegamos ao último cruzamento. O restaurante de sushi do outro lado da rua estava com um buraco grande bem na janela da frente, como se alguém tivesse arremessado um tijolo.

Então eu senti um tremor sob a sola dos meus pés.

– Agachem-se! – Noble sussurrou, e todos nós mergulhamos atrás de uma SUV estacionada. Um Espinho veio rasgando pela rua, esparramando neve para os lados. Tão rápido quanto chegou, sumiu. Nós esperamos mais alguns segundos, escutando com atenção, então nos esgueiramos para a lateral do restaurante.

Passamos pela porta dianteira. Não estava mais quente ali dentro, mas ao menos não ventava. Olivia estava sentada em uma mesa perto do balcão, nos fundos. Fomos até lá e nos sentamos como se fôssemos jantar juntos. O silêncio era bizarro.

– Sobrou alguma comida? – Sofia falou, no lugar de "olá".

Olivia juntou as mãos sobre a mesa.

– Acabou tudo. Só tem uma garrafa de saquê que rolou para baixo de um armário.

– Vamos ao que interessa – Noble disse. – Por que você nos chamou aqui?

– E por que devemos confiar em você? – acrescentei. Ao olhar para ela, eu ainda não podia acreditar que era a garota com quem eu lutara lado a lado na floresta depois que Tycast morrera e a equipe Beta viera atrás de nós. Eu a vi morrer no topo da Key Tower, e mesmo assim lá estava ela, mil anos mais velha; de modo algum era a mesma pessoa que eu havia conhecido.

– Porque eu passei por uma mudança – ela disse. – Talvez eu não queira mais brincar com o destino. Nós fizemos uma bagunça, e achei que esse era o jeito certo de consertá-la, mas é possível que eu tenha perdido a noção. Já que não sei mais qual é a coisa certa a fazer, concluí que talvez isso esteja...

– Errado – Sofia completou para ela.

Parecia bom demais para ser verdade.

– Como você pode nos ajudar? – perguntei.

Ela se permitiu um pequeno sorriso, do jeito que eu me lembrava.

– Nossas forças diminuem a cada segundo. Estamos voltando para casa, por enquanto. Mas vocês têm sobreviventes nesta cidade, que estão preparados para lutar. Não muito tempo atrás, um grupo de prisioneiros foi trazido para esse parque. Homens vestidos de soldados...

– O Kellogg e os homens dele devem estar lá – Peter disse.

– E eles ainda estão vivos? – Sofia perguntou. Os olhos escuros dela se estreitaram.

– Estão – Olivia afirmou.

Meu coração começou a acelerar. Se nós soltássemos esses homens, teríamos uma força militar – pequena, mas ainda assim um grupo de soldados treinados. Eu bem que poderia me apresentar ao mundo com um exército à disposição.

– O que faremos com eles? – Noble indagou. – Nós precisamos da Chave, que provavelmente está em outro universo. Isso significa encontrar o East. Você sabe se ele ainda está vivo?

Olivia assentiu com a cabeça.

– O East alojou a Chave no meio do sistema nervoso central dele. Foi muito engenhoso, devo admitir. Isso quer dizer que, para se usar a Chave, o East precisa permanecer vivo.

– Mas onde ele está? – Noble perguntou. – Na Terra Verdadeira?

– Não. Para que a Chave funcione, ela deve permanecer no universo que está afetando.

Isso significava que...

Olivia sorriu mais uma vez, agora um sorriso mais largo.

– O East ainda está aqui.

23

DEPOIS DISSO, BOLAR UM PLANO PARA SOLTAR O PRISIOneiro não levou muito tempo. Cada um tinha uma tarefa. O meu era arrumar o transporte. Com o colapso da eletricidade, precisávamos ser um pouco criativos. Peter achou que poderíamos fazer um motor a diesel funcionar, mas Noble o desencorajou rapidamente, alegando que ficaria muito barulhento e lento para ser eficaz em uma área cheia de Espinhos e Machados.

Sofia levantou uma dúvida pertinente:

– Vamos supor que a gente consiga a Chave, de alguma maneira. E então? A Escuridão já está aberta.

– Assim que vocês tiverem a Chave – Olivia disse –, só terão que viajar pela Escuridão para chegar a uma sala especial. De lá, vocês poderão começar o processo de remoção da Escuridão. A restauração da eletricidade virá em seguida. Por enquanto, os campos elétricos estão suspensos. Nossos veículos estão protegidos. Esqueçam transmissões por rádio também.

– Talvez possamos passar alguns anos estudando e copiando a tecnologia deles – Peter disse secamente.

Ninguém riu, mas não parecia ser mesmo uma piada.

Nós nos levantamos juntos, e Noble se esticou sobre a mesa para apertar a mão da Olivia.

– Obrigado. Nós precisávamos disso.

– Eu espero que não seja tarde demais – ela disse. – Ainda não sei o que é o certo, mas acho que quebrei coisas o suficiente ao tentar consertá-las.

Do lado de fora não havia Rosas à vista, já que o objetivo deles tinha sido cumprido, mas isso não significava que não estivessem por lá... ou que as pessoas não iriam nos reconhecer como clones.

– Nós precisamos de umas roupas mais discretas – eu lembrei.

– Concordo – Peter disse. – Olhe.

Do outro lado da rua havia uma loja de materiais esportivos, com as janelas já providencialmente estilhaçadas. Dentro, a maior parte das roupas desaparecera, os cabides estavam suspensos como ossos descartados. "Pessoas espertas guardando roupas para o longo inverno", pensei. Ou talvez só quisessem coisas grátis. Mas encontramos roupas o suficiente para todos nós. Sofia pegou uma jaqueta acolchoada grossa e eu achei várias camisetas de manga comprida para vestir uma por cima da outra, além de um cachecol preto grosso, e um macacão à prova d'água que caiu bem em mim. Eu estava mais para alguém que ia andar de trenó do que alguém indo para a guerra. Noble já parecia um cidadão comum, então apenas pegou um chapéu de flanela com proteção para as orelhas.

Peter pôs uma touca rosa de criança com buraquinhos para os olhos.

– Como é que eu estou?

Eu ri e imediatamente me senti mal, porque não era hora para isso. Eu deveria permanecer séria até o fim.

Mas Peter também riu e então jogou a touca em mim. Pensando bem, ele sabia que eu precisava aliviar a tensão.

– Escutem! – Noble gritou.

Do lado de fora havia uma bando de pessoas berrando. Nós nos agachamos nas sombras, atrás das prateleiras, e ouvimos um grupo de ao menos 20 homens marchando pela rua, carregando tochas. Eles definitivamente não eram da Terra Verdadeira. Dois deles se afastaram do grupo e espiaram para dentro da loja. Saíram um momento depois, quando viram que não havia muito o que roubar.

– Animais... – Peter disse.

– Pessoas – Sofia corrigiu.

Eles seguiram marchando em frente, e nenhum Machado apareceu para afugentá-los. Olivia estava certa: o exército deles estava diminuindo. Isso significava que era o fim, acontecendo bem à nossa frente. As pessoas logo estariam devorando umas às outras durante a longa noite.

Eu me esgueirei até a porta. A gangue avistou um homem do outro lado da rua e o cercou, arrancando sua jaqueta e suas blusas. Eles tiraram uma sacola cheia de comidas enlatadas dos braços dele e a arremessaram ao chão. As latas que rolaram foram recolhidas por mãos rápidas e gananciosas e o homem caiu de joelhos, esmagando a neve.

Eu saí para a rua.

– Miranda! – Noble disse, severo. Quando olhei para trás, Peter acenou e fez menção de vir comigo.

– Não. Fique aqui – mandei. – Só quero falar com eles. Se todos nós formos, vai sair briga.

Segui em direção à gangue, de cabeça quente.

A diretora estava certa. Alguém tinha que manter a ordem, ou tudo o que restaria seriam cadáveres.

– Ei! – eu disse, alto o bastante para que o bando me ouvisse. Eu estava com minhas roupas novas, toda coberta por camadas, então ninguém iria me reconhecer como uma Rosa.

Alguns dos rapazes pararam de despir o homem de todas suas posses mundanas e me encararam. Eles alertaram os outros. Captei um sussurro abafado: "Ei, olhe para isso" – e logo o grupo todo estava andando lentamente na minha direção, espalhando-se para me cercar. Aquilo me lembrou muito a maneira como os sem-olhos se moviam, e os pelos da minha nuca até se arrepiaram.

Estava claro quem era o líder: o que estava mais perto de mim, bem no centro. Os olhos dele me examinavam como se eu fosse uma mercadoria.

– Dê suas roupas para nós – o líder exigiu.

– Melhor ainda, vamos levá-la conosco – o mais baixo, ao lado dele, disse.

– Não – o líder retrucou. – Bocas demais para alimentar. Entregue as roupas para nós.

– Você tem dez segundos para devolver as coisas a esse homem, e então vou deixar vocês irem em paz.

Os caras olharam uns para os outros e riram. Quando o líder percebeu que eu não iria entregar minhas roupas, deu um passo à frente, empinando o peito, fazendo o seu melhor para me intimidar. Tudo o que eu via eram alvos.

Eu podia usar meu poder. Podia aterrorizá-los com minha mente, literalmente. Só que eu não queria fazer isso. Não valia a pena precisar de uma injeção extra de memória antes do planejado.

Em vez disso, esperei até que o líder se aproximasse o bastante, então dei um soco direto no nariz dele. Senti ele quebrar sob os nós dos meus dedos, tal qual a casca de uma noz se rompendo. Ele caiu de costas, sem nem tentar se equilibrar, desmaiando no chão. A neve impediu que o crânio dele se rompesse.

– Peguem-no e deem o fora – ordenei aos outros.

Eles não obedeciam. Eu suspirei. Olhei para a loja, onde Peter estava com Noble e Sofia. Os caras vinham na minha direção, mas fiz um breve movimento com a cabeça e eles diminuíram a marcha, sem parar completamente. Era verdade que eu tinha acabado de socar aquele cara, porém ainda era possível resolver na base da conversa. Se não conseguíssemos deter a Escuridão, essas pessoas já passariam maus bocados sem membros quebrados ou feridas abertas.

– Sei que isso é difícil – eu me dirigi ao bando –, mas tentem permanecer humanos. – Um bom conselho para qualquer um, até para mim mesma.

– Nós vamos morrer – um deles disse.

– Então morram com a consciência tranquila – meu cérebro estava esquentando e eu aliviei a pressão com uma onda mínima de medo, apenas o bastante para que eles fossem embora. Eles mantiveram a pose, entretanto se dispersaram como eu havia pedido. Apenas dois caras pensaram em levantar seu velho líder. Eles o carregaram dali, desaparecendo no escuro.

Reuni as latas de comida e as devolvi para o homem, que havia recuperado uma de suas jaquetas. A sacola de compras estava rasgada e úmida, mas, ajeitando um pouco, ainda dava para suportar as latas.

– Onde você conseguiu isso? – perguntei.

– Em uma loja no final da rua. Foi tudo o que sobrou. Por favor, minha família...

– Vá até eles. Fique longe da rua, se puder.

Ele acenou graciosamente com a cabeça, quase em uma reverência, e seguiu pela calçada. Meus olhos o seguiram, avistando mais pontinhos de tochas à distância. Mais gangues, talvez. Mais piratas, ladrões, saqueadores.

– Por que você o ajudou? – Noble perguntou, assim que ele se foi. – Não devemos ficar expostos desse jeito.

– Por que você me ajudou? – Sofia perguntou a ele. – Você também poderia ter continuado andando.

Eu me lembrei da história que a Sofia contara quando percorremos o mercado no mundo dela. Sobre como Noble salvara sua vida. Ela contou do que ele a salvara.

– Isso é apenas o início – Peter disse. – É bom que essa Chave possa restabelecer a energia.

Eu não sabia o que dizer a respeito. Não sabia o que seria do mundo na hora seguinte, no dia seguinte, na semana seguinte. Só sabia que tínhamos que dar nosso melhor.

– Vamos andando – eu falei.

Depois de cinco minutos foi que percebi que uma das pessoas do bando parecia muito, muito familiar.

Um deles se parecia com Albin.

– Acho que estamos sendo vigiados – eu disse.

– Então vamos logo com isso – Noble respondeu.

O escuro nos provia cobertura fácil. Enquanto atravessávamos a cidade rumo ao Oeste, nós mergulhávamos tanto nas trevas que eu só podia ver três metros à frente. Além disso, os contornos cinzentos se tornavam pretos.

Logo chegamos ao parque, e a Verge surgiu da escuridão como a proa de um barco através da neblina. Ou, nesse caso, da neve. Havia alguma atividade ao redor da Verge, com barulho de veículos e silhuetas atarefadas. Nós nos mantivemos a uma distância segura.

Dividimo-nos perto da extremidade oeste do parque, em uma série de rochas enormes que pareciam montanhas no escuro. Ao Sul, eu vi a cerca alta da prisão improvisada onde os soldados do Kellogg, entre muitos outros, estavam detidos. Atrás da cerca, eu só podia distinguir pessoas abraçadas em silêncio, tentando se proteger do frio. Algumas fogueiras estavam acesas dentro do cercado para impedir que os prisioneiros congelassem até a morte. Ao que tudo indicava, Olivia estava dizendo a verdade – ao menos no que dizia respeito àquilo.

Peter, Sofia e Noble seguiram por esse lado. Mas o meu destino estava ao Norte. Peguei a trilha sinuosa de um barranco, então o desci, tateando com as mãos estendidas para não perder a direção. Os galhos roçavam em meu cabelo e raspavam nas roupas. A trilha me levou a um celeiro enorme situado junto ao acesso para a rua. Era um dos estábulos dos cavalos que usavam para as carruagens do Central Park. Sem outro meio de transporte, aquela era nossa única esperança de nos movermos com agilidade, se necessário. Por sorte, eu tinha alguma experiência com cavalos.

Eu me esgueirei até o celeiro escuro, atenta a qualquer movimento ali dentro. Estava completamente silencioso, sem suspiros ou fungadas de animais. Abri a porta e alguém apontou uma espingarda para a minha cara.

24

— O QUE VOCÊ ESTÁ FAZENDO AQUI?

Era a voz de uma mulher. O rosto dela estava escondido nas sombras profundas do celeiro. A espingarda estava perto o bastante para ser agarrada, mas eu não queria que ela disparasse no meio da confusão.

– Preciso de um cavalo – eu disse, confiando que a sinceridade fosse a melhor saída. – Vários cavalos. Nós estamos preparando um contra-ataque.

– Nós quem? – ela perguntou. – Levante as mãos.

Eu as levantei e lentamente dei um passo para trás.

A mulher andou comigo em direção à luz laranja suave de uma fogueira distante. Ela estava usando algum uniforme de funcionária do parque (eu não saberia dizer de que cor era) e um boné de *baseball* sobre o cabelo claro.

– Você é uma deles – ela disse secamente.

– Sou. Mas sou diferente. Caso contrário, você estaria morta.

– Diferente como? – ela quis saber.

– Quanto tempo você tem para ouvir?

Pelo jeito, não muito.

– Vai embora, eu não vou matar você. Mas não vai levar minha comida nem cavalo nenhum.

Ela estava prestes a voltar para dentro do abrigo e fechar a porta. Eu sabia. E então nós teríamos que ficar a pé.

Minhas palavras saíram em tom de súplica:

– Por favor, senhora. Eu não tenho certeza de nada, a não ser que não quero que nosso mundo morra como está morrendo agora. Preciso da sua ajuda. Por favor, me ajude.

Pareceu ter passado um minuto de hesitação. Eu exalava fumacinhas cor de giz, e a mulher também. A ponta da espingarda dela não parava de sacolejar.

– Todos os cavalos estão mortos – ela revelou. – Sobrou só um potro que estou tentando manter vivo. Só ele e eu.

Então ela abaixou a espingarda.

– Mas tenho uma coisa melhor – ela voltou para dentro do celeiro. – Entre.

Eu entrei e esperei até que meus olhos se acostumassem. Tudo continuava escuro. Ouvi o riscar de um fósforo, então uma frágil chama amarela surgiu à direita. A mulher acendeu uma vela.

– Meu nome é Natalie. Qual é o seu?

– Miranda North.

– Prazer em conhecê-la. Venha comigo.

Eu a segui pelas baias abertas do estábulo, a maioria delas vazias. Duas tinham cavalos mortos dentro, com seus corpos duros e congelados sobre o feno desbotado.

– Não foi o frio que os matou – Natalie disse, com voz baixa e firme. – O cuidador se foi quando tudo virou um inferno e eles ficaram sem água.

– Sinto muito – aquela visão me embrulhava o estômago, entretanto uma vozinha cínica dentro de mim disse que ao menos eles não tiveram que sofrer por piores horas/dias/semanas... Afinal, já estavam mortos. De certa forma, era uma sorte.

– Não fique com pena – Natalie disse. – Agora eles não vão mais ficar infelizes com tanto peso no lombo. Eles se foram para o grande pasto no céu, não são mais escravos.

Eu já me sentia triste por ter que deixar Natalie para trás.

Chegamos ao fundo do celeiro, onde o potro se escondia sob uma montanha de cobertores. Algumas velas estavam acesas ao redor dele, dispostas com cuidado para não atearem fogo no feno.

Natalie abriu a porta traseira do celeiro, revelando mais árvores na penumbra e outra forma grande e escura.

– Eu o encontrei ontem à noite – ela continuou. – Parece abandonado, mas não quero tocar nele. Estou com medo de que voltem para buscá-lo.

– O que é? – minha curiosidade ficou atiçada.

– Deixe seus olhos se ajustarem.

Dei um passo para fora e minha vista parou de embaçar com a centelha das velas. De repente pude ver claramente uma silhueta contra as árvores. Estava a apenas poucos metros de distância. Era algo que eu já conhecia bem.

Era um dos Machados da Terra Verdadeira.

– Você sabe como usar isso? – Natalie me perguntou.

– Não. Mas posso aprender bem rápido.

Cheguei perto do Machado e os detalhes ficaram mais nítidos. Estava coberto por uma fina camada de neve.

– Eu já não vejo muitos destes no céu – Natalie comentou. – Antes, eles voavam o tempo todo sobre nossas cabeças.

– Isso é bom.

– Certo, eu lhe fiz um favor. E não explodi sua cabeça

com minha espingarda. Agora me conte o que está acontecendo por aqui. Quero saber do que se trata tudo isto.

Eu me virei para a Natalie.

– Algumas pessoas acham que não merecemos viver. É tudo o que está havendo, acredite em mim.

– Ah. Eles que se danem.

– Você não deveria ficar aqui.

Ela encolheu os ombros.

– Eu não tenho mais para onde ir. Meu prédio não tem água nem aquecimento. Estou vendo gente em todas as ruas levando panelas de neve para derreter. Graças a Deus temos neve – eu me lembrei de desejar que eles invadissem no verão, mas a neve estava salvando vidas. E eu preocupada com meu conforto... – Se você reunir a resistência de que estava falando, talvez eu me junte a vocês.

Uma arma de fogo disparou ao longe, dois tiros, seguidos de uma rajada de disparos automáticos.

– Acho que é melhor você ir – Natalie disse. – Eu não tenho o seguro dessa coisa, então tome cuidado.

Ela me deu um sorriso maroto, que mal pude enxergar no escuro.

Eu apertei a mão dela.

– O mundo vai precisar de gente como você. Fique viva.

Ela inclinou um pouco a espingarda.

– Estou dando meu melhor.

Natalie voltou para o celeiro e se ajoelhou ao lado do potro antes de fechar o portão com a bota. Eu tinha o pressentimento de que nunca mais a veria.

Ao Sul, uma nova fonte de luz alaranjada brilhava. Um fogaréu.

Era a minha deixa.

Cheguei mais perto do Machado, entre os dois motores verticais. A cabine do piloto estava apitando, e uma luz vermelha varreu meu rosto. Ela apitou de novo e a comporta se abriu, deslizando para fora. Havia alguns benefícios em ter um rosto como o meu.

Eu me sentei no assento dianteiro, atrás dos controles. Havia um assento ao lado do meu e dois atrás. Perfeito. A disposição do Machado era parecida com a do Espinho. Agarrei o manche, e o painel de controle se acendeu com um zumbido. A comporta deslizou de volta ao lugar, protegendo-me enfim daquele ar gelado mortal. Estava tão quente lá dentro que eu gostaria de apenas ficar ali e aproveitar, mas isso não seria possível. Levei mais alguns minutos olhando para os controles relativamente simples. Não havia pedais, e o manche podia ser puxado ou empurrado para qualquer direção, inclusive para cima e para baixo.

– Por favor, funcione – eu disse, então apertei o botão amarelo do painel. O Machado começou a subir imediatamente, com os quatro motores girando e brilhando com uma luz suave amarela. Ele se ergueu a uns 30 centímetros do chão, perfeitamente estável. Um mapa no console brilhou com uma luzinha azul, mostrando Manhattan inteira e a maior parte do Brooklyn. Dois pontinhos apareceram no mapa, um Machado perto de Wall Street e outro no Harlem.

Era hora de descobrir o que o manche fazia. Eu o puxei, e senti um frio na barriga quando o Machado disparou para o alto, com os motores silvando. De repente, avistei fogo na extremidade sul do parque, ao lado dos escombros do Time Warner Center.

Parei por um segundo, olhando para todas as direções.

O rádio ligou e uma voz surgiu na cabine.

– Informe seu número – uma Olivia exigiu. O Machado no Harlem se iluminava no mapa enquanto ela falava.

– M-96 – eu disse.

– Graças a Deus – o outro Machado transmitiu. Era um Rhys. – Mais uma que foi deixada para trás – o tom dele era tão parecido com o do meu Rhys que eu cheguei a sorrir. Mas o sorriso sumiu do meu rosto um segundo depois.

– Você consegue acreditar? – a Olivia indagou. – Isso dever ser nossa punição por alguma coisa.

– Não posso acreditar – eu disse. E era verdade.

Não falei mais nada, nem eles, então apenas empurrei o manche lentamente para a frente, e o Machado se moveu rumo ao campo de prisioneiros. No segundo seguinte eu já estava lá, e tive que recuar o manche porque bati de maneira desajeitada contra a cerca. O chão do Machado era transparente por dentro, então eu podia ver as pessoas fugindo de mim lá embaixo.

Assim que me posicionei ao lado certo da cerca, desci, com cuidado para evitar as árvores à minha volta. Parei alguns metros acima do solo, então empurrei o manche para a frente, lentamente, batendo contra a cerca. Houve uma pequena resistência, mas então a cerca guinchou e se dobrou como uma folha de papel.

O que aconteceu em seguida foi muito rápido. Os prisioneiros não precisaram de ordens para saber o que fazer. Eu recuei o Machado, e logo o buraco da cerca estava cheio de gente. Eles dispararam através da abertura, correndo tão rápido quanto podiam. Muitos deles se perderam imediatamente no escuro. Meus olhos passavam por eles, procurando por um grupo específico. Os soldados estariam juntos, mantendo a ordem, não importando o que acontecesse. Fiz o

Machado descer a uma distância segura, então abri a cabine. Foi quando eu o vi.

– Kellogg! – gritei.

Ele se voltou para mim, então me cercou com seus homens, do mesmo jeito que a gangue de rua fizera pouco tempo antes.

Ergui minhas mãos, com as palmas abertas.

– Sou eu. É a Miranda. Eu que abri o portão.

– Eu vi – ele disse. – Qual é o seu plano?

– Primeiro, ficarmos seguros. Depois, formar a resistência. Então, recuperar o East.

– Você pode ser mais específica?

– No momento, não. Mas nós sabemos que o East está na Verge e precisamos resgatá-lo. Eu esperava que vocês pudessem nos ajudar.

– Acho que podemos bolar alguma coisa. Só que primeiro precisamos cuidar de nossa segurança, como você disse. Vamos pegar os túneis e seguir para o Norte, o máximo que pudermos, para nos reagruparmos.

– E quanto às aranhas? – perguntei. Os homens do Kellogg já estavam saindo, passando pelas árvores próximas. Eu não sabia como ficaríamos juntos nos escuro, mas talvez fosse melhor assim.

– Vamos matar qualquer uma que aparecer pela frente. Temos armas escondidas que vão nos ajudar nisso. Ajude-me a recuperá-las.

– Vou te dar uma carona – eu disse. – Porém primeiro preciso encontrar meus amigos.

Ele acenou com a cabeça, então entrou no Machado e se acomodou no banco do passageiro. O fogo ao Sul estava ardendo forte – era uma distração causada pelo Peter, pela Sofia e pelo Noble –, mas eu não sabia ao certo quantos

Rosas haviam sobrado para termos que distrair. O mundo estava livre, livre para viver ou morrer com nossos próprios esforços. Nós só tínhamos que garantir que ele vivesse.

Partimos enquanto as pessoas continuavam a escapar do campo de prisioneiros, então voamos para o Upper West Side, tão baixo quanto possível. De acordo com o mapa, os outros Machados ainda estavam nas mesmas áreas de antes. Ao perceber que eu me dirigia para o Norte, o Rhys disse:

– Noventa e seis, o que você está fazendo? Não recebeu o último informe sobre o incêndio?

– Vou checar de perto – respondi, esperando que aquilo me fizesse ganhar um pouco de tempo. Desliguei o comunicador para que não pudessem me ouvir, então levei o Machado para o local de encontro, perto do Lincoln Center, logo ao Norte do que costumava ser o Time Warner Center.

A propulsão do motor dianteiro esquerdo fez capotar um desses carros compactos que nem parecem carros de verdade.

– Ops!

– Motoristas adolescentes – Kellogg disse, em tom de troça. Ele perscrutou a área, procurando por algum sinal de movimento. – Nós estamos dando bandeira. Eles vão perceber que você não está checando coisa alguma.

– Eu não vou abandonar minha equipe. Vamos torcer para que os Machados não possam abandonar seus postos.

– Você é teimosa como uma porta – ele disse.

– Não sei se as portas são tão teimosas.

Kellogg suspirou, mas não insistiu.

Levou dez minutos até que minha equipe aparecesse. Eles se aproximaram com cautela, agachando-se atrás dos carros.

– Sou eu! – chamei. Assim que me viram com Kellogg, saíram de trás dos carros e vieram correndo.

– Belo transporte – Sofia disse, chegando até a sorrir.

Peter também sorriu.

– Eu quero ir na janelinha.

Noble não queria perder tempo.

– O campo de prisioneiros já foi evacuado. Os Rosas da equipe terrestre foram investigar o incêndio, como planejado, porém não devem estar muito longe. Precisamos ir andando.

– O Kellogg me contou sobre um esconderijo com armas, não muito longe daqui – eu disse.

– Isso mesmo. A prioridade é nos armarmos – Kellogg confirmou.

– Nós vamos precisar disso, sem dúvida – Noble falou, indo para a parte de trás do Machado. – Mas também vamos precisar de ajuda – ele abriu um painel da parte de trás, que se revelou um compartimento de estoque. Dentro, havia seis AIRs alinhadas com zelo. – Já que são armas reservas, estas não devem estar codificadas de acordo com o traje de ninguém.

Então ouvi um som familiar – um Machado se aproximando. Agarrei a primeira AIR e ajustei o marcador para dez. Então apontei para o céu. Dois segundos depois, o Machado veio de trás de um prédio de 50 andares e diminuiu a velocidade.

O Machado estava apenas pairando quando a voz do Rhys surgiu de um alto-falante:

– Ajoelhem-se e coloquem suas mãos em cima do...

Eu disparei com a AIR e o Machado explodiu. Em um segundo ele estava ali, no instante seguinte era uma bola laranja e preta de fogo, mergulhando rápido para a rua. Um dos motores ainda estava girando e se soltou, atravessando desgovernado a janela de alguém. O resto do Machado se chocou contra o chão.

Todos os outros pegaram uma AIR, inclusive Kellogg, restando apenas uma no compartimento.

– Eu vou reagrupar meus homens no esconderijo – Kellogg disse. – Depois disso, vamos passar pelos túneis do metrô rumo ao Norte. Sei que meu apartamento em Washington Heights tem geradores e que o zelador vai cuidar bem do combustível. Podemos ir para lá e bolar um plano sólido.

– E quanto a todas as pessoas que soltamos? – perguntei. – Nós não podemos apenas deixá-las vagando pelo frio.

– Isso é exatamente o que todo mundo está fazendo. Muitos deles vão para casa. Assim que eu estiver com meus homens, vamos persuadir todos que quiserem a seguir conosco para o Norte. Vamos precisar de mais homens do que os que já tenho se vamos partir para algum ataque. E eles estarão mais seguros conosco.

– Afinal, as pessoas estavam bem seguras na Penn Station – Sofia provocou.

Os lábios de Kellogg tremeram.

– E de quem foi a culpa? Eles sabiam onde estávamos por causa de *vocês*.

– Não culpe a todos nós... – ela não insistiu, mas deixou implícito que a culpa era apenas minha. Ela não estava errada. – Mas nós não acabamos de resgatar vocês?

– Um resgate de verdade supõe segurança depois da fuga – Kellogg disse. – 190th Street, Oeste, número 804. É um esconderijo. Estejam lá.

Acabamos combinando que Noble e Sofia iriam com Kellogg para ajudá-lo, e eu iria com Peter no Machado. Soava como um plano decente e o Machado certamente viria a calhar. Mas todos os bons sentimentos desapareceram assim que olhei para o painel.

O mapa mostrava 20 Machados voando. Todos eles convergindo para a nossa localização.

25

— ESSES PONTINHOS NA TELA SÃO RUINS, NÃO SÃO? – Peter perguntou.

– Esperem – eu disse. A comporta se fechou e seguimos voando, dobrando a esquina e rumando para o Norte, na Broadway. Os outros Machados estavam a uma distância de segundos. Eles estavam acostumados a voar naquilo, eu não. E eu ainda estava em número extremamente menor, então só havia uma avenida para onde escapar. Uma que talvez parecesse loucura demais para nossos perseguidores. Ganhei altura, levantando a nave até o décimo ou décimo primeiro andar dos prédios ao redor.

– Miranda, eu não acho que... Olhe!

Dois Machados estavam contornando a esquina no final da rua. Eles estavam vindo até nós.

– Vire! – Peter gritou, mas não dava tempo. Eles iam nos caçar e atirar em nós. Girei o Machado em um ângulo reto, até ficar de frente para a janela de um prédio empresarial. Empurrei o manche para a frente e nós atravessamos o vidro prédio adentro. O brilho dos meus motores revelou escrivaninhas, cadeiras e filas de cubículos, todos imediatamente esmagados sob o Machado. Algumas coisas pegavam fogo enquanto passávamos.

– Eles estão nos seguindo?

Peter conferiu.

– São muitos escombros para afirmar, mas provavelmente sim!

Arrebentamos a outra extremidade do prédio até atravessá-la, então virei bruscamente para a esquerda e desci com tudo, voltando para a rua. Uma olhada rápida no mapa mostrou que eu os confundira brevemente, o que esperava ser o suficiente para meu próximo passo. Precisava ser suficiente.

Apontei no mapa em tempo real.

– Eu preciso que você descubra como desligar o localizador, ou seja lá o que estiver mostrando a eles onde estamos.

– Pode deixar comigo – Peter respondeu e começou a mexer nos controles.

Fiz o Machado descer mais e voar rente à avenida, então passei para uma ruazinha lateral. Em seguida, mais uma avenida, até o quarteirão seguinte. Eu estava fazendo um zigue-zague constante. Não podia me arriscar a ficar no campo de visão deles novamente.

Peter pareceu descobrir rapidamente e apagou nosso pontinho do mapa.

– Como você fez isso?

Ele encolheu os ombros.

– Sorte. Espero que a sua ideia seja muito boa.

– Eu também – eu disse.

No mapa, um Machado estava se aproximando pela esquina adiante, prestes a nos interceptar, então virei bruscamente à direita na avenida seguinte, mantendo voo baixo, mas acelerando ao máximo. Os quatro motores gemeram mais alto, brilharam mais forte, e nós disparamos para a frente, quarteirão após quarteirão. Bem quando o Machado atrás da gente estava prestes a aparecer, guinei para outra rua, quase batendo no topo de um caminhão abandonado.

Não demorou muito até que chegássemos à West Side Highway, no sentido norte, sobrevoando carros retorcidos por toda a pista. As torres mecânicas deixadas pela Terra Verdadeira ainda se encontravam no meio da estrada, entre os veículos espalhados, mas dessa vez estavam apagadas. Não haveria mais ataques pelo rio, ao menos não por parte de algo que precisasse de eletricidade. E sem maneira de se comunicar, qualquer equipe de solo demoraria para chegar.

– Acho que você os despistou – Peter falou, de olho no mapa. Isso não me fez diminuir a velocidade. Os prédios passavam zunindo pela direita. Logo estaríamos na extremidade norte da ilha. – Pode ter um segundo localizador escondido. É melhor aterrissarmos um pouco longe, para o caso de ainda poderem nos alcançar.

Saí da avenida e pousei a sudeste da ponte George Washington. Assim que cheguei ao chão, desliguei os motores imediatamente (eles pareceram agradecidos pelo descanso, depois de estalarem numa trepidação agonizante por quatro notas). Depois abri a comporta e vasculhei a área. Qualquer cidadão que tivesse nos visto poderia juntar um bando e nos forçar a nos defendermos. Mas a barra parecia limpa.

Saltamos do Machado. Peter estava com a última AIR nas costas. O Machado parecia ter passado por um moedor de carne.

Algumas quadras depois, chegamos à 181st Street. O bairro de Washington Heights tinha uma densidade de ocupação bem menor que a área central; era repleto de prédios menores, todos da mesma cor – um tijolo marrom encardido. Chamas ardiam na rua, a maior parte delas em carros. Ao contrário de outras regiões da cidade, as pessoas estavam do lado de fora. Não estavam com o sentimento de pânico que eu imaginara. Uma das pequenas mercearias ainda estava aberta, iluminada por tochas e protegida por homens armados. Cheguei mais perto e vi uma dúzia ou mais de policiais com equipamentos de batalhão de choque. Havia uma fila de pessoas esperando pela porção de comida. Aquela visão de ordem sendo mantida não era o suficiente para me dar esperança, mas me pareceu bom sinal.

Continuamos a andar para o Norte, na direção do prédio do Kellogg, protegidos por nossos disfarces. Um homem começou a nos seguir, mas então viu a AIR que eu estava portando e decidiu que errara o caminho.

– Enfim sós – Peter disse, e nós dois paramos ao mesmo tempo, olhando um para o outro no escuro. Ele me beijou, firme e rápido, com a AIR entre nós, que pressionava minha mão ferida, mas eu não me importei. Eu o beijei de volta com a mesma intensidade. Passei um braço ao redor do pescoço dele e sua mão apertou minhas costas, mantendo-nos bem juntos, sem nem um centímetro de espaço.

Pensei na promessa que fizera antes de matar os sem-olhos. Estávamos nos chuveiros da nossa velha escola, com apenas uma porta entre nós, e eu prometi que iríamos conversar quando o caos passasse. A promessa era uma mentira na época, pois eu já sabia que iria morrer. Mas eis que eu estava ali, com uma segunda chance que não merecia.

Dessa vez eu queria cumprir minha promessa.

– Eu gosto de beijar você – ele disse.

– Então me beije.

Ele inclinou a cabeça para o lado, apenas um pouco, e pude ver o branco dos dentes dele no escuro enquanto ele sorria. Então ele me beijou novamente.

– Eu queria parar de lutar – eu disse, sem descolar os lábios.

– Nós vamos, em breve. Só mais um pouco. Só temos que lutar mais um pouco.

Eu sabia que ainda havia muito por fazer, muitas respostas a encontrar, muitas coisas incertas. Mas dei ouvidos a ele mesmo assim e continuamos andando. De mãos dadas. E, por cinco segundos, pensei que tudo poderia acabar bem. Contudo, aqueles cinco segundos não poderiam fechar o buraco negro que eu sentia por dentro.

Passamos por uma loja de vinhos, que eu sabia que estava vazia antes de olhar para dentro. Eu imaginava as pessoas no interior de seus apartamentos gelados bebendo até morrer, ou apenas para se aquecerem. Em um dos lados da loja havia um mural colorido com personagens de desenhos atravessando a rua, com a inscrição ALL YOU NEED IS LOVE dos Beatles sobre eles, em letras rechonchudas. Como eu gostaria que fosse simples assim...

Quando chegamos ao prédio do Kellogg, havia um homem no saguão para nos receber.

Com uma espingarda.

Ele a ergueu em nossa direção. Nós empunhávamos as AIRs sem apontá-las, com os canos virados para o chão.

– Estamos aqui para encontrar o Kellogg – eu disse. – Ele nos enviou. Ele está a caminho?

– O soldado? – o cara perguntou. Ele vestia uma jaqueta azul e tinha óculos meio de *hipsters*, com aros grandes pretos, e um belo cachecol estilizado. Era esquisito vê-lo com a espingarda nas mãos. Como fora com a Natalie, o cano da espingarda dele não parava quieto. Algumas pessoas não deveriam andar com armas.

– Por favor, cuidado para não atirar em nós por acidente – Peter pediu. – Percebeu como viemos? Em paz e numa boa? Nós estamos do seu lado.

– É mesmo? – o homem perguntou.

– Qual é o apartamento do Kellogg? – eu quis saber.

– Não sei. 2H ou 2G, algo assim.

– Será que podemos entrar? – dei um passo à frente, lentamente, passando, também lentamente, os dedos pelo cano da espingarda dele, então a joguei no chão, sempre lentamente. O lábio inferior do homem estava tremendo.

– Eu estou na vigilância por mais uma hora – ele disse. Eu não tinha certeza se aquilo era um sim ou um não.

– E se apenas ficarmos aqui com você? – propus. – Podemos esperar aqui pelo Kellogg – ao menos no saguão estaríamos protegidos do vento.

Depois de um momento, ele concordou.

– Isso está bem, eu acho – depois, ele disse: – Minha esposa morreu.

– Sinto muito – falei, porque não sabia mais o que dizer.

– Eu estava na rua atrás de comida e alguém invadiu nosso apartamento. Na semana passada, eu ia sair para comprar mais comida, em vez de só pedir para entregar. Nós havíamos discutido sobre isso, sobre quanto dinheiro estávamos gastando em *delivery*.

Assenti com a cabeça, como se soubesse do que ele estava falando. Havia algum jeito de fazer alguém se sentir melhor nessa situação? Provavelmente não. E menos ainda diante de rostos como o meu e o do Peter.

– Eu a encontrei morta no banheiro, meio enrolada na cortina do chuveiro.

– Sinto muito – repeti.

– Mas um deles deixou cair esta carteira. Eu sabia quem ele era – ele inclinou a espingarda, como se aquilo explicasse tudo, e de certa forma explicava.

Ninguém mais falou. Nós nos acomodamos no chão de frente para a porta, com nossas armas no colo. Peter repousou a cabeça no meu ombro e eu repousei a minha na dele. De alguma maneira, seu cabelo ainda cheirava bem. Eu me perguntava o que ele iria fazer se chegasse em casa e me encontrasse assassinada no chão do banheiro. Cheguei a ficar com pena das pessoas imaginárias que teriam me matado.

○○○

Depois do que pareceram horas, enfim Kellogg apareceu, à frente de cerca de cem pessoas.

Kellogg cumprimentou o homem.

– Zacarias – ele disse. Eu nunca pensei em perguntar o nome daquele homem.

– Quem são todas essas pessoas? – Zacarias perguntou, claramente infeliz ao vê-las.

– Sobreviventes. Inclusive a maior parte do meu batalhão.

– Não podemos alimentá-los. O prédio tem comida suficiente para alguns dias. E isso com rações bem reduzidas. Você sabe disso, não é?

– Sim. Vamos pensar em alguma coisa.

– Você vai invadir outro prédio com seus soldados e suas armas? – os olhos dele se encheram de lágrimas. Ele estava pensando em sua mulher, sem dúvida.

Kellogg não desviou o olhar.

– Não. Não vou. Eu disse que vamos pensar em alguma coisa – ele abriu a porta para o saguão e as pessoas começaram a formar fila para entrar. Um dos soldados se aproximou e Kellogg ordenou: – Acenda uma fogueira no pátio interno. Ali não vai chamar a atenção.

– Essas pessoas estão com fome – o soldado disse.

– Passaram-se quatro dias. Eles ainda não sabem o que é fome de verdade.

Então Noble e Sofia apareceram cambaleando com o resto da pequena multidão. Eles sorriram para mim e para o Peter, e eu abracei os dois ao mesmo tempo.

– Fizeram boa viagem? – Noble perguntou.

– Já tivemos piores – respondi. – E vocês?

– Aranhas – Sofia disse, estremecendo ou de frio ou com a lembrança. – Nós gastamos muita munição, mas tivemos apenas dois incidentes.

Naquela noite, nos reunimos no pátio ao redor da fogueira, que ficou mais alta que qualquer um ali. As pessoas se amontoaram, ninguém falou muito. Um ou outro reclamou que estava com fome. A luz das chamas, tremulando na escuridão do ambiente, escondia bem meu rosto e o do Peter. As pessoas que chegavam a nos reconhecer olhavam feio, mas presumi que Kellogg informara a todos sobre quem nós éramos e por que estávamos ali.

A noite prosseguiu e não foi tão ruim. Um cara começou a contar piadas sujas e as pessoas riram. Vi duas crianças brincando com carrinhos, juntando neve para criar ladeiras.

Então avistei Albin ao lado da fogueira. Engasguei, e ele pôs um dedo nos lábios. Olhei para os rostos ao redor dele, mas ninguém parecia enxergá-lo. Ele estava escondido na mente deles.

– Encontre-me no parque ao lado – ele falou. – Venha sozinha, ou todo mundo morre.

Eu pisquei e ele desapareceu.

26

TENTEI NÃO PARECER ESPANTADA, MAS PETER DEVE TER notado alguma mudança no meu rosto.

– O que foi? – ele perguntou.

Apenas sacudi a cabeça.

Eu me levantei, espantando a dureza das minhas juntas geladas. Me espreguicei, tentando parecer casual, mas meus olhos estavam vasculhando as sombras em busca do Albin, mesmo sabendo que eu não iria encontrá-lo ali.

– Aonde você vai? – Peter perguntou.

– Não confia em mim?

– Sim – o olhar no rosto dele dizia o contrário.

– Se eu não voltar em 15 minutos, retire todo mundo daqui.

– Miranda, o que foi?

Ele tentou se levantar, mas eu segurei seu ombro com minha mão.

– Confie em mim.

– Está bem, mas não vá longe.

– Fique tranquilo – pedi.

Deixei para trás a luz da fogueira e segui para o saguão friorento. As pessoas haviam acendido velas ali, o que parecia bom, mas estavam usando mais do que deveriam. Se falhássemos, elas iriam lamentar a falta de cautela com a quantidade de velas acesas.

Os guardas na porta principal olharam para mim com ar de interrogação.

– O Kellogg quer que eu faça uma breve patrulha – informei, o que pareceu convincente para eles.

Pus os pés no frio novamente e puxei a AIR das costas. As poucas pessoas na rua ficaram a uma distância razoável. Um homem levando seu cachorro para passear acenou para mim com a cabeça e eu ergui a mão e disse:

– Não sou uma deles.

Ele apenas se apressou a se afastar com seu cão.

Três homens do outro lado da rua se agruparam atrás de um caminhão e pude ouvi-los murmurando e apontando. Eu me pus a correr, ignorando o ar gelado cortante nos pulmões. Os homens estavam me seguindo, mas sem muito empenho. A rua terminava em uma rotatória com algumas árvores desfolhadas no meio. Contornei e vi a entrada para o parque logo adiante.

E bem ali, em pé, estava um homem vestido com um traje blindado cor de ameixa. Albin olhou fundo nos meus olhos por um momento, então me deu as costas e correu para o parque.

– Ei, qual é? – gritei. Não poderíamos conversar ali na ponta? Eu tinha que segui-lo para o meio do parque?

A parte cautelosa da minha mente pensou que poderia ser uma armadilha, mas a intuitiva sabia que isso não faria sentido. Se a Terra Verdadeira sabia onde estávamos, poderia simplesmente mandar um Machado jogar uma bomba em todos nós. Além disso, Albin só chamara a mim, quando

Peter também poderia ser valioso para eles. Pensei que devia ser algo diferente.

Fui atrás dele, correndo um pouco e conferindo possíveis movimentos à esquerda e à direita. Cheguei a apontar a AIR para um esquilo preto que subia em uma árvore, depois me virei bruscamente ao ouvir algumas folhas secas farfalhando em um monte de neve. De alguma maneira, estava mais iluminado ali, com luz artificial. Eu podia ver as árvores ao redor e os galhos desfolhados sacudindo para a frente e para trás.

"É uma ilusão." Albin estava me deixando ver para que eu o seguisse. Acima, o céu ainda era pura escuridão, um céu noturno sem estrelas ou luar.

Entrei ainda mais fundo no parque. Atrás de mim, um muro de escuridão estava sendo preenchido enquanto eu passava, uma camada escura empurrando-me adiante.

– Já fomos longe o bastante – eu disse.

"Não, ainda não", Albin respondeu, em minha mente.

Ouvi o som do vento soprando, e atrás de mim a parede de escuridão se moveu mais rápido que antes. Eu me pus a correr mais depressa, subi uma escadaria e passei por um teatro de ópera ao ar livre, em um penhasco com vista para o rio Hudson. Atravessei correndo grandes pedras que cobriam o chão, mas então alguma coisa invisível e sólida me atingiu na coxa. Tombei de lado. Minhas mãos bateram em algo, mas agarraram a coisa que me fez tropeçar. Peguei alguma coisa no ar, que parecia com uma parede rochosa, e de repente vi que meus pés estavam balançando sobre o nada. E minha AIR já era.

A escuridão cedeu lugar novamente à luz, com Albin acima de mim enquanto eu balançava sobre um lado do penhasco.

Agora era tão óbvio que eu poderia rir. Ou chorar. Em vez disso, olhei para cima, para ele. Ele me enganara mais uma vez com uma ilusão. Eu pensava que estava longe da beira do penhasco, mas não estava. A parede rochosa, que parecia estar a três metros de distância, na verdade estava na minha frente.

Albin exibiu um sorriso perfeito para mim, de cima para baixo. Perfeito ao menos na forma, pois não parecia nada genuíno. Mas seus olhos cor de mel estavam quentes, como antes.

– Você compreende que estou fazendo isso apenas para minha proteção – ele disse. – A arma era perigosa demais para você portar enquanto conversamos.

– Eu precisava daquilo, seu idiota. Você tem mais. E eu não confio em você.

– Então nós já temos algo em comum.

Ele respirou profundamente, então olhou em volta para a pequena clareira sobre o rio.

– Se eu ajudá-la a subir, você confiará em mim? – ele perguntou.

– Eu vim até aqui, não vim? Sozinha.

– Um simples *sim* ou *não* seria suficiente.

– Em vez disso, vamos considerar uma trégua.

Ele agarrou meu punho e me ergueu com uma força considerável. Firmei minhas pernas em terra sólida novamente.

Nós ficamos a uma distância segura um do outro.

– Você é forte – ele disse.

– Obrigada.

– É por isso que vim até você. A garota que passou por tanta coisa. Já passou por várias vidas. Eu sei o quanto você está disposta a se arriscar.

Minha bochecha formigou quando pensei nos ferimentos que ele me causara.

– Você parece melhor da doença.

Ele fungou, como um reflexo, e tossiu até cuspir uma sobra de catarro do pulmão.

– Estou me recuperando. Vim de um mundo que não tem doenças. É embaraçoso para mim não estar preparado para este lugar.

– O que você é, algum tipo de robô?

Ele chegou a rir.

– Não. Bem, partes de mim não são biológicas, mas eu lhe garanto que sou quase completamente orgânico. Vim de um mundo completamente separado da sua linha de tempo, ou melhor, uma que tomou outro rumo há muito tempo. Você pode dizer que meu mundo é um rival da Terra Verdadeira, duas sociedades tentando provar o quanto são totalmente *perfeitas*.

– Mas vocês trabalham juntos...

– Não exatamente. Um dos líderes do meu mundo gostou do que a diretora da Terra Verdadeira estava fazendo e tentou ajudar. Venha andando comigo.

Ele começou a se dirigir para a outra ponta da clareira, porém eu não saí do lugar.

– Como eu posso confiar em qualquer coisa que você me diz? – perguntei.

Ele se virou, com a sobrancelha franzida em uma expressão furiosa.

– Você não percebe? Só está aqui por minha causa. Você acha mesmo que a diretora iria mesmo deixá-la ir, que a deixaria continuar resistindo? Escondi dela o seu encontro com a Olivia, dando tempo para você escapar. A diretora ficou desapontada e surpresa quando você não apareceu na Verge. Só que agora ela voltou a ficar com raiva.

– Por que você mudou de ideia e resolveu me ajudar? – se eu pudesse confiar nele, precisaria da sua ajuda. Mas eu jamais poderia esquecer a participação dele na morte do Rhys. Jamais.

– Porque a diretora mentiu para mim e para meu povo. Vim aqui pois pensei que iríamos destruir seu mundo completamente. Pensei que esse era mais um mundo errante que poderia um dia se tornar uma ameaça para todos os outros. Então eu descobri que não, que este é o passado da Terra Verdadeira, e que eles não tinham intenção de destruí-lo. Quando descobri a mentira, informei aos meus superiores e recebi ordens para deter a diretora. Meus objetivos agora estão alinhados com os seus. Nós só nos aliamos à Terra Verdadeira quando convém a *nós*.

Aquilo deveria ser uma boa notícia, entretanto, revirou meu estômago. Que lógica diabólica.

– É simples assim, é? Você não viu problema antes em nos destruir, mas agora que sabe que nos enfraquecer é ajudar a Terra Verdadeira, está contra.

– Essencialmente, sim – ele disse. – No início desta missão pensamos que poderia haver paz entre nós, contudo, como o nome sugere, só pode haver *uma* terra verdadeira. A diretora mentiu porque queria nossa Chave, que emprestamos a ela, apesar de não ser a melhor política para nós. E então ela a perdeu para uma de suas criações, esse tal de East. Agora não queremos que a Chave fique com ela.

Comecei a andar ao lado dele. Tomei a decisão de confiar nele. Nós percorremos a trilha ladeira abaixo, um ao lado do outro.

– Você está com frio – ele disse, com uma gentileza que soava falsa demais, como se estivesse forçando.

– Estou bem.

Mas então eu pisquei, e o mundo gelado e morto de Nova York se transformou em um dia de verão. As árvores tinham folhas, eu sentia uma brisa suave e os pássaros cantavam à nossa volta. Eu podia sentir o cheiro das flores e da grama fresca. E o ar no meu rosto estava quente. Quase não me importava o fato de não ser real.

– Como você faz isso?

– Meu mundo criou guerreiros, como os Rosas da Terra Verdadeira. Mas tentamos não apavorar nossos inimigos para subjugá-los.

– Apenas enganá-los.

Ele acenou com a cabeça, afinal não havia como negar. Então passamos pelo nosso primeiro corpo, um homem de meia-idade encolhido, congelado e petrificado. Parecia algo deslocado no meio da ilusão. Albin não se dera ao trabalho de escondê-lo.

– Então a Chave conduz a uma sala...

– Sim, nós criamos uma sala onde a Escuridão pode ser controlada. Onde ela pode ser usada como arma.

– Se você é tão poderoso, a ponto de poder enganar a diretora, por que não faz isso?

– Eu preciso seguir regras que impedem essa interferência. Existem outros mundos nos observando o tempo todo. O multiverso é maior do que você pode imaginar, com linhas do tempo quase infinitas.

– O que você quer que eu faça assim que estiver com a Chave?

– Só há uma coisa que você pode fazer, não é? Se você remover a Escuridão do seu mundo, a energia será restaurada e tudo será recuperado. Mas depois que a Escuridão já foi aberta como foi, não dá para voltar atrás. Ela está dispersa e precisa ocupar um outro mundo. Imagine furar uma lata de refrigerante e tentar colocar o líquido de volta para dentro. Não daria certo.

– Então precisaria ir para algum lugar. Para onde?

Ele parou de andar. Eu também.

– Você sabe para onde tem de ir.

Terra Verdadeira.

Ele pegou uma flor que crescia ao lado de seu pé e a segurou entre nós dois, enquanto a examinava.

Minha garganta estava apertada. Eu engoli em seco e ela ficou ainda mais apertada.

– Então você quer que eu destrua o mundo deles. *Nosso* futuro.

– Creio que, neste ponto, você só pode escolher entre viver uma escuridão eterna agora ou mais tarde. Parece melhor lidar com o problema daqui a mil anos, o que você acha? E, quem sabe, talvez em mil anos seu mundo encontre uma solução antes que aconteça.

Ele deixou a flor cair e ela desapareceu antes de chegar ao chão. Assim como o resto da ilusão. O frio me atingiu de uma vez só e eu comecei a tremer, apesar do meu traje e das minhas roupas.

– Acho que bem no fundo você sabia o tempo todo que a escolha seria essa. O que você está disposta a fazer, o quanto você pode se tornar *terrível* para salvar seu mundo?

Meus dentes estavam batendo com o frio.

– Você não se importa conosco. Nós não somos nada para você. Apenas animais.

– É verdade. Mas eu vejo que vocês também não são nada uns para os outros. Tudo depende da perspectiva.

– Algo me diz que você está com medo demais para fazer o trabalho por conta própria.

– Impressão sua – ele disse.

Voltamos para a rua do prédio do Kellogg, onde eu teria que fazer uma escolha.

– Mesmo que eu consiga a Chave e faça o que você quer (e não estou dizendo que vou fazer), que garantia eu tenho que outra Terra Verdadeira não vai aparecer e se tornar uma ameaça para nós novamente? Ou mesmo o *seu* mundo, sobre o qual eu não sei quase nada.

Ele ficou em silêncio por um momento.

– *A Sala Escura* – ele disse assim: a Sala Escura – faz mais do que apenas direcionar o fluxo da Escuridão.

– Me conte.

– Na Sala Escura, uma pessoa poderia envenenar a Escuridão para sempre. Pode-se fazer com que ninguém mais consiga percorrê-la e sobreviver em hipótese alguma.

27

– VOCÊ PERMITIRIA QUE EU FIZESSE ISSO?

– Sim.

A ideia soava perfeita. Finalmente ser deixada em paz e existir da maneira que deveríamos. Entretanto, se destruíssemos a nós mesmos no futuro, a responsabilidade seria nossa. Era uma escolha decisiva. Seria a coisa certa?

Albin pareceu sentir minha hesitação.

– Escute. Apenas uma parte da Escuridão foi aberta em seu mundo. Você pode transferir essa parte de volta. Não vai destruir a Terra Verdadeira, mas vai mergulhá-la nas mesmas trevas. Você vai sentenciar muitos à morte, mas outros tantos irão viver.

– Por que não podemos enviá-la para um mundo vazio, algum lugar que já esteja destruído? Eu não quero destruir nosso futuro. *Não posso*.

– A Escuridão só pode retornar para sua fonte de origem. Levar uma parte da Escuridão para um outro universo seria um processo completamente diferente e não teria efeito algum em seu mundo. Você apenas estragaria o dia de mais alguém, sem resolver o seu.

– Mas a diretora disse que iria remover a Escuridão dentro de algumas semanas... Com certeza ela não iria levá--la de volta para a Terra Verdadeira.

– Então talvez ela estivesse pensando em enviá-la para um futuro ainda mais distante. Mas terá de permanecer no mundo que vocês compartilham, dentro de sua linha do tempo.

Ele me olhou nos olhos. Eu parei de andar.

– Estou contando a verdade quando digo que não me importo com seu futuro. Desde que não seja mais uma ameaça ao meu mundo, a solução não faz diferença alguma para mim. Não se trata de vingança. É algo prático. É uma maneira de acabar com uma ameaça sem levar a culpa por parte dos infinitos universos que nos vigiam.

Por algum motivo, acreditei nele. Era horripilante, mas eu conseguia entender suas razões.

– Então, se eu envenenar a Escuridão e torná-la impossível de percorrer, vou deixar o futuro selado. Ninguém mais poderá mexer com ele novamente – eu estava falando comigo mesma.

– Sim – Albin suspirou. – Você vai fazer isso ou não? Caso contrário, eu terei que encontrar outra Miranda.

– Por que outra Miranda?

– Apenas a diretora pode entrar na Sala Escura. E vocês são a mesma pessoa. Nenhum outro clone poderia fazê-lo.

– Eu me sinto especial.

Um momento se passou antes de Albin dizer:

– Você não vai se sentir assim quando chegar a hora.

Albin parou antes de virar a esquina na rua do prédio do Kellogg.

– Vou continuar com você nos próximos passos, mas

vou me esconder dos olhos de todos os outros. Apenas você poderá me ver.

– O que quer que eu faça?

– Use seu cérebro, sua pobre criatura mal desenvolvida. O que você acha?

– Você quer que eu reúna minha equipe.

– Eu quero que você reúna todo mundo. Todos virão. Essa é sua chance. Se você se ferir, vai precisar de outros para cumprirem a missão.

ooo

Nós voltamos para dentro do prédio, passando pelos dois homens à porta.

– Onde está sua arma? – o da esquerda perguntou. Rapaz atento.

– Escondida – eu disse sem pensar. Não saberia explicar por que a escondera lá fora.

Os homens se entreolharam, mas fui andando pelo saguão.

No fundo da sala, Peter estava à frente do Noble, gesticulando com a mão.

– Eu vou procurá-la... – Peter parou no meio da frase ao me ver, com a mandíbula tensa.

– Eu queria esticar as pernas – eu disse rapidamente. – Patrulhar um pouco.

– Não minta para mim.

Fui até ele e peguei em sua mão. Noble ficou olhando para mim, esperando.

– Tenho novidades.

– Então vamos ouvir – Peter falou.

– Aqui não. Tragam a Sofia.

No apartamento do Kellogg, eu os atualizei. Noble ficou ressabiado.

Mas antes que ele pudesse formular uma pergunta, Kellogg se adiantou:

– Onde está esse Albin neste momento?

– Hum... Atrás dessa porta.

– Você o deixou *entrar*? – Kellogg agarrou seu rifle na mesa. Eu o arranquei de suas mãos.

– Você não escutou? Ele sabia que estávamos aqui e mesmo assim estamos vivos. Ele está nos mostrando um jeito de salvar as pessoas deste planeta. O *único* jeito, a menos que você tenha uma ideia melhor – eu o desafiei. – Até onde sei, ninguém tem um plano sólido. Então vamos fazer assim.

Kellogg ficou me encarando, mas eu não ia me intimidar. Por fim, ele suspirou.

– Então eu acho que você deveria apresentá-lo para nós.

– Albin, venha para cá – eu disse. A porta se abriu e Albin apareceu no batente. Agora todos podiam vê-lo.

– Saudações – ele disse.

Sofia foi a única que respondeu.

– Oi.

– Meus homens estão prontos para lutar e morrer – Kellogg continuou. – Mas eu preciso ter certeza de que seja por uma boa causa. Tem que servir para alguma coisa.

– O tempo é curto – Albin explicou. – As pessoas estão morrendo a cada segundo. Então vou dizer o que nós precisamos fazer.

28

O PLANO ERA MUITO SIMPLES. NÓS IRÍAMOS INVADIR A Verge, tentar resgatar o East, e com isso tomar posse da Chave. Albin disse que encontraríamos o East o mais próximo possível da Escuridão, o que fazia sentido. Então ele estaria debaixo da Verge, ou o mais perto possível do subsolo. Da última vez que eu estivera sob uma Verge foi para acabar me explodindo. Boas lembranças.

Albin iria me esconder por quanto tempo pudesse, mas ele teria que fazê-lo rápido.

Eu tinha deixado minha roupa no apartamento do Kellogg. Não precisava mais me esconder. Cinco minutos depois eu estava no pátio, em frente aos sobreviventes que vieram conosco. Eles me deram um engradado para usar como palanque. As cabeças se inclinaram levemente para cima. O fogo traçava sombras escuras nos olhos das pessoas, dando-lhes uma aparência demoníaca. Eu podia discernir os homens do Kellogg por meio sua camuflagem urbana. Havia menos deles do que eu lembrava.

– Então...

Um ótimo início de discurso. Alguém tossiu. Duas das

crianças pareciam entediadas e uma estava discretamente fazendo uma bola de neve.

Eu tomei fôlego. "Você já fez coisas mais difíceis do que esta."

– Nós temos um plano para acabar com isso. Sei que muitos de vocês não têm ideia do que está havendo, mas sabem do estrago que foi causado. Meus amigos e eu temos um plano para acabar com isso. Para deixar tudo como era antes.

– Então vá em frente – uma mulher disse, segurando um cachorro pequeno e trêmulo. Tentei não olhar para ela.

– Eu preciso de ajuda.

Esperei alguém dizer: "Ajuda como?". Mas ninguém o fez.

– Preciso do maior número possível de pessoas para voltar ao Central Park conosco. Vocês receberão uma arma e os soldados vão instruí-los a usá-las. Eu sei uma maneira de entrar na Verge sem chamar a atenção, mas é importante retirarmos os Rosas, nossos inimigos, lá de dentro, e dar uma distração a eles.

– Por quê? – a mulher com o cachorro perguntou. Eu a odiava e odiava seu cachorro.

– Não sei quanto tempo a missão vai tomar dentro da Verge. Ou que tipo de alarme será acionado. Então preciso que façam barulho e providenciem a melhor confusão que puderem, e então... corram. Vocês podem usar os túneis do metrô para voltar para cá. Se tiverem êxito, poderão voltar para suas casas. Caso contrário, já era. Para o resto de suas vidas.

Eu achei que devesse falar mais, porém não sabia o quê.

O rapaz tossiu de novo.

– Tomem cinco minutos para pensar nisso. Se vocês estiverem conosco, falem com um dos homens do Kellogg – só porque eles haviam escapado com o Kellogg não havia garantia de que iriam querer lutar quando chegasse a hora. Eu podia apenas esperar pelo melhor.

Eu via o rosto do Peter na multidão, e ele me estendeu o polegar e piscou para mim.

– Obrigada – eu disse, então desci do engradado. Alguém chegou a aplaudir. E mais alguém. Os aplausos não se espalharam, mas ficaram engraçados. Acho que se fosse um filme todo mundo soltaria um grito de guerra ou algo assim.

Peter e Sofia caminharam comigo de volta ao apartamento do Kellogg, onde ele preparara um lanche improvisado. Havia uma tigela de *hummus* pela metade, um pouco de suco de tomate e alguns ovos. Ele estava cozinhando com um fogareiro de acampamento.

– Acho que devemos comer agora. Ou vamos voltar heróis ou simplesmente não vamos voltar. Por favor, comam. Vocês vão precisar de energia – ele notou que Albin estava um pouco afastado. – Você come?

– Eu como – Albin respondeu.

– Então se sirva.

Albin pareceu surpreso, como se não esperasse gentileza. Eu também não esperava. Mas ele pareceu agraciado.

Comemos nossa fração, e notei que minhas mãos estavam tremendo. As do Peter também. Ele pegou a minha mão direita e a pousou em seu colo, apertando-a gentilmente.

– Você tem certeza de que quer fazer isso? – ele perguntou.

– É claro que não.

Porém eu já sentia a responsabilidade. Eu não podia me imaginar apenas sentada ali, aceitando aquilo como nossa nova realidade. Não podia.

– Na verdade – eu disse –, sim, eu tenho certeza.

Ele se inclinou e sua voz virou um sussurro. Os olhos dele ficaram quase pretos à luz da vela.

– Então eu estou com você – ele beijou onde minha bochecha se encontrava com minha orelha.

Peter virou para Albin.

– Como você está fazendo para que a diretora não saiba disso tudo? Afinal, como é que chegamos até aqui despercebidos?

– Não estou fazendo nada. Eu os ajudei a escapar, mais nada. A diretora está em busca de vocês agora... E, se ela os pegar, não lhes dará tanta liberdade quanto antes.

A porta se abriu atrás de nós. Um dos homens do Kellogg entrou portando um SCAR – *Special Operations Forces Combat Assault Rifle,* ou seja, um rifle de assalto da Força de Operações Especiais. Muito poderoso para os padrões terrestres, mas nada comparado a uma AIR. Podemos dizer que não pertenciam nem ao mesmo universo.

– Estamos prontos – o soldado falou.

ooo

Houve uma discussão rápida quanto a aproveitarmos algumas horas de sono antes, mas isso logo foi descartado. O tempo era curto demais. No dia seguinte, mais pessoas iriam morrer sem água. No fim, nós tínhamos 27 voluntários, entre homens e mulheres de todas as idades, mais os 15 soldados sob o comando do Kellogg. Ele teve que contar a uma menina de nove anos que ela não poderia ir com eles.

Enquanto caminhávamos para a estação de metrô mais próxima, Kellogg me entregou uma pequena bainha preta. Dentro havia uma faca.

– É da Marinha dos Estados Unidos. Foi usada por marujos americanos pelo mundo todo. É a melhor para mortes silenciosas. – De repente eu senti muita saudade da Língua de Fogo, minha espada. A faca tinha um tamanho decente, era reta e preta, não brilhava (mas também não tinha muita chance de brilhar na escuridão constante). Um dos lados era serrilhado, para o caso de eu precisar serrar alguma corda ou construir uma cabana de madeira, ou algo assim.

– Obrigada – agradeci, enquanto pendurava a bainha na minha cintura. Também coloquei ali a injeção de memória que Noble me dera.

– Pertenceu a um amigo meu – ele contou.

– Eu vou cuidar bem dela.

Nós fomos pelos túneis do metrô de volta ao Central Park. Minha equipe ia à frente, com as AIRs empunhadas, prontas para o uso. Qualquer aranha que passasse por nós seria rapidamente eliminada, mas tudo o que achamos foram seus cadáveres da viagem de ida. Braços mortos no meio dos trilhos, na maioria mordiscados por ratos, que nem sequer se incomodavam com nossa presença. Aquelas criaturas até mesmo morriam como aranhas, de costas para baixo e os braços curvados para dentro, com as palmas para cima.

As lanternas não estavam funcionando, então os homens do Kellogg nos rodearam com sinalizadores de trânsito. Pedi ao Albin que ajudasse, mas ele queria descansar sua mente para o que viria a seguir. Um soldado valente seguia dez metros à nossa frente para garantir que não caíssemos em uma armadilha.

Os primeiros quilômetros foram bem fáceis. Nós apenas seguimos os trilhos. Qual a grande dificuldade? Mas as pessoas estavam ficando cansadas e muitas delas apenas se desviaram para outras direções. Não podiam ser mais do que 130 quarteirões. Um quilômetro em Nova York dava cerca de 13 quarteirões, então no final não podia ser muito mais que uns dez quilômetros. Bebezões. Mas eu deveria estar grata pelo fato de alguns ainda estarem conosco. E eu *estava*.

Sofia se aproximou de mim em algum momento. Ela me cutucou com o cotovelo.

– O que foi?

– Desculpe – ela disse. – Eu só queria pedir desculpas. Fui grossa com você.

– Nós todos estamos sob grande estresse – parecia ser a coisa certa a dizer.

– Isso não é justificativa. Você é a coisa mais próxima que eu já tive de uma irmã. Nunca tive ninguém além do Noble, desde que eu era pequena demais para me lembrar.

Aquilo fez eu me sentir horrível. Se eu era como uma irmã para ela, eu não vinha sendo das melhores. Eu nem me dera ao trabalho de conhecê-la o bastante, ou de confortá-la depois da morte do Rhys. Eu gostaria que a Olivia, a *minha* Olivia, ainda estivesse ali; ela teria sido uma amiga melhor para Sofia.

– Eu estava furiosa – ela continuou.

– Por causa do Rhys.

– Sim. E tenho certeza de que você também.

– Eu ainda estou. Também é por ele que estamos fazendo isso. Ele morreu para que tivéssemos uma chance de continuar lutando.

Ela acenou com a cabeça, com sua pele negra brilhando em tom laranja sob a luz da tocha.

– Sim, é verdade.

Nós percorremos mais 30 metros.

– Quando isso acabar, vamos fazer alguma coisa normal juntas.

– Sim. O que as pessoas normais fazem?

– Acho que vamos descobrir. Ah! Nós poderíamos ir ao museu Metropolitan. Você já ouviu falar dele?

– Sim.

– O Noble levou a mim e ao Rhys e nos mostrou várias exposições. Ele parece saber tudo a respeito de tudo. Foi tão emocionante ver a história do seu mundo por meio da arte. O Noble às vezes apontava para alguma coisa especialmente bonita e dizia "é por isso que nós estamos lutando", ou algo assim.

– Isso tem bem a cara dele – eu disse, e lá na frente ele olhou para trás e sorriu para nós.

Sofia soltou um suspiro comprido e satisfeito.

– Aquele foi um ótimo dia. Então nós almoçamos em um carrinho de rua. Era como um daqueles de onde eu vim, mas a comida não era feita de ratos mortos.

– Você sabia que eu nunca comi em um carrinho de rua?

– Então é isso que nós vamos fazer! – Sofia decidiu. – O museu e comida de rua.

– Acho sensacional – era demais para se pensar a respeito sem ficar mal com a ideia de que talvez não vivêssemos para isso.

Levamos algumas horas para voltar ao Central Park, depois de pararmos algumas vezes para descansar.

Kellogg disse que o esforço seria inútil se as pessoas não fossem capazes de correr para obter a atenção da Terra Verdadeira. Não se falava muito, então podíamos ouvir os barulhos dos passos pelos túneis. À distância, escutamos o que parecia ser um gemido fantasmagórico, mas era água pingando em algum lugar. O som abafado de aranhas, na verdade, eram apenas os ecos dos nossos passos arrastados.

E então nós saímos de um dos túneis, a uma distância segura do norte da Verge, com a mesma escuridão de antes. Andamos pela beirada do parque, de onde mal podíamos ver os contornos da Verge. Algumas das fogueiras que a cercavam estavam apagadas, e de repente havia ainda menos luz para refletir.

Peter se aproximou do Albin.

– Eu quero entrar lá com ela.

Albin sacudiu a cabeça.

– Eu estou ficando cansado. Não vou conseguir esconder vocês dois de todos.

– Não foi um pedido – Peter falou.

Albin apenas olhou para mim, com as sobrancelhas erguidas, como se perguntasse: "Esse cara está falando sério?".

– Sem riscos desnecessários – eu disse aos dois. Peter olhou para o lado e escondeu sua raiva.

Eu tentei dar o meu melhor ao me dirigir ao grupo, por mais que não conseguisse ver muitos deles por causa da penumbra.

– Se as máquinas voadoras aparecerem, deixem que elas os persigam pelas árvores. Desloquem-se para o Leste e para o Oeste e se espalhem o melhor que puderem. Escondam-se. Se puderem voltar a Washington Heights, ótimo – o plano era causar tanto barulho quanto possível para desentocar os Rosas da Verge, mas a estratégia, assim que obtivesse a atenção deles, não era mais complexa do que *correr*.

Kellogg apareceu à minha direita.

– Vocês está pronta?

– Pronta a ponto de... você sabe.

Ele fez uma careta enquanto acenava com a cabeça.

– Infelizmente, eu sei. Vou ficar perto da Verge com sua equipe, ao Norte. Se as coisas ficarem ruins, vou atrás de você.

Albin se aproximou.

– Se estiver impossível de pegar o East por conta própria, nós vamos buscar vocês como reforço.

– Combinado – Kellogg soltou um assobio suave para os homens e saiu na frente, conduzindo o grupo de cidadãos dispostos a lutar.

Peter pôs a mãos sobre meu ombro.

– Você não precisa fazer isso. Eu posso ir.

– Não – foi tudo o que eu disse.

– Caramba, Miranda. Você não precisa ser sempre a heroína principal.

– Dessa vez vai ser a última.

Eu iria me inclinar para beijá-lo, mas ele virou o rosto, murmurando alguma coisa que não ouvi. Eu me senti como se tivesse levado um tapa. Eu poderia morrer nos próximos cinco minutos, *todos* nós poderíamos morrer, e ele iria agir assim comigo? Ele pensava que nós tínhamos uma chance tão pequena assim?

Então Noble veio se despedir.

– Você sabe o que fazer. Tenho completa confiança em você – ele me beijou na bochecha.

Os grupos se moveram nas respectivas direções, desaparecendo rapidamente na escuridão. Pouco depois, Albin e eu éramos os únicos ali.

– Você andou lutando por um bom tempo – ele disse. Não era uma pergunta.

– Sim.

– Você vai aguentar mais uma rodada?

29

TIVE QUE USAR MINHA FACA ANTES DO ESPERADO. A DIStração já havia começado – pessoas gritando, disparando tiros para o alto – e estava funcionando. Um alarme soou e uma dúzia de Rosas armados com AIRs e espadas desceram de diferentes andares da Verge e saíram para a noite gelada. Mas dois Rosas permaneceram atrás para bloquear a entrada. Eu fiz um trabalho rápido em seus pescoços. Até me perguntei qual seria a sensação de estar de pé em um segundo e, no instante seguinte, sentir uma força invisível derramar seu sangue. Albin e eu levamos os corpos para dentro, mas não havia onde escondê-los, nem como limpar o sangue espalhado no chão.

Quando entramos na Verge, eu me espantei ao ver que a Escuridão se fora, sendo substituída por um piso de metal.

– Onde está? – perguntei, mas então me lembrei de como a Escuridão ficava mais abaixo do chão, na Verge do Gane.

– A diretora deslocou o acesso depois que todos os Machados e Espinhos passaram. Ela apenas aumentou a proteção.

Havia um buraco retangular no chão. Dentro, uma escadaria se curvava para baixo e para a esquerda. Nós descemos pela escadaria, encontramos mais duas sentinelas no caminho, duas Mirandas. Quebrei o pescoço delas com agilidade, tentando evitar mais sangue. Eu me sentia fria ao fazê-lo, mas não tanto quanto Rhys deve ter se sentido com o rosto na neve, quando a espada lhe atravessava as costas.

Meus passos terminaram abruptamente em uma porta.

– Estou escondida? – indaguei. Nossas respirações estavam ecoando ali embaixo. Eu não conseguia ouvir som algum vindo de cima, nem tiros, nem nada. Eu esperava que os outros estivessem em segurança.

– Agora não, mas vou esconder você assim que eu vir se tem alguém à espreita.

– Você consegue senti-los através das portas?

– Sim. Neste momento, o único que estou sentindo é o East.

– Não tem guardas?

– Acho que a essa altura, não. Você precisa confiar em mim.

Por mais estranho que fosse, eu confiava nele, então abri a porta e encontrei uma câmara circular, rodeada por uma passarela, com um X no meio. Bem no meio do X, no centro da câmara, estava o East, acorrentado, de joelhos, quase na mesma posição que estava no banheiro da Penn Station. Atrás da passarela, a Escuridão: um olho pulsante para o qual eu tive o cuidado de não olhar.

East ergueu lentamente a cabeça ao ouvir a porta se abrindo.

– Nós já nos conhecemos – eu me apresentei. – Sou uma amiga.

Ele acenou com a cabeça, como se já me reconhecesse.

– Da segunda equipe Alfa. Sim.

– Como você sabe que sou eu?

– Sua mão esquerda está ferida.

Ergui minha mão, de modo a confirmar. Estava formigando. Meus dois dedos menores estavam curvados de maneira estranha, tornando óbvio que minha mão não estava cem por cento.

Caminhei na direção dele, tentando ignorar o vazio infinito atrás dos meus pés.

– Você veio me libertar? – ele quis saber. East ergueu as correntes. Eu não tinha ideia de como me livrar delas. Será que minha AIR iria ajudar, ou a energia cinética iria apenas se transferir para ele e arrebentar seu braço?

– Sim, mas primeiro preciso da sua ajuda com uma coisa – eu olhei para trás. Albin ainda estava na porta, mas eu podia notar que o East não conseguia vê-lo.

– Você quer entrar na Sala Escura – ele disse.

– Sim.

– Para destruir a Terra Verdadeira.

– Ao menos parcialmente.

– Isso é muita responsabilidade para uma mocinha como você.

– Eles não me deixaram escolha.

Ele acenou com a cabeça.

– É verdade. Eles também não me deixaram escolha. Tem coisas para as quais a gente simplesmente nasceu – ele ponderou, então riu secamente. – Talvez *nasceu* não seja a palavra certa.

– Você fez uma escolha. Você deixou os criadores, como o Noble.

Ele acenou mais uma vez.

– Isso é verdade. – Eu não conseguia pôr na cabeça que aquele era o homem que Noah se tornaria ao envelhecer. Aquele era ele adulto. Ele teria sido bem bonitão, com belos olhos escuros.

– Alguns de nós enxergam com mais clareza que os outros – ele completou.

Eu me ajoelhei diante das suas correntes, inspecionando-as para encontrar algum ponto fraco, mesmo sabendo que não acharia nenhum. Elas eram bem firmes. Eu teria que cortar o braço dele com a faca da Marinha, uma coisa contra a qual ele provavelmente protestaria.

– Sem ofensas, mas não pensei que logo você viria aqui – ele disse. – A diretora lutando contra ela mesma. Interessante.

– Nós não temos nada em comum.

– Sim. Eu espero que continue não tendo.

– Não estou preocupada. – Não muito.

– Quer saber? Você provavelmente estará fazendo um favor à Terra Verdadeira, ou melhor, um favor a nós, ao eliminar qualquer futuro possível – ele continuou. – Eu passei muitos anos indo e voltando para lá. Eles não lutam da mesma maneira que vocês. Para eles, armas nucleares são o equivalente a arremessar pedras.

Minha mente não conseguia nem imaginar o que isso significava.

– Você já esteve na Sala Escura? – eu quis saber.

– Estive, mas quando fui, eles me vendaram e cobriram meus ouvidos. Só precisaram que eu estivesse lá dentro, e fizeram o resto. Eu não sei de detalhes que possam ajudá-la.

– Conheço uma maneira de reverter a Escuridão e então envenená-la, para garantir que nunca mais ninguém viaje por ela.

– Bom!

Eu havia pensado um bocado naquilo. Poderia ser a única opção, só que ainda assim estaria *matando pessoas*. Eu seria uma assassina em massa de gente que nunca pediu por uma guerra.

– A minha esperança era de que você pudesse fazer isso por mim – eu disse, em voz baixa.

– Tenho certeza disso. Mas apesar de achar que eu seria necessário, não sei se conseguiria ir até o fim.

Aquilo me deixou gelada. Se o East não fosse capaz, por que eu seria? Assim que meu dedo estivesse no gatilho, eu iria disparar? Mesmo naquele instante, ali ao lado dele, eu não tinha certeza. Eu fizera o que fora necessário antes, porém aquilo era diferente.

– Sei o que você quer dizer – falei.

– Miranda. Seja forte. Vamos nos preocupar com estas correntes, em primeiro lugar – os olhos dele passaram para o cano da AIR sobre meu ombro esquerdo. – Essa arma deve servir.

– Eu pensei nisso... Mas tenho medo de que possa matá-lo.

Ele ergueu os ombros.

– Tem uma ideia melhor?

Ele estava certo.

– Você parece muito com ele, sabe?

– Com quem?

– O Noah. Meu Noah. Eu o amava. Ele era um bom amigo.

East sorriu.

– Claro que ele era. Se ele era eu.

Apontei a AIR para a parte da corrente atrelada à passarela, abaixando a potência para o nível um. Então dei um passo para trás, pensando que talvez pudesse abrir um buraco no chão.

Eu estava prestes a disparar, quando ouvi um som familiar. Era o som de uma lata de tinta sendo chutada. O som de um líquido se espalhando em uma superfície dura. Só podia ser uma coisa.

30

EU ME VIREI, PREPARADA PARA DISPARAR, PORQUE SABIA O que iria ver.

Era Nina, segurando Albin pelo pescoço com uma mão. Ele ficou flácido como uma boneca de pano, com sangue escorrendo pelas escamas da frente de seu traje.

Apontei a AIR para ela, mas ela fez um gesto com a mão que estava livre e as luzes tremeluziram; em seguida, a energia da minha AIR se foi. Eu a larguei na plataforma. O traje dela cintilava de modo esquisito, como se estivesse cercado por um pequeno campo de força que circulava um milímetro acima de seu corpo.

Ela deixou Albin cair no chão.

– Você realmente pensou que iria se safar? – Nina indagou.

Ela sacou uma AIR das costas.

– Se você atirar – eu disse –, você pode matar East. Eu não acho que sua mãe ficaria contente com isso.

– Não, eu não iria – uma voz soou atrás de mim. Eu virei de novo. A diretora estava em pé, na outra ponta da passarela, atrás do East. Uma porta estava aberta atrás dela.

Duas passagens para sair ou entrar, e ambas bloqueadas pelas pessoas mais perigosas que eu já conhecera.

– Uma boa tentativa, Miranda – a diretora disse. – Entretanto, nós sabíamos de tudo desde o início. Vocês escaparam porque eu *deixei*. Vocês estavam sendo supervisionados o tempo todo.

"Por quem?"

Olivia avançou pelo corredor atrás da diretora, e foi como se um martelo me golpeasse no peito. "Não, logo ela." Então ela não estava do nosso lado. O rosto da Olivia estava impassível.

– Achei que nós tínhamos um acordo – a diretora continuou. – Eu não posso dizer o quanto isso me deixa triste – e ela parecia mesmo triste, genuinamente. – Achei que você queria fazer deste mundo um lugar melhor, em vez de abandoná-lo para lutar em uma batalha infrutífera.

– Deixe que eu faço – Nina disse, às minhas costas. – Vamos criar um novo futuro.

A diretora a ignorou.

– Olivia, você poderia, por favor, libertar o homem acorrentado no chão? Acho que é hora de ele visitar a Sala Escura mais uma vez.

Olivia passou pela diretora e foi até o East, mas alguma coisa estava estranha. Ela estava com medo. Não estava sob controle. Fiquei paralisada, observando, esperando para ver o que aconteceria a seguir. Minha mente estava acelerada, mas eu não podia focar em nada sem pensar nas pessoas lutando ao nível do solo. Se a diretora sabia que eu estava ali, se sabia que Albin estava me ajudando, estariam esperando por um ataque? Então eu enviara todos para uma armadilha?

Olivia se ajoelhou ao lado do East e começou a mexer nas correntes em volta dos pulsos dele. Ela libertou o da direita com uma grande chave de bronze, e estava prestes a fazer o mesmo com o outro quando a diretora se aproximou. Não tive tempo nem para gritar. Em um instante, a diretora agarrou a corrente, enrolou-a com um único gesto em torno do pescoço da Olivia e a ergueu do chão. A outra extremidade da corrente ainda estava presa, dando-lhe alavancagem. A chave retiniu ao cair, a um centímetro na beira da passarela.

Eu corri adiante, gritando, porém Nina me agarrou por trás. Tentei girar para me soltar, frenética, enquanto a diretora enforcava Olivia até a morte, mas aquela Nina era inacreditavelmente forte, muito mais forte do que a que eu derrotara antes. Ela tentava me arremessar para a Escuridão, mas mantive meus pés plantados no chão, tentando alcançar Olivia, que estava a poucos centímetros. As veias saltavam nos olhos dela. A diretora sorria. Ela largou Olivia, que caiu inerte na plataforma. Enquanto isso, East foi trabalhando na corrente do pulso esquerdo com a chave. Ele estava quase livre, mas era tarde demais. A diretora veio até mim, com o rosto corado pelo esforço e pela fúria.

Tudo aconteceu muito rápido.

East a golpeou por trás com uma corrente.

Ela girou na direção dele, com o punho armado para socar.

Avancei até ela e soltei a tensão sempre presente do meu cérebro. Dessa vez eu deixei escapar completamente: dor e alívio me percorreram enquanto as ondas de medo se espalhavam. O aperto da Nina se afrouxou o bastante para que eu agarrasse a diretora, mas Nina veio atrás de mim no segundo seguinte, e logo nós quatro estávamos engalfinhados, nos agarrando, dando cotoveladas, joelhadas, movendo-nos.

East balançou a corrente e nós tropeçamos, com as mãos agarrando os membros. A corrente atingiu a diretora logo acima da orelha. Meu pé escorregou na passarela, e de repente nós todos estávamos caindo em direção à boca infernal. A cabeça da diretora torcida para o lado, com sangue voando do corte na sua têmpora, e eu vislumbrei seus olhos arregalados, a expressão mais sincera que eu já vira no rosto dela. E então nós chegamos à Escuridão.

31

ABRI OS OLHOS.

Estávamos em uma sala pequena. Uma parede era Escuridão, enquanto as outras três eram brancas. No meio havia uma escrivaninha com um computador velho, completo, com um monitor robusto. East e Nina continuavam lutando, cada um de um lado da escrivaninha, e a diretora estava apoiada de quatro no chão, com o rosto virado para o lado, e sangue escorria de sua ferida. Ela parecia tonta: era a hora certa para acabar com ela. Eu me levantei, bem no momento em que o East pôs a corrente em volta do pescoço da Nina. Minha cabeça estava encharcada de suor e eu me lembrei do aviso do Noble, de que, se esperasse muito, perderia toda a memória. Com mãos trêmulas, abri a seringa que ele me dera e a enfiei no pescoço. O líquido entrou na minha corrente sanguínea e se espalhou pelo meu cérebro, e o calor fumegante baixou para uma temperatura morna. O suor ainda brotava da minha testa; eu estava meio instável sobre os pés. Larguei a seringa enquanto Nina emitia sons engasgados do outro lado da sala.

– Ajude-me – East disse em voz baixa, com esforço.

Mas eu não conseguia. A diretora estava se recuperando, pondo-se de pé, enquanto tomava fôlego. Ela se virou. Havia sangue escorrendo de seu queixo. Ela saltou em minha direção, preparando-se para me esmagar com um soco devastador. Instintivamente, tentei me desviar mergulhando para a frente, mas o punho dela desceu antes nas minhas costas, derrubando-me no chão. Meu fôlego se foi de uma vez e ela não me deu um momento para recuperá-lo, acertando um chute nas minhas costelas.

Escorreguei em direção à Escuridão, gemendo e me revirando, com uma dor lancinante que se espalhava pelas costelas e pelo pescoço. Ela me chutou mais uma vez, e eu gritei, contorcendo-me, com a bochecha colada no chão gelado.

Com o canto dos olhos, vi o East ainda se engalfinhando com a Nina e as correntes, nenhum dos dois com vantagem clara.

A diretora pairava sobre mim, rindo com tanto ódio que me fez pensar sobre que eventos precisariam acontecer na minha vida para que eu acabasse como ela. O que eu teria que ver?

– Eu esperava que a essa altura você já fosse mais como eu – ela disse.

Ela recuou com a perna...

– Eu sou – eu disse.

Em um instante, eu estava com a faca do Kellogg na mão. Eu a enfiei em sua panturrilha com toda a força que me restava. Ela uivou, e eu tirei o equilíbrio da sua outra perna antes que ela pudesse se recompor. Ela tombou com tudo ao meu lado, batendo sua cabeça ferida no chão. Eu girei, então coloquei os dois pés nas costas dela e a empurrei com toda a força para a Escuridão. Ela deslizou para as trevas e saiu da sala.

– Socorro – East gritou de novo, enquanto eu cambaleava.

Eu estava tentando contornar a escrivaninha quando uma onda de dor me atingiu e tive que me apoiar com as duas mãos sobre o tampo de madeira. O monitor mostrava um texto verde sobre fundo preto. A agonia em minha cabeça quase me fez vomitar, mas eu respirei fundo e me forcei a ir em direção ao East.

Eu estava atrasada. Já havia sangue no chão. Nina estava com uma faca ensanguentada na mão, com a qual ela tentava esfaquear o East de novo. Ele não podia detê-la porque estava com as mãos na corrente, tentando estrangulá-la até a morte. Avancei no pulso dela e o dobrei, até que os dedos se abrissem e a faca caísse na poça de sangue. Eu a mantive presa no chão, enquanto observava austeramente o East terminar seu serviço. Em certo momento ela parou de emitir sons, mas ele não.

– Ah, como dói – ele berrou. O sangue saía do flanco esquerdo dele. Saía aos montes. – Caramba.

– Sinto muito. Sinto muito mesmo.

– A culpa não é sua. Ela me pegou de jeito – ele olhou ao redor da sala. – Você consegue fazer isso? Consegue completar a missão?

Eu não disse nada. Ele virou os olhos por um segundo e não falou durante um longo tempo, mas então perguntou novamente, em voz mais baixa:

– Você consegue fazer isso? Por favor?

– Consigo.

– Diga com convicção. Caso contrário, tudo isso terá sido à toa. E muitos vão morrer.

– Eu *consigo* – disse novamente. – Eu consigo.

– Eu sinto muito por não ser a vida que você escolheu – ele disse. – Também sinto muito pela parte que me cabe.

– Tudo bem – enquanto ele sangrava, na minha mente eu via Noah e o sangue que escorria entre seus dedos no laboratório de nossa antiga escola. O mesmo sangue derramado pela mesma garota. O que eu não daria para ouvir novamente a voz dele na minha cabeça. Para saber que eu não estava sozinha.

Ele sorriu.

– Não, não está tudo bem – então os olhos dele vibraram e ele repousou a cabeça no chão, e eu o vi tomar seu último fôlego.

Eu me levantei, sozinha na Sala Escura.

De repente eu estava respirando muito rápido. Eu não podia controlar. Minha nuca estava fria e formigava. Ali estava eu, no lugar a que tentara chegar com tanto esforço. E minha missão era matar pessoas. Pessoas que eu nem conhecia. Pessoas inocentes. E se eu não o fizesse, a escuridão iria continuar.

Aquilo era o certo? Ou apenas o necessário?

Contornei a escrivaninha e me sentei na cadeira. O monitor estava ligado, com o cursor piscando.

`A Escuridão está atualmente em 8492`

`Você deseja:`

`Transferir a Escuridão`

`Deslocar uma nova quantidade`

`Outras opções`

Sinalizei `Transferir Escuridão` e apertei `Enter`.

`Você deseja:`

`Transferir a Escuridão para a fonte (5)`

`Transferir a Escuridão para novo local (opção indisponível no momento)`

Sinalizei a única opção.

```
Você deseja:
Acrescentar Escuridão (resultará em
destruição de 5)
Apenas transferir
```

Talvez no futuro eles já estivessem esperando pelo que eu estava prestes a fazer. Poderiam estar preparados para aquilo. Como saber? Quem pode imaginar como será no futuro? Como Albin havia dito, nós teremos mil anos para descobrir.

"Se você fizer isso", pensei, "vai começar realmente a se transformar na diretora. É assim que você vai se tornar como ela. Esse pode ser o primeiro passo."

– Vou dar a eles a mesma chance que nos deram – eu disse em voz alta.

Senti lágrimas no rosto. Então era só apertar algumas teclas e conferir o resultado?

Eu precisava.

Escolhi `Apenas transferir`. *Apenas*, aquilo dizia. Eu estava apenas transferindo. Apenas enviando a Escuridão de volta para o lugar de onde viera. Eu olhei para a tecla `Enter`. Era apenas uma tecla.

Era só apertar o botão para salvar o mundo.

Era só apertar o botão.

Eu iria salvar o mundo.

Eu apertei o botão.

32

Processando...

Completo.

A tela voltou ao menu principal. Simplesmente. Acabou. Missão cumprida. Eu exalei o ar que estava preso nos pulmões.

Depois o cursor estava selecionando "Outras opções". A tela parecia borrada por trás das minhas lágrimas, mas eu não podia me sentir mal. Eu fizera minha escolha.

Eu apertei `Enter`.

`Impedir que orgânicos entrem na Escuridão (requer senha do administrador)`

`Impedir sintéticos de entrar na Escuridão`

`Impedir orgânicos e sintéticos de entrar na Escuridão (requer senha do administrador)`

Selecionei a última opção, que abarcaria humanos e máquinas. Eu não queria mais nem orgânicos nem sintéticos passando pela Escuridão, nunca mais.

Digitei a senha no *prompt* de comando – a que Albin me soprara no ouvido: `SOBERANO`.

`Tem certeza? Os efeitos não poderão ser revertidos`

`Sim`

`Não`

Aquilo era algo de que eu não teria dúvida. Apertei `Sim`.

`Você tem dois minutos para sair desta sala`

O computador se desligou, com o chiado suave da eletricidade do monitor se apagando.

Era isso. Estava acabado. Eu estava livre. Até lidarmos com o inevitável que eu proporcionara a nós, era isso. Nós tínhamos mil anos pela frente.

Nós vencêramos. Por mais que a sensação ainda não fosse a de vitória, de maneira alguma. Eu caí recostada na cadeira como se tivesse sido golpeada, pensando no que eu fizera, no que aquilo significava.

Finalmente, eu me levantei da escrivaninha e olhei ao redor da sala. O sangue do East cobria uma boa parte do chão. Nina jazia como um montinho desengonçado. Eu jamais iria vê-la novamente, em forma alguma. Era impossível.

"Estamos livres. Estamos livres." Eu solucei na escrivaninha, chorando tão alto que mal podia respirar. O que aconteceria a seguir? Eu iria voltar para casa, e o que mais? Eu não iria nem poder ver o que seria da Terra Verdadeira, nos dias ou semanas ou meses seguintes. Eu não tinha maneira alguma de saber se a vida deles seguiria sem interrupção ou se todos eles iriam morrer.

"Você não teve escolha. Era ou nós ou eles."

Eu esperava um dia poder acreditar nisso. Esperava um dia conseguir remover a faca em meu coração.

Eu me levantei após algum tempo. Não sabia o quanto. Poderia ter sido um minuto e 57 segundos. Talvez bem no fundo eu quisesse ficar presa ali. Talvez eu merecesse. Mas acho que no final das contas fui humana, pois agarrei o East sob os braços e o arrastei pela Escuridão, e nós a atravessamos.

33

VI A DIRETORA NA PLATAFORMA QUANDO VOLTEI, DE JOElhos e sob custódia, com os braços e pernas acorrentados. Os homens do Kellogg estavam com armas apontadas de todos os ângulos para ela. A perna ainda sangrava, pingando na passarela. Ela estava tão pálida que eu não sabia como ela mantinha a consciência.

Dois soldados agarraram o corpo do East e o ergueram e o levaram pela passarela.

Eu me aprumei, sentindo as pernas se refazendo depois da passagem pela Escuridão. Assim que minhas pernas chegaram à superfície, a fumaça começou a circular por baixo da diretora. Olhei mais de perto. Cada gota de sangue que atingia a Escuridão fumegava e queimava, tornando-se uma fumaça escura. A Escuridão estava envenenada, como Albin dissera.

Eu voltara ao meu mundo bem a tempo. Quase soltei uma risada ao ver o quanto estivera perto de ficar para trás.

– Está feito – eu disse.

Kellogg ligou o rádio. Ele estalou, e a luz no topo brilhou esverdeada.

– Um bom sinal – ele avaliou, então levou o rádio até os lábios. – O que vocês estão vendo?

Silêncio por um momento, então uma voz respondeu:

– Estou vendo a lua. Estou vendo as estrelas – e os homens na câmara começaram a gritar com toda a força de seus pulmões. Aquilo prosseguiu, e eu não pude fazer nada além de sentir a adrenalina. A luz das estrelas voltara. E a energia.

A diretora tentou se arremessar na Escuridão, mas um número suficiente de homens a estavam vigiando para que ela não o fizesse. Eu quase quis deixá-la ir, deixá-la morrer. Ela era perigosa demais para nosso mundo.

Eu me ajoelhei ao lado do corpo do Albin. O braço dele estava preso atrás das costas, e eu o soltei e o deixei pousar em seu peito.

– Obrigada – sussurrei, sem saber muito bem por quê. Não foi por nos estimar que ele nos ajudara.

Parecia que ia demorar para sempre, mas finalmente saímos da Verge e vimos o céu por conta própria. Já estava mais quente, mesmo faltando horas para o nascer do sol. Olhar para a lua trazia mais lágrimas. Eu me permiti sentir alegria pelas vidas salvas, mas junto a isso vinha a dor pelas vidas perdidas.

– O que você fez? – a diretora perguntou, ao meu lado. Alguém fora esperto o bastante para passar uma corrente em seu torso, prendendo seus braços junto ao corpo.

– Apenas o que você fez conosco.

Ela sorriu.

– Nós vamos sobreviver. Sabemos como é viver sem luz. Sem energia.

Eu me senti encorajada pelas palavras dela.

– Eu espero que seja verdade. Espero mesmo. Mas agora não temos a menor ideia de como será o futuro. Até onde você sabe, seu tempo já era.

– Eu vou descobrir logo.

– Na verdade, acho que não.

Seus lábios tremeram, mas ela não me perguntou o que eu quis dizer. Ela poderia descobrir mais tarde que não tinha chance alguma de voltar para casa e que nunca mais haveria outra guerra entre os mundos. Aquilo estava finalmente acabado.

E eu não fazia ideia do que aquilo significava para mim. Mas estava ansiosa para descobrir.

Encontrei os demais do lado de fora da Verge. Havia pássaros cheios de vida chilreando em algum lugar. Estávamos no meio do inverno e havia pássaros cantando. Era como se o mundo inteiro despertasse.

Peter estava olhando para as estrelas, mas o olhar dele parou em mim, e ele sorriu. Sofia me envolveu com os braços. A sensação era ótima. Eu queria que a alegria dela me contagiasse; eu também queria senti-la.

– Você conseguiu – foi tudo o que ela disse.

Peter me beijou na boca, então me abraçou apertado.

– Sinto muito – ele falou. – Estou orgulhoso de você – ele me conhecia bem; e haveria tempo para conversarmos depois.

Noble estava com um sorriso reservado, como se estivesse tentando se conter. Havia um pouco de sangue incrustado na ponta de sua orelha.

– Bom trabalho – ele observou, antes de me puxar para um abraço. Ele não me soltou, e eu senti um tremor em seu corpo. Ao me soltar, enxugou os olhos. – Quando foi que eu me tornei um bebê chorão? – falou, sem exatamente perguntar.

As pessoas se aglomeravam no parque, sem saber bem o que fazer ou para onde ir. Elas provavelmente nunca entenderam plenamente o que acontecera ali. Mas eu tenho certeza de que naquele momento só sentiam alegria, enquanto fitavam as estrelas, e as luzes cintilavam nos apartamentos em torno do parque. Eles pensavam em um futuro brilhante e ensolarado. Não tinham ideia de que a escuridão aguardava por todos nós em um piscar de olhos.

Ao Sul, vi dois Machados passando acima dos arranha-céus, e um medo familiar me gelou o estômago, mas eles se tornaram bolas gigantes de fogo dois segundos depois. E após mais dois segundos, quatro jatos militares zuniram sobre nossas cabeças, espalhando-se para cobrir a cidade. Os Rosas sobreviventes da Verge estavam de joelhos, encapuzados e algemados. Nenhum deles foi estúpido o bastante para usar seus poderes depois de terem visto a luz da lua. Eles sabiam que estava tudo acabado.

Em pouco tempo, os militares estavam por toda parte da cidade. Havia tanques indo de um lado a outro em todas as ruas. Humvees sacolejavam pelo parque, com as metralhadoras girando enquanto iam em busca de qualquer ameaça. À distância, eu podia ouvir pessoas gritando, porém nem de terror nem de pânico. Eram gritos de vitória. Uma corneta soou, e mais uma. De repente a cidade estava repleta de buzinas. Minha equipe testemunhava tudo aquilo ao lado da Verge, saboreando o momento. Apreciando os barulhos que diziam que ainda estávamos ali. Uma van cheia de homens com equipamentos pretos de combate parou ao nosso lado. Eles saíram e nos fizeram algumas perguntas. Queriam que fôssemos com eles. Por nós, tudo bem. Não iríamos mais lutar.

ooo

O presidente queria fazer um pronunciamento ao mundo o quanto antes, um discurso que depois seria repetido muitas vezes enquanto a energia se restaurava ao redor do planeta. As pessoas na cidade estavam apenas começando a perceber que o apagão acontecera em escala global.

Conversamos a respeito do que fazer a seguir em um hotel que o governo protegera para nós – um dos poucos prédios seguros de Nova York. Civis importantes também estavam hospedados, com planos de percorrer a cidade nos dias seguintes. Eles queriam transmitir uma mensagem para as nações de todo o mundo o mais rápido possível. Uma mensagem que dissesse que "o governo dos Estados Unidos definitivamente está presente e operando. Não tentem nada estúpido".

Apenas um dia havia se passado, mas as pessoas já estavam se aglomerando para ver a Verge, a primeira prova concreta de que não estávamos sozinhos no multiverso. O governo havia estabelecido um perímetro de segurança de cem metros ao redor.

– Sei não – Peter disse para mim, no saguão do hotel. – As pessoas não vão confiar em nós, não importa o que fizermos. Eu acho que deveríamos desaparecer.

Eu estava me sentindo muito bem. Já vinha tomando pílulas analgésicas para meus ferimentos, mas descobri que se tomasse uma a mais me sentiria ainda melhor. Tão bem que ficava difícil me lembrar do que eu fizera e difícil de sentir qualquer coisa a respeito. As palavras da diretora continuavam percorrendo minha mente. "Nós vamos sobreviver. Nós sabemos como viver sem luz." Eu me apeguei a isso para me reconfortar.

– O mundo quer a verdade – Noble falou – e nós podemos lhe dar. Sem disfarces. Está acabado e não há chance alguma de que isso aconteça novamente. A verdade vai nos unir.

– Como quando o mundo todo se reúne contra uma ameaça alienígena – Sofia completou. Todos olharam para ela. – Eu andei assistindo a alguns filmes.

Era engraçado, mas era verdade. Nosso mundo estava caminhando na direção errada, estava dividido. Mas e agora? Quem poderia saber? Os meses e anos seguintes definiriam o resto de nossa existência. Um dia, nós poderíamos até mesmo agradecer à Terra Verdadeira.

– Vocês precisam fazer sua escolha – Noble observou. – Mas tenham em mente que o mundo já conhece nosso rosto. Ao menos os seus. Vocês podem se esconder pelo resto de suas vidas, ou podem se dirigir ao mundo como heróis. Provavelmente vão lhes dar medalhas.

– Como em *Guerra nas estrelas* – Sofia lembrou.

Então concordamos. Nós nos escondemos em meio à escolta até Washington D.C. Os militares abriram caminho pelas estradas, mas ainda havia carros abandonados por toda parte, e as vias ainda não estavam completamente livres para o público. Encontrávamos cadáveres aqui e ali, em um veículo, em uma vala, na rua. A quase destruição do mundo era aparente onde quer que olhássemos e provavelmente continuaria visível por um bom tempo. Talvez para sempre. Como é que alguma coisa poderia realmente voltar ao normal, quando as pessoas haviam vislumbrado o fim do mundo? Seguíamos escondidos para Washington e durante toda a viagem Peter segurou a minha mão.

Mas ele não olhou para mim.

ooo

Ficou combinado que faríamos o pronunciamento dentro da Casa Branca, já que não era seguro do lado de fora. Ao menos foi o que um agente secreto havia me dito. A ordem ainda não havia sido completamente restaurada. Muitos policiais ainda não haviam voltado ao trabalho. O presidente nos encontrou em uma sala subterrânea, cercado por aproximadamente 500 agentes, e ali nos reunimos por uma hora. Ele apertou nossas mãos. Ele me cumprimentou por último, inclinou-se e disse "obrigado" com tanta sinceridade que eu quase comecei a chorar. Eu não queria agradecimentos. Não queria ser relembrada nunca mais. Mas eu seria. Era o fardo que eu tinha que carregar.

O presidente nos deu um resumo do que ele iria dizer e de como iria nos apresentar, então nós caminhamos até a sala de imprensa. Peter ainda estava evitando meu olhar, e eu não conseguia saber por quê.

Os repórteres estavam de volta ao trabalho, isso era evidente. Todos nós subimos para o tablado e os *flashes* começaram a faiscar e eu não pude enxergar nada. Eu cheguei a apertar os olhos e virar a cabeça.

O presidente ergueu as mãos.

– Sem fotos por um momento, por favor.

As perguntas eram gritadas. "Quem eles são? De onde vieram? Eles são de outro universo?"

O presidente explicou o que era a Terra Verdadeira, enquanto mais *flashes* eram disparados e nós permanecíamos em pé meio desajeitados, enfileirados ao lado dele.

– Agora vocês estão olhando para uma equipe de exilados que lutaram contra o mundo de onde vieram – não era exatamente a verdade, mas quase. – Sem eles, nós ainda estaríamos no escuro.

Ele apresentou cada um de nós e enumerou algumas das coisas que tínhamos feito. Contou ao mundo que eu detivera a invasão de sem-olhos alguns meses antes, apesar de não ter sido apenas eu. Felizmente ele não mencionou que eu precisara me matar para cumprir a missão.

A tela atrás de nós exibiu uma foto grande do Rhys. Um pedido que partira da Sofia e de mim. As pessoas precisavam ver o rosto dele para saber que ele se sacrificara. A foto era uma que Sofia tirara em seu apartamento na Columbus Circle. Rhys estava à mesa, sorrindo, erguendo uma caneca vermelha de Natal. Havia fumaça saindo da caneca. Ver o sorriso dele era como uma facada no coração.

Nós não tínhamos foto alguma do Noah ou da Olivia, mas o presidente falou deles brevemente, apresentando-os como soldados que morreram com valentia em nossa luta contra o mal.

– Eles se foram – ele disse –, mas não nos esqueceremos deles.

O presidente continuou e explicou o ataque mais recente, ao menos tão bem quanto podia, então voltou-se para mim:

– Esta jovem liderou um cerco ousado contra a fortaleza do inimigo. Ela encerrou a guerra, a ocupação, e restaurou a luz solar e a energia.

Havia um milhão de perguntas, porque nada daquilo fazia sentido visto de fora. Melhor dizendo: a luz solar fora bloqueada, os carros não funcionavam... Mas agora já estava tudo certo. O presidente não respondeu a nenhuma das questões. Ele disse que isso ficaria para outra hora.

– O momento agora é de gratidão – ele lembrou. – Enquanto nos reconstruímos, quero que o mundo conheça seus salvadores. É uma dívida que nunca poderemos recompensar.

Os repórteres não estavam satisfeitos com metade da história, mas eu não poderia me importar com eles, nem se tentasse. Eu só queria que o Peter olhasse para mim. Quando o discurso se encerrou, finalmente ele olhou e nós descemos do tablado. Ele virou o rosto na minha direção e sorriu, porém seu sorriso não chegou aos seus olhos. Os *flashes* eram tão brilhantes que chamaram minha atenção para algo que estava faltando em sua face. Eu olhei para seus olhos azuis arroxeados, e então para seu queixo.

O queixo dele não tinha a pequena cicatriz esbranquiçada.

34

MINHA BOCA SE ABRIU. EU A FECHEI IMEDIATAMENTE, mas vi como os olhos dele desviaram para baixo. Ele notou que eu notei. Virei o rosto em direção às câmeras e deixei que tirassem uma foto nossa. Meu coração estava tão acelerado que eu podia senti-lo nas costelas. A bola fumegante de ódio dentro de mim só queria saber onde meu Peter estava e quem era aquela pessoa falsa ao meu lado. Eu iria descobrir.

Eles pensaram em todos os detalhes, exceto por uma cicatriz que mal dava para perceber.

Nós saímos em fila do tablado, e eu decidi que não era tarde demais para acertar as contas. Agarrei a mão do impostor com um apertão, então fiquei na ponta dos pés e sussurrei em seu ouvido:

– Por que você não vem ao meu quarto mais tarde? – nós iríamos passar a noite hospedados na Casa Branca. Eu estava no Quarto Lincoln com a Sofia, e o Peter no Quarto Queens com o Noble, atravessando o corredor.

– Qual sua intenção? – ele estava meio sorridente.

– Ah, não sei – eu disse, tentando uma entonação meio

atrevida, apesar de não ter muita prática nisso. – Talvez eu só queira celebrar o fato de tudo ter acabado. Em particular.

Ele sorriu, e então eu me perguntei como tinha sido tão cega. Peter nunca sorria assim, de um jeito tão safado e malandro.

Ele era o espião da diretora. Ele que avisara sobre nosso ataque. Minha memória revolveu todas as conversas que eu tivera com Peter. Ele havia se oposto a um ataque... Teria sido um impostor o tempo todo? Então eu nem tinha visto o Peter desde que voltara da morte? Não, isso era impossível. Eu me lembrei de notar a cicatriz dele na primeira vez que o encontrei na Verge, quando nós dois estávamos disfarçando nossas identidades. A troca deve ter sido feita quando Albin veio até mim pela primeira vez, quando ele me enganou para revelar nossa base no Time Warner Center. Ou talvez depois, quando fiquei inconsciente por quatro dias. "Onde está você, Peter?"

Se eu conseguisse fazer o impostor ir ao meu quarto, eu poderia detê-lo antes que machucasse alguém. Então nós só teríamos que explicar ao presidente o que acontecera. Aquilo poderia minar uma parte da boa vontade para conosco, mas não havia outra maneira. Eu não iria soar o alarme e correr o risco de que esse cara usasse as ondas de medo em todas aquelas pessoas.

Além disso, uma parte de mim queria acreditar que havia uma explicação, e uma parte bem pequena ainda estava na dúvida. Eu queria examinar seu queixo de novo. Queria saber se ele tinha uma desculpa.

Saindo da sala de estar leste, Peter e Noble foram para o quarto deles. Peter olhou para mim uma última vez e me deu um sorriso verdadeiro que parecia muito com o do Peter que eu conhecia, o que me fez questionar aquilo que eu havia visto. Ele podia estar agindo estranho por tudo o que acontecera... ou por causa do que eu fizera. Eu não tinha considerado essa possibilidade. Ele nunca estivera cem por cento no plano. Talvez ele estivesse acabrunhado por causa da minha escolha.

De volta ao nosso quarto, Sofia se virou para mim com olhos cansados.

– Eu preciso de uma ducha, e então de um cochilo. Nessa ordem. Não é uma boa?

Minha boca se abriu para contar a ela o que eu vira, ou melhor, o que não vira, mas ela já estava me dando as costas, caminhando com tanto cansaço, que não quis aborrecê-la.

– Claro – eu disse. – Vá em frente.

Em vez de esperar por ele, decidi eu mesma visitá-lo. Gastei um minuto imaginando situações diferentes e reações possíveis de sua parte. De uma eu gostei; as outras terminavam com um de nós dois morto.

Abri a porta do meu quarto silenciosamente quando Sofia começava a tomar seu banho. Caminhei na ponta dos pés pelo corredor até o Quarto Queens. A porta estava entreaberta, apenas uma fresta. Fiz uma pausa, ouvindo com atenção se algum som vinha de dentro. Me inclinei em direção à porta e assim vi a mancha no carpete do corredor. Estava a poucos metros de mim, onde o corredor virava para a direita.

Dei um passo para o lado e bem na quina identifiquei o corpo de um agente do Serviço Secreto de costas, com a garganta rasgada.

– Ah, não!

Investi contra a porta do Quarto Queens com um chute, mas era tarde de mais. Noble estava no chão, com um halo de sangue em volta da cabeça e as duas mãos fechadas sobre o pescoço. Os olhos dele se voltaram para mim. O sangue borbulhava de seus lábios. Caí de joelhos ao lado dele.

– Tarde demais – ele disse, em meio ao sangue.

"Não!" Eu queria estar do outro lado. Queria ser a pessoa olhando para cima, não para baixo. Eu estava sempre olhando para baixo.

– Deixe-me ver – pedi, com uma voz que soava fria e alheia.

– Tarde demais – ele repetiu mais uma vez. – Vá pegá-lo.

– Vou ficar com você – eu estava chorando de novo. Pensei que não precisaria mais chorar.

Noble fechou os olhos.

– Tome cuidado – ele disse, e então não falou mais nada.

Eu me pus de pé e passei pela porta, então atravessei o corredor o mais rápido que pude. Peguei a arma do agente caído, que chegara a sacá-la antes de morrer. O corredor estava repleto de corpos de agentes designados para nos proteger. Eu sabia aonde Peter estava indo. Para o portal da Escuridão. Ele queria ir para casa, ou ao menos tentar. Ele sabia que estava envenenada, mas talvez pensasse que sobreviveria à viagem. Não havia nenhum outro lugar para ele ir.

Corri para a saída, seguindo a trilha da carnificina. Do lado de fora o sol estava tão brilhante que fez meus olhos doerem. Corri pelo gramado do Sul, passei pelo helicóptero oficial, em direção ao Monumento a Washington. Minha mente estava paralisada pela dor da perda, mas ainda podia resgatar lembranças daquele lugar, de quando eu cavalgara pelo gramado, tentando impedir Nina de destruir o mundo inteiro. O ar daquela noite estava repleto de rajadas de metralhadora e sirenes. Naquele momento, só havia resquícios de neve e céu azul e silêncio, enquanto o mundo continuava seu lento despertar.

O buraco para o túnel que levava à Escuridão estava coberto com uma estrutura de concreto. Era claro que o governo não iria apenas tampá-lo; eles queriam estudar aquilo. Os guardas ao redor da estrutura também estavam mortos, com as gargantas cortadas. Meus pulmões ardiam com o ar congelante, mas eu não podia parar. Precisava pegá-lo antes que ele fizesse a travessia. Corri para o túnel, com as pernas dormentes pelo que me pareceram quilômetros. Eu queria rir de mim mesma por ter acreditado que estava tudo acabado, que havíamos vencido. Que iríamos viver como uma grande família feliz.

Finalmente cheguei à caverna gigante onde eu vira a Escuridão pela primeira vez com Peter e Rhys. Ainda havia escombros da Verge do mundo do Gane.

E o Peter estava bem na beirada.

35

– NÃO SE MOVA! – EU GRITEI COM TODA A FORÇA, apontando a arma para o centro do corpo dele. Ele se virou lentamente para mim, coberto de sangue nos braços, no peito e no pescoço. Até seu rosto estava sujo.

– Você percebeu – ele disse. – Eu pude ver a mudança nos seus olhos. Foi o único motivo para eu fazer isso.

– Onde está o Peter?

Ele ergueu uma sobrancelha e sorriu com severidade.

– Ele não se foi em paz, isso eu posso lhe garantir.

Eu não conseguia impedir que minha voz esganiçasse, trêmula:

– Conte para mim onde ele está ou *eu juro por Deus que acabo com você.*

– Se eu contar, aposto que vai atirar em mim mesmo assim.

– Você não tem escolha.

Ele ergueu os ombros.

– Nesse caso, eu conto. Seu precioso namorado está na Terra Verdadeira. A diretora queria mantê-lo em local seguro para o caso de precisar persuadi-la novamente. Você o prendeu lá. Você provavelmente o matou.

Eu caí com um joelho no chão, perdendo imediatamente o fôlego. Minha cabeça pesava e eu não tinha energia para erguê-la.

Eu deixara Peter preso ali. Eu o condenara à morte. Eu nunca mais iria vê-lo.

O impostor estava rindo de mim, e eu só me perguntei como é que pessoas como ele podiam existir. Como um ser humano podia começar como uma tábula rasa e então se tornar aquilo? Eu jamais poderia entender. Eu jamais entenderia nada daquilo.

– Como você se sente? – ele perguntou. – Eu devo admitir. Queria que você não tivesse notado quem eu era. Eu estava disposto a viver aqui. Com você.

– Em algum momento eu iria perceber. Isso não poderia durar.

– Mas a ideia me pareceu boa. Eu gostei de ser um herói. E gostei de estar com você. Com o passar do tempo, poderia se tornar algo real.

– Nunca.

Ele emitiu um som que era quase uma risada.

– O que foi que me entregou?

Eu não disse nada.

– Então o que acontece se eu saltar ali? Você a envenenou, não é? O que acontece?

– Você vai ter que pular para descobrir – minha voz estava trêmula, chorosa e rouca. – Salte, ou vou atirar em você e arremessá-lo para lá.

Ele olhou para a Escuridão. Eu mirei no pé dele e atirei, e ele se encolheu.

– Eu não tenho para onde ir – ele falou.

– Bem, talvez você consiga sobreviver à viagem – eu disse, sabendo que ele não conseguiria. – Pule. Agora.

O Peter olhou para mim com um olhar devastado. Eu sempre vou me lembrar da angústia dilacerante daquele segundo. Então ele deu um passo à frente e caiu na Escuridão, desaparecendo completamente. Eu soube em um instante que a Sala Escura fizera seu trabalho. A superfície da Escuridão fumegou com um chiado e partículas escuras esvoaçaram para o teto bem ao alto.

36

ELES NÃO DEMORARAM A ME ENCONTRAR. EU NÃO ME movera, apenas me encolhera de lado sobre o chão duro de rocha. Ouvi os sons dos soldados nos túneis, ecoando dois minutos antes de chegarem até mim. As botas deles marcavam os passos no chão. Eles me cercaram com os rifles.

Kellogg se agachou ao meu lado.

– Olá.

Eu olhei para ele.

– O Peter passou para o lado de lá?

– Não era o Peter. E sim.

– Certo. Isso muda as coisas. Vocês já estão famosos.

– Eu sei – eu continuava sem me mexer.

– Estamos com a Sofia sob custódia. Ela está bem. Mas vamos precisar que vocês respondam a algumas questões. Eu posso me responsabilizar por você – ele agarrou minha mão fria e a pôs sobre a sua, quente. – Eu estarei com você o tempo todo. Não desista ainda, está bem? Você não está sozinha.

Lentamente, eu me sentei. Peter não iria querer que eu desistisse. Ele nunca iria querer isso. Nem mesmo depois do que eu fizera a ele. Nem mesmo após tê-lo prendido atrás das linhas inimigas para sempre.

– Tem uma coisa com que você pode nos ajudar – Kellogg disse. – Uma coisa que acho que vai lhe servir para recuperar a confiança.

Recolhi meus joelhos junto ao meu peito. Os soldados ainda estavam à nossa volta com suas armas apontadas para mim.

– O que é? – eu quis saber.

– A diretora está sob custódia em uma instituição especial, com outros Rosas que detivemos. Ela alega que tem informações vitais para nós, mas quer falar apenas com você. Você pode fazer isso?

"Comigo?"

"Por que ela iria querer falar comigo?"

– Sim – eu disse. – Posso fazer isso.

ooo

A diretora estava em um local tão secreto que foi preciso me vendar. Eu não me importei em prestar atenção ao tempo decorrido ou às curvas, apenas deixei que me guiassem. Fiquei algemada até me conduzirem através de corredores frios a uma sala de entrevista que continha uma mesa de metal, duas cadeiras e um espelho de duas faces.

A diretora estava usando algum tipo de capacete, provavelmente para impedir suas ondas de medo, se é que aquilo era possível. Ela não parecia assustadora de modo algum, apenas ridícula. Suas mãos estavam acorrentadas à mesa, que por sua vez estava soldada ao chão.

– O que você quer? – perguntei.

Ela foi direto ao assunto, sem papo de vilã. Ela sabia que tinha perdido.

– Se você me libertar, eu lhe digo onde encontrar o Peter.

Minha pele arrepiou simplesmente ao ouvir o nome dele. Ela não merecia mencioná-lo.

– O Peter está preso na Terra Verdadeira. Tente outra.

Ela balançou a cabeça com vigor.

– Não. Ele esteve lá por um breve momento, mas eu ordenei que o trouxessem de volta para cá no último minuto, para usá-lo contra você.

Meu coração começou a martelar com esperança, o que era perigoso. Eu não queria ter esperança. Não agora. Eu estava gostando do jeito que eu me sentia. Gostava de sentir o nada.

– Você está mentindo – falei.

– O que o seu coração lhe diz?

– Eu não tenho certeza se ainda tenho um.

– Sim, você isolou e sentenciou o futuro ao que você considera uma morte fria. Isso deve ser de doer o coração. Mas acho que isso foi minha culpa, não foi? – ela não parecia mais furiosa a respeito, apenas triste. Talvez introspectiva. Ela devia estar se perguntando como chegara a esse ponto. Derrotada por si mesma.

– Acho que sim.

– Liberte-me e eu vou lhe dizer onde ele está.

– Eu jamais poderia tirá-la daqui viva. Você sabe disso.

– Eu não disse que quero sair viva. Eu disse que quero ser *libertada*. Eu nunca poderei ir para casa. Então me mate. Mate todos os Rosas antes que seu mundo descubra como nós funcionamos. Você não enxerga? Você não venceu. A menos que você nos mate, eles vão nos examinar, fazer experimentos conosco, e isso vai levar a uma coisa: vão nos recriar.

Ela estava certa. Enquanto estivéssemos por ali, não dava para apostar que ninguém iria querer o que havia na minha cabeça. Mesmo enquanto eu estivesse no prédio, podia estar em perigo. Talvez eles nunca me deixassem escapar.

– Faça a coisa certa, Miranda – ela disse. Os olhos dela pareciam desesperados. Ela estava suplicando. Suplicando para que eu acabasse com a sua vida.

Quem era eu para fazer essa desfeita?

– Está bem. Me conte.

Eu me inclinei e ela sussurrou a localização do Peter no meu ouvido. Então a porta se abriu e homens de terno tentaram me agarrar, mas eu era uma Rosa, eles não. Avancei e agarrei a cabeça da diretora com as duas mãos e girei tão forte quanto pude. O pescoço dela quebrou com um estalo barulhento e a cabeça caiu dura na mesa. Os homens me tiraram da sala e não ofereci resistência. Mas não pude conter um sorriso.

E o sentimento de esperança.

ooo

Fiquei presa por três dias.

No primeiro dia, o próprio presidente admitiu que os Rosas remanescentes seriam mantidos para estudos posteriores, ainda mais porque um líder norte-americano não poderia simplesmente executar seus inimigos apenas por serem perigosos (essa última parte me fez rir).

Não havia nada que eu pudesse fazer, por ora. Os Rosas seriam mantidos em coma, ele me garantiu. Eles não ofereceriam nenhum perigo, ele me garantiu. Eu só podia esperar que fosse verdade. Kellogg me visitou no segundo dia, e nós não falamos nada de relevante até ele se inclinar e sussurrar:

– Os Rosas morreram misteriosamente durante a noite – então ele olhou para mim e encolheu os ombros.

Eu nunca mais o vi.

No terceiro dia me soltaram, mas tive que ficar sob supervisão. Uma dúzia de agentes me levaram até Sofia, que também estivera detida e fora solta. Nós nos abraçamos por um longo tempo. Ela concordou em vir comigo. Ficar comigo. No momento só tínhamos uma à outra.

Uma hora depois de solta, eu facilmente despistei os agentes que me escoltavam. Eu não tive nem que machucá-los.

As operações de voo doméstico não estavam normalizadas ainda, mas nós encontramos um navio que atravessaria o Atlântico. O capitão nos deixou subir a bordo. Ele nos contou que a tripulação dele estivera à deriva no mar sem energia, até que a luz voltou misteriosamente. Agora tinham retornado ao trabalho. Morar e trabalhar naquele navio por algumas semanas foi a maior diversão. Nós jogávamos cartas à noite com a tripulação, e eles nos respeitavam totalmente. Sofia voltou a sorrir. Eu ria de novo. Porque iríamos até o Peter. Eu me apeguei a essa ideia o tempo todo. A diretora podia ter muitos defeitos, mas eu não achava que ela iria mentir para mim no final. Não levando em conta o que ela havia me pedido. Ela sabia que eu perceberia a mentira. Então mantive minha esperança.

Nós mudamos três vezes de navio até adentrarmos o mar Mediterrâneo. A brisa marítima era quente e de repente ficava fria. O último navio nos levou a uma pequena ilha grega chamada Ikaria. Um mês se passou até chegarmos lá.

Na primeira semana na ilha, Sofia reuniu ingredientes para preparar novas injeções de memória, para o dia que acabasse o estoque do Noble e eu começasse a me esquecer das coisas. Eu vasculhava as praias rochosas e as lojas, perguntava às pessoas se teriam visto alguém que se encaixasse na descrição do Peter. Algumas pessoas diziam que sim, mas havia muita gente com cabelo escuro na ilha. Apesar disso, poucas tinham olhos azuis arroxeados.

Eu sabia o que esperar quando o encontrasse. Seria como quando ele me encontrara, não muito tempo antes.

Mas ainda doía.

Descobri que ele estava trabalhando em um café na praia. Era a hora do intervalo dele. Ele estava de avental, sentado à uma mesa, tomando café em uma xícara minúscula, observando as ondas. A brisa despenteava o cabelo dele, que estava mais longo do que nunca, formando ondinhas no pescoço. Ele me avistou e as sobrancelhas dele se ergueram como se estivesse surpreso em me ver. Mas não parecia me reconhecer.

Ele deve ter percebido a própria expressão, porque rapidamente baixou o olhar e fingiu examinar as conchinhas aos seus pés. Mas então ele me fitou de novo, com o canto dos olhos. Continuei a encará-lo. Depois de ficar tanto tempo sem vê-lo, eu não podia evitar. Caminhei lentamente até ele, como se me aproximasse de um animal selvagem que poderia avançar a qualquer segundo.

– Olá – eu disse.

Ele sorriu para mim.

– Oi. Você é americana?

– Mais ou menos.

Ele não disse nada. As mesas ao lado estavam todas vazias. Ele apontou para a cadeira à frente.

– Você quer se sentar?

– Eu adoraria – respondi, talvez um pouco afoita. O sorriso dele parecia de alegria.

Nós nos sentamos por um momento, apenas apreciando a brisa e o som das ondas. Ele continuou com um sorriso. Finalmente, ele disse:

– Isso vai parecer loucura, mas você parece completamente familiar para mim, o que é uma coisa incrível. Nós nos conhecemos?

– Sim.

Os olhos dele brilharam.

– É mesmo? – ele se inclinou para a frente. – Você sabe quem eu sou?

Eu podia sentir meus olhos lacrimejando.

– Eu sei.

Ele fez uma pausa.

– Espere. Então qual é o meu nome?

– Peter – eu disse, sem hesitação.

Ele me encarou, e por um segundo, apesar de eu saber que era minha imaginação, achei que ele estava me reconhecendo.

– Você sabe que eu perdi minha memória?

Eu fiz que sim.

– Como?

– É uma longa história – respondi.

Ele sacudiu a cabeça.

– Eu esqueço as coisas o tempo todo. Esqueço coisas a cada dia. Graças a Deus eu sei fazer um bom café; do contrário, já teria sido despedido. Mas a cada manhã o dono vem e tem de repetir para mim todas minhas tarefas. Eu não sei nem se ele me paga. Eu não lembro como cheguei aqui, ou como consegui esse emprego. Nem falo grego.

Sem me dar conta, eu estava pegando nas mãos dele por cima da mesa. Eu não me lembrava de levar minhas mãos até as dele, mas de repente estava sentindo seu calor. Suas mãos eram calejadas por causa das armas que ele costumava usar.

– Eu posso lhe ajudar a se lembrar. Isso pode parecer loucura, mas nós nos conhecemos desde que éramos pequenos. Somos amigos há muito tempo.

Os olhos dele encheram-se de água, os meus também. Era como se ele quisesse acreditar, mas lhe parecesse bom demais para ser verdade. Ele vivera um mês ou mais em confusão, e de repente tudo se resolveria.

– É mesmo? Isso seria ótimo.

Eu apertei suas mãos.

– Então nós somos amigos, é? – ele indagou.

Eu tentei não sorrir.

– Bem, talvez um pouco mais do que amigos. Meu nome é Miranda. Miranda North.

– Prazer em conhecê-la – ele disse, terminando a frase quase rindo.

– Eu tenho muito a lhe contar. Muito. E vai ser difícil de acreditar. Mas *você* me fez acreditar uma vez e eu acho que eu posso fazer o mesmo por você. Eu sei que posso.

Ele acenou com a cabeça.

– Eu já acredito em você. Não dá pra explicar, mas acredito.

– Que bom. Então acredite nisso. Eu vou lhe dar uma seringa cheia de um líquido estranho e você vai injetá-la no seu braço, e então vai parar de se esquecer das coisas. Quando eu tive esse problema, você apenas enfiou a agulha sem me perguntar nada, mas eu vou ser mais simpática com você.

Ele riu.

– Eu acredito nisso também.

– Você quer dar uma voltinha?

– Na praia? – ele olhou para as ondas. – Está bem – ele se ergueu e tirou o avental. Depois gritou para a cozinha: – Ei, mano! Estou saindo!

O chefe veio lá de dentro, então olhou para mim, jogou as mãos para o alto e voltou para dentro.

– O nome dele é Mano? Ou é só o jeito como você o chama?

– Eu não sei o nome dele – Peter confessou, então riu de novo. Ele pegou uma seringa que Sofia preparara e a espetou no braço sem olhar, como fizera mil vezes antes.

Eu também comecei a rir, contendo as lágrimas. Eu não queria borrar minha visão.

Eu queria continuar enxergando com clareza.

– Está bem, uma voltinha. E depois? – ele perguntou.

– O que você quiser. Nós temos o resto de nossas vidas.

Finalmente tínhamos o resto da vida para nós.

Peter pegou na minha mão.

– Isso parece incrível.

AGRADECIMENTOS

Eu não poderia ter feito isso sozinho em universo algum. Obrigado a todo mundo da New Leaf: Suzie Townsend, Joanna Volpe, Danielle Barthel, Pouya Shahbazian, Jackie Lindert, Jaida Temperly e Dave Caccavo. Os suspeitos de sempre.

Obrigado a Catherine Onder e Lisa Yoskowitz. O trabalho de vocês nesta trilogia foi incrível. Eu aprendi muito com vocês.

Agradeço a todo mundo da Hyperion por tornar meus sonhos realidade. A Dana Kaye e a todo mundo da Kaye Publicity. A Janet Reid.

Apoio moral: Adam "Vi o Don rastejando no posto 4" Lastoria, Will "12JX-WATERHAWK" Lyle e Dan "Mochileiro" Lastoria. Susan Dennard e Sarah Maas (GDC4Lyfe). Meus pais e irmãos. Joe Volpe, por ter uma barba que eu não tenho. Travis e Barbara Poelle e patinhos feios de todas as partes. Sean Ferrell e Jeff Somers, dois malditos. Brooks Sherman e Adam Silvera. Whitney Ross e Corey Whaley.

E, finalmente, o mais importante: obrigado a você. Obrigado por ler meus livros. A única razão para esta história existir fora da minha cabeça é porque você a leu. Essa é uma dádiva que eu não consigo descrever.